LE FAISEUR DE TEMPS

PETER WEBER

LE FAISEUR DE TEMPS

Traduit de l'allemand
par Colette Kowalski

ÉDITIONS ZOÉ

collection **ch**

Littératures de la Suisse en traduction

Ce livre paraît avec l'aide de la Fondation *ch*
pour la collaboration confédérale,
la Fondation Oertli et la Fondation Ex Libris.
La traduction est subventionnée par
Pro Helvetia.

La traductrice, Colette Kowalski, vit à Lyon.
Parmi les nombreux écrivains de langue allemande
qu'elle a traduits, citons Iso Camartin, Eveline Hasler,
Gottfried Keller, Botho Strauss, Markus Werner.
Plusieurs prix ont récompensé son œuvre dont
le Prix Lipp Zurich (en 1995 et 1996) et
le Prix Au.tr.es Rhône-Alpes (en 1998).

Titre original : *Der Wettermacher*

Maquette de couverture : Cosette Decroux
Illustration : John Martin, *Manfred et l'esprit des Alpes*, 1837
Photo de l'auteur : Yvonne Böhler
ISBN 2-88128-355-6

Ceci est l'indicible histoire d'August Abraham Abderhalden qui perd définitivement la parole, fait un nœud à sa langue, se la fourre en poche, se retrouve bouche cousue, choit plusieurs fois à plat menton, se casse la mâchoire, mais, le jour de son vingtième anniversaire, devient faiseur de temps.

Ceci est l'histoire du premier avril mil neuf cent nonante, jour où le temps fait ce qu'il veut, où, avec le soleil, le nœud se desserre, le faiseur de temps arrête les horloges, met au monde la tête à l'envers, cherche son amour et le trouve entre son domicile et la gare.

Ceci est l'histoire du Toggenbourg, étrange contrée amarrée au ciel, traversée par le flot narratif, où furent plantés les frères Freitag Melchior et August Abraham, d'où est issue la famille Abderhalden.

I

Le commencement de la soirée

Unterwasser

Mon père vient d'Unterwasser, ma mère vient de Berlin. Unterwasser est la deuxième localité du Toggenbourg, presque au plus haut, presque au fin fond. Elle est située d'une part entre les pentes abruptes, les larges flancs à l'habitat dispersé, à l'économie herbagère de l'Alpstein, et les pentes abruptes, les larges flancs à l'habitat dispersé, à l'économie herbagère et hiverno-sportive des Churfirsten d'autre part.

Unterwasser, où une moitié de la Thur sort de terre ramifiée, se rassemble et, dans une grotte, jaillit du rocher nu, est situé avant Wildhaus où l'autre moitié de la Thur sort de terre ramifiée, sur le finage de la commune d'Alt St. Johann, où fut fondé au dernier millénaire le premier monastère du Toggenbourg.

C'étaient des moines bénédictins qui s'étaient établis dans le fond de la vallée, mais ils ne tardèrent pas à disparaître mystérieusement l'un après l'autre, à rendre l'âme dans les râles et dans les règles. Ces morts étranges furent mises au compte du diable et des nombreux esprits malins, sylvestres et montagnards, tapis, croyait-on, dans les failles des rochers, les cryptes de racines et les champs de pierraille. Le lieu saint fut bientôt déclaré ensorcelé et endiablé, la maigre poignée de survivants quitta Alt St. Johann, après que la plus grande partie des bâtiments eut été la proie des flammes, et fonda un nouveau monastère: Neu St. Johann. Ce qui de l'ancien n'avait pas été dévoré par le feu fut repris par la forêt et la rivière, emporté par les eaux, envahi par la végétation, de sorte que, des quatre puissantes tours et des communs, ne restèrent plus que des fragments, lesquels plus tard furent restaurés. On suppose aujourd'hui que les moines succombèrent au saturnisme, car tout leur réseau d'irrigation, leur subtil et raffiné système de canalisations était de plomb coulé et martelé, chéneaux de plomb, tuyaux de plomb, auges de plomb, gamelles de plomb, calices d'étain mêlé de plomb dans lesquels ils buvaient l'aigre vin de messe: n'a-t-on pas avancé une hypothèse analogue pour expliquer la chute de l'empire romain?

Quoi qu'il en soit, Unterwasser est situé sur la commune d'Alt St. Johann, laquelle est issue des terres monastiques et s'étend des deux côtés jusqu'aux sommets de deux mille mètres, à l'affriolante gaine forestière. Ils portent le costume résineux préalpin. Sur son finage la commune compte plusieurs alpages au-dessus et en dessous de la zone forestière, rencontre au sommet le Chäserugg au large pied, laquelle rencontre – car les montagnes, mon amour, ont bon dos – est aussi de nature commerciale.

Un funiculaire monte d'Unterwasser jusqu'à mi-pente, relayé par un téléphérique qui, toutes les quinze minutes, subjugue le Chäserugg. Il y a des parkings en nombre suffisant à la station d'en bas.

Le nom d'Unterwasser, le village-sous-l'eau, féconde depuis des générations le terrain où germent blagues et dictons helvétiques et fut distingué en mil neuf cent septante-quatre par l'attribution du prix des soupes de farine, prix fondé à Bâle pour honorer la commune qui inspire le plus de blagues et de dictons. Il y a ainsi en Suisse orientale des blagues qui circulent depuis mémoire d'homme, selon quoi quelque cycliste, charretier, automobiliste, chauffeur de camion ou de voiture postale, ayant à faire à Wildhaus, s'engagea à partir de la vallée du Rhin sur la route du col, mais fit demi-tour, toutes affaires cessantes, dissuadé par l'écriteau :

« Wildhaus Sous-l'eau ».

Le nom de la localité a deux origines. D'une part il se réfère à la grotte de la Thur qui, derrière le noyau de l'agglomération, crache des masses d'eau selon la saison et les caprices du temps : par dégel général ce sont de vertes masses d'eau de fonte, quand les masses de neige gorgées de pluie, noyées dans l'inexorable et fade pisserote gris brunâtre, s'embouillassent et fondent en peu de jours.

Des masses d'eau marron après les averses et les précipitations orageuses de l'été, quand le sol est desséché.

Des filets d'eau, languides et pitoyables, dans les mois de canicule.

En revanche, les jours d'hiver clairs et froids, un buffet d'orgue baroque suspend ses glaçons aux parois de la grotte.

Dans la forme et la constitution de ces orgues météorologiques qui chaque année se cristallisent différemment, en particulier dans la forme et la constitution de ce qu'on appelle les tuyaux du roi qui, chaque hiver, étirent à droite et à gauche de la bouche de la grotte leurs grands fils de bave, les experts météorologues lisaient autrefois, solidifiée par le gel, l'année écoulée. Par ces jours d'hiver on pouvait voir des groupes d'anciens pélériner à la grotte, s'attrouper, appuyés sur des cannes, discuter et vaticiner sur le passé. On aurait pu lire aussi dans les glaçons, ai-je entendu dire, le cours de l'année à venir, au risque cependant, en cas d'erreur dans le commentaire ou l'interprétation, de voir l'oracle de la grotte se taire pour longtemps ou ne plus cracher que mouscaille et calamités.

Aujourd'hui, à partir de toutes les localités suisses d'une certaine importance, des voyages en autocar sont organisés, chemins et poteaux indicateurs facilitent aux familles helvétiques l'accès de la grotte.

Naturellement une indicible envie me démange, depuis l'enfance, d'improviser librement sur l'orgue de glace de la grotte, je rêve d'en tirer tous les registres, de semer à tous vents les oracles, d'induire la vulve à excréter un an durant des masses et des masses et des masses d'eau qui restitueraient le paysage à son état originel, car, d'autre part, le nom d'Unterwasser indique qu'autrefois toute l'étendue du Toggenbourg était recouverte par les eaux, ce qu'atteste d'ailleurs un document qui, scellé dans une capsule de plomb, a réchappé presque intact de l'incendie du monastère d'Alt St. Johann.

Il décrit de manière fort concrète comment, au commencement des temps, une indescriptible mer s'étendait, comme un ciel, sur toutes choses.

Cette mer, est-il écrit, aurait porté dans son ventre la contrée du Toggenbourg comme un enfançon, dans cette mer auraient nagé les poissons les plus fantaisistes, cornus comme d'affreux taureaux, avec des yeux grands comme la lune ; cette mer qui touchait aux deux bouts du monde serait toujours présente – j'en sais quelque chose – en chacun de ceux qui sont nés dans cette contrée.

Dans cette thèse se déverse une véritable effusion de dénombrements et de minutieuses descriptions anatomiques concernant l'aberrifique faune, les êtres et les peut-êtres qui nageaient dans cette mer, ceux-ci servant en outre d'argument pour prouver que le Créateur n'eut pas seulement l'humeur encline à la grâce et à la beauté.

Le document, signé «Phrasibule Zwengeleyn», est conservé sous vitrine, à l'abri de la lumière, au musée toggenbourgeois de Lichtensteig, et pourrait, de l'avis de bien des spécialistes, être dû à la plume d'un ancêtre du grand réformateur Zwingli.

Quand et comment cette mer originelle se serait écoulée, aucun document écrit ne nous en informe. Selon certaines hypothèses, au moment où parut le Messie, ses eaux auraient débaroulé à gros bouillons dans l'enfer, aux deux bouts du monde. Personnellement je préfère m'en tenir à la légende qui raconte que des géants et géantes ont éclusé la mer et tout son contenu.

C'est avant tout le soleil, mon amour, qui, se rangeant l'hiver d'un côté, détermine les points forts de l'économie du Haut-Toggenbourg. Certes, dans son ascension matinale, il commence par prodiguer ses faveurs des deux côtés, féérise d'une langue menue les sommets couverts de glace, fait brûler à petit feu les pics amidonnés de gel, suscite d'une même raie lumineuse un avant-goût dans les énormes plissements, pousse au bleu noir les ombres bleuâtres et les refoule vers l'ouest, mais, vers midi, lourdement chargé, se traînant pesamment, il ne gagne plus guère de hauteur, bientôt il ne dépasse plus aucune crête, jette, car les sommets des Churfirsten pointent bientôt leurs barbelures devant ses yeux, jette, car les sept Churfirsten lui fourrent leurs sept doigts dans l'œil, de longues ombres froides qui se coulent dans la vallée. Mais toujours taquin, il promène encore une longue langue mince sur la neige de l'autre côté de la vallée, côté Alpstein, pourlèche jusqu'à trouver le gris, le brun vert, fait des taches dans le blanc, apporte un peu de printemps précoce. C'est cela que dit à l'adret, entre les créneaux d'ombre, le soleil lourdement chargé qui s'enveloppe de voiles de brume: Cède, mollis. Cette force qui se déploie dans le langage du soleil, cette langue, je voudrais les avoir, ce sont des baisers, de purs baisers que le soleil donne et dédie à l'adret, et c'est pourquoi, côté soleil, les maisons s'éparpillent plus gaîment que côté ombre, c'est pourquoi, côté soleil, la vie est plus douce, les lieux où le soleil pose ses baisers portent des noms guillerets, Schönenboden, Heiterswil, Frohmatte. Pour cette raison il n'est pas question d'installer des remontées mécaniques côté soleil, en revanche, depuis quelque temps, il est de plus en plus question de villages de vacances. Autrefois, selon la légende, géants et géantes, après avoir éclusé la mer, auraient, sur le versant, planté des vignes dont le vin était si indiciblement doux qu'il attira géants et géantes du monde entier, lesquels, s'étant abondamment désaltérés de ce nectar, sombrèrent dans une ivresse insensée dont ils ne sortirent plus, tombèrent à la renverse, ne se relevèrent plus, se vautrèrent dans tous les sens, s'intriquèrent les uns dans les autres et peu à peu s'encroûtèrent. Telle est, mon amour, d'après la légende, l'origine des gigantesques montagnes du Haut-Toggenbourg.

Au sommet du Chäserugg, juste à côté de l'arrivée du téléphérique, à deux mille deux cent soixante-deux mètres au-dessus du niveau de la mer, s'élève un restaurant, exposé aux vents et aux intempéries. Il est exploité toute l'année.

Tout autour, par essaims:

Des choucas.

Noir corbeau, poids plume, naviguant sur les courants ascendants.

Ils rasent l'humain au plus près.

Croassements.

Là-haut on pratique diverses sortes de vol libre, les personnes intéressées, de sept à septante ans, peuvent s'inscrire au buffet, prix à débattre selon le poids.

Là-haut, quand la visibilité est bonne, le monde entier s'offre à la contemplation, on peut voir au-dedans et au-dehors du pays.

Au sud, en pente abrupte, chutant de milliers de mètres :

Roc.

Parois.

Puis la mer, sans fin :

Ouate.

Blanche.

Luisante.

En dessous, bleu profond et seulement deviné : le lac de Walenstadt, dernier reste de cette mer que nous portons en nous. Le petit village de Quinten y est amarré. Là seulement, exposé au sud, bien encanché entre les rochers qui se dressent de tous côtés et seulement accessible par bateau, mûrit encore cet indicible vin qui déplace les montagnes.

Derrière, le Caucase africain.

Froid et bleu.

Gigantesque et crevassé.

Vallées, enserrant de petits mondes étroits.

Forgeant des langues.

Affreux.

Silencieux.

Diversité.

Le pays de Glaris.

La Suisse intérieure.

La Suisse italienne.

L'Italie étrusque.
La Sicile hellénique.
L'Arabie africaine.
L'Afrique arabe.

Visible vers le matin, emboucaillé de brume :
Le pays du Rhin.
Un monde de canaux scintille à travers.
Là, c'est tout droit.
La principauté.
Après, l'Autriche.
Caucasienne.
Dramatique.

Au nord :
La mer souabe.
Mitonnant à petit feu.
Transpirant.
Plus loin, infiniment vaste, et dans la brume :
Le Grand Canton.
La jungle haute-allemande.
Des nuées d'oiseaux grammaticalisent à l'horizon.
Plus près, sous les yeux, de l'autre côté de la vallée :
Collines bohémiennes, galops pétrifiés.
Le pays d'Appenzell.
La Hongrie au milieu.
Sommets arrondis.
Les Appenzellois ne sont pas gens de vallée.
Devant, entre le Toggenbourg et le pays d'Appenzell :
L'Alpstein.
Le Saentis.
Dessus, la bastille de béton.
La station météorologique officielle.
Antennes.
A côté le Schafberg arque ses plissements.

Le Schafberg est la plus belle montagne du Toggenbourg.

Entre le Saentis et le Schafberg:

Le Cervin.

Comme dans les livres d'images.

En aval et quelque peu vers le nord:

Pente, versants, fin saupoudrage de maisons, coagulations, amas çà et là, forêt, barbes, bois, alpages, pâtures, ruisseaux, saignées, la rivière, la Thur qui serpente, la vallée, le coude, dit Krummenau, les collines, la route, le chemin de fer, la vallée, la rivière, la Thur.

Tout s'écoule dans la Thur.

La Thur, au Moyen-Toggenbourg, s'écoule dans la mer.

Seuls les étages supérieurs des trois buildings émergent de la mer, bien isolés et profondément ancrés dans le milieu de la vallée, ils sont parfaitement visibles de partout:

Trois index comminatoires.

Barrages anti-chars.

Ce sont, mon amour, les seuls gratte-ciel authentiques du monde, de tout temps ils ont puissamment parlé à mon imagination.

Ma parentèle immédiate, à l'époque où elle pouvait encore s'appeler famille, y a purgé sept ans, nous habitions au dix-huitième étage, c'étaient les dernières années de mon frère Freitag Melchior.

La première année ne fut que pluie.

Puis cinq ans de soleil.

Beau fixe, unanime.

Les années quatre-vingt.

Sous ce soleil qui n'admettait ni doutes ni questions, je m'élongeai, mais mon frère qui avait déjà entendu raison, avait contracté une hâte singulière et se faisait beaucoup d'idées, soudain il ne lui en vint plus que de mauvaises, c'est pourquoi il opta pour la Thur et tint la tête sous l'eau courante jusqu'à liquéfaction des mauvaises idées.

Depuis, au Moyen-Toggenbourg, brouillard.

Pas de question.

Visible vers le soir, du haut du Chäserugg :

La même mer, qu'on peut dire aussi désert, un grisâtre, enrichi de brunâtre, s'effilant çà et là en vallées, grignotant sans cesse du terrain, le Bas-Toggenbourg a disparu, effacé d'un coup de langue, par endroits des îlots.

Ressac.

En dessous, dit-on, il y a des lacs d'eau douce.

Des colonnes de vapeur s'élèvent à l'horizon.

Energie atomique.

Zurich, mon amour, est au Sahara.

Zurich, mon amour, boit la tasse dans la mer de brouillard.

Zurich et le Plateau suisse s'acoquinent sous le même édredon.

Vers la fin de l'après-midi, le soleil quitte la scène, rendu, vanné, mais toujours en grand style, barbouillant d'or jaune, éclaboussant de rouge ardent, dans toute sa pompe symphoniquement occidentale. Mais juste avant la tombée de la nuit, alors que la mer de brouillard mijote encore à l'étouffée, tantôt rouge sombre, tantôt d'un bleu exténué, à l'instant où le ciel se met en rond et où la lune s'élève du paysage, fait chut !, réclame sans ambages le silence, on comprend qu'il n'y a rien à dire, que jamais l'on n'aurait dû regarder par-derrière les Churfirsten, qu'on ne devrait pas savoir ce qu'il y a derrière et que jamais personne n'échappera à cette contrée.

La légende raconte qu'avant de s'écrouler et de s'enrocher, la dernière géante, une fois bue toute l'eau de la mer, aurait dans son ivresse, arraché le ciel exsangue qui pendait comme une membrane flasque et transparente au-dessus de la contrée, et l'aurait attaché aux deux bouts de la vallée. Ainsi serait née la voûte céleste qui trône au-dessus du paysage, avec soleil, lune et étoiles, c'est une chose qu'on peut encore observer aujourd'hui quand on y regarde de près, et l'on s'aperçoit alors que le monde commence à un bout et finit à l'autre, pas vrai ?

Un beau cadeau

Un soir, en rentrant du travail, mon père sonna un furieux tocsin à la porte d'en bas.

Drelinant par ces pétulantes stridences l'approche du printemps et d'autres prodiges, il ameuta tout l'appartement, resta un temps infini le doigt collé au bouton pour carillonner l'avènement d'une ère nouvelle.

J'étais consterné.

Concerné personnellement.

Le tintamarre me piqua au vif, éveilla des anguilles dans mon épine dorsale, des anguilles électriques se faufilaient dans mon oreille, s'insinuaient dans les conduits auditifs, des décharges me tétanisaient.

Des cloches commençaient à parler dans mes oreilles, je voyais des clochers, des cimetières, des dieux, des coquecigrues, je voyais venir du vilain, les cloches poussaient les nuées noires dans leurs retranchements, les sentiments pleuvaient dru, il tombait du passé de toutes les couleurs, les ruisseaux s'enflaient, la rivière montait, un flot d'images et de sons se déversait sur des sites de mémoire, des échafaudages de souvenirs basculaient, l'enfance me submergeait, je me noyais dans le souvenir, tentais d'apaiser des mers, endiguais la tempête, écartais les nuages, crachais des pensées tous azimuts.

La tempête ne se calma que quand la sonnerie cessa.

Après avoir relâché la pression, mon père prit son élan et incanta dès l'escalier. Sa voix rêche, forcipressée, était libérée, mollifiée, mon père avait un grand message à proclamer, du prometteur plein les poches, il y avait de l'inouï dans l'air, le travail était fini, c'était firabe, l'alcool opérait ses miracles, il n'y avait pas à s'y tromper.

Se hissant péniblement en cadence, il bramait rauque à pleine gorge : « Ah ! Melchior, le monde est bon-on ! » et « Viens un peu en Ita-a-lie ! », dépêchant en avant-garde des bouffées d'âme, d'âme dégoulinante, béate.

Arrivé en haut, il s'essuya les semelles sur le paillasson, recommença à sonner, pesamment, énergiquement et sans mauvaises intentions, frappa et, d'un coup d'épaule, chapeauté et uniformé, ouvrit la porte de l'appartement. Encore sur le seuil – tandis que la porte cognait contre le mur, écrasant du même coup des âmes, et que la vitre de la porte tremblotait de toute sa blancheur laiteuse – il proclama, grandiose et péremptoire : « August Abraham, amène-toi, j'ai quelque chose pour toi. »

J'étais dans le séjour.

Tout oreilles.

Dans la cuisine la soufflerie du nouveau four chuintant de tout son gosier de tôle.

Les éclats de voix se perdaient dans l'escalier, s'écrabouillaient, dégouttaient leur charge liquide, s'agglutinaient à de gros morceaux de bel canto qui collaient aux murs comme de la mortadelle.

Biture et sirop.

Gélatine.

Nous habitions à Zurich et au troisième étage.

Nous étions le trente et un mars mil neuf cent nonante, c'était la veille de mon vingtième anniversaire.

Mon père vient d'Unterwasser, ma mère vient de Berlin.

Et puis, la porte encore grand ouverte, autre chose trouve accès, de l'étrange qui tout de suite se fait familier, un chuchotis qui se faufile à côté de mon père, lequel, petit, mais puissant, se tient encore sur le seuil, et ce chuchotis apporte du Temps du Temps du Temps : de l'indicible, en blanc, trouva accès, son murmure chercha mon oreille, s'y implanta, et j'eus le sentiment que cela venait du dehors, un sentiment, oui, c'était cela.

Mon père déboula avec la porte, la claqua derrière lui, mit une fin brutale aux opulentes fresques de mon oreille qui s'accrochait dans l'escalier à d'interminables guirlandes sonores, se vrillait à la rampe, montait et descendait et sans doute se serait frayé son chemin au-dehors, il fracassa, refoula dans l'appartement des instincts tout prêts à prendre la clé des champs, accrocha son chapeau à la patère, dégourdit dans le couloir des jambes appesanties, le grincement du plancher lui fit trois pas de conduite jusqu'au séjour, et il entra. Il portait son manteau noir d'uniforme et sous le bras droit un carton qu'il posa devant moi sur le téléviseur.

Il apportait de la neige.

Son haleine flottait devant lui comme un drapeau.

Un drapeau suisse.

« Vise un peu, fiston, j'ai un cadeau pour toi, ça va te plaire, t'en resteras comme deux ronds de flan ! » me souffla-t-il au visage.

Il ôta le palmier de la chaise à côté du téléviseur, la poussa vers moi, s'y jucha, annulant ainsi la différence d'altitude, essaya par étapes de créer le suspense.

Il s'agissait d'accomplir un acte officiel, quelque

chose qui exigeait d'être pris au sérieux, il y tenait mordicus ; s'il réussit peu ou prou à conserver l'équilibre, pour la face et la dignité, ce fut peine perdue :

Mon père Melchior Abderhalden a le soir les joues brûlantes, couperosées, une moustache humide de bière, les lèvres comme des babines, la paupière en valise, l'œil injecté de sang et une haleine pénétrante, mais flétrie.

« Ute, je suis là, t'entends, je suis le père Noël, un sacré père Noël. Ute ! Apporte les ciseaux », me baragouine-t-il en plein dans l'oreille, car je suis grand, mon amour, passablement grand, quand je me tiens droit, je suis aussi grand qu'un père plus une chaise, je suis grand à faire peur ; si je suis devenu si grand, c'est qu'il m'a fallu passer par-dessus bien des choses, ma tête séjourne dans des sphères où règne un tout autre temps. Le suspense augmentait, mon père était petit, large à peu près comme une chaise, et il portait son uniforme.

De la neige y était accrochée.

Ma mère sortit de la cuisine, s'essuya les mains à son tablier, elle s'était relevé les cheveux, peint les lèvres en rouge, elle tira une paire de ciseaux de la poche du tablier, me la tendit sans mot dire. Quant à son époux, elle le toisa d'un œil froid, absent, coupa court à ses velléités d'incursion langagière en terrain prussien alcoolisé, à ce que je pourrais appeler ses travaux d'approche, glaciale et vide, elle enserra du cercle de fer de son silence une haleine qui cognait farouchement à la ronde, composée en majorité de bière suisse-orientale, en minorité de vin blanc suisse-occidental, lui coupa en se taisant l'herbe sous les pieds, avala le boucan en se taisant, l'arracha aux hautes latitudes du nord-est et le ratiboisa à la mesure de sa province sud-alémanique.

Il se racle la gorge, semble réfléchir, tout au moins prend l'air embarrassé, grimace obstinément, puis, ballot et presque aimable, se résout à baisser pavillon.

Après avoir réussi à fixer sur son visage quelque chose comme une mine d'écolier, il continue dans son patois, qui serait aussi le mien, et sa voix, délivrée de ses fonctions officielles, déchargée, désencombrée, décompressée, devient calme, familière, prend une coloration que je pourrais appeler bien de chez nous :

« Regarde, mon gars, c'est un cadeau pour toi, pour tes vingt ans, de nous. Vas-y, ouvre, attrape les ciseaux... »

Il prit à ma mère les ciseaux, tandis qu'elle et moi échangions un regard furtif, et me les tint sous le nez.

Je ne les pris pas.

Je ne voulais pas couper.

Je voulais dénouer un gros nœud.

J'aurais pu couper l'air aux ciseaux.

Je pris mon temps.

Le nœud, prenant mon temps, je me mis à le détortiller.

Prenant mon temps, je détortillai le nœud.

Papa Melchior avait la respiration saharienne. Sa femme Ute se tenait à côté, elle avait noué ses cheveux pâlis, mêlés de mèches gris jaune, en chignon de grand-mère. On dit « Dutt » à Berlin, « Riebel » au Toggenbourg.

Dans la cuisine, par la porte ouverte, on entendait la soufflerie du nouveau four.

Dehors la neige tourbillonnait.

Dehors la neige tourbillonnait, tandis que, prenant mon temps, je détortillais le nœud.

Je détortillais, débrouillais, désenchevelais le nœud.

La ficelle était opiniâtre, le nœud résistait.

Je divaguais pour en venir au fait.

La boîte était posée sur le téléviseur. Le téléviseur était posé sur une petite table rognon, années cinquante ou soixante, recouverte de carreaux de couleur, et par conséquent sur trois pieds branleurs. Trois pieds branleurs étaient posés sur un tapis. Ce tapis était élimé, richement décoré, labyrinthiquement orné, mon œil aurait pu s'y fourvoyer. L'emmêlis s'effilochait. Les doigts s'y prenaient. Contre le mur, simplement menuisée, la commode, la vieille commode de sapin, érodée aux bords et aux pieds, elle a survécu aux enfances. Quatre entrées de serrure encadrées de plaques de cuivre repoussé à la main. Un héritage, côté paternel. Plus de clés. Sur la commode, un vase de Venise. La tapisserie jaunit. Au mur, un tableau. Il représente les sept montagnes, un cours d'eau, un alpage, des cabanes ensongées au toit de pierre, le tout encadré d'une grosse moulure d'or terni. Et personne. Dans mon dos l'ensemble canapé-fauteuils, marron foncé. Devant, la petite table de télé : un plateau de verre sur un piètement de fer noir. Dessus, le cendrier, à côté une petite brochure :

le programme de la télé.

J'avais le temps, mon père avait sa journée derrière lui, ma mère avait de la patience. Dehors il faisait sombre, le rideau n'étant pas tiré, je me reflétais dans la vitre.

De la neige pattifollait par la fenêtre et se posait tendrement sur mes cheveux.

Des doigts de neige s'enlaçaient à mes cheveux rebelles à toute coiffure, réfractaires à quoi que ce soit.

Rafraîchissaient des crépelures rousses, voire incandescentes.

Je me regardai en face :

Un œil bleu, l'autre marron.

Je me vis confronté à moi-même dans toute mon étendue.

Mutique.

Vingt ans, pensai-je, et qu'en est-il sorti.

Je me perçai du regard.

Et comme frappé par la foudre, j'aperçus, derrière un œil bleu et un œil marron, une autre forme.

Impérieuse, elle déchira l'espace derrière la vitre, scinda ce qu'il y avait d'obscur, je vis soudain des profondeurs, des perspectives, c'était la danse effrénée, attirante-provocante, de la soirée commencée qui prenait forme devant moi, m'appelait, m'ouvrait le chemin de la nuit.

C'étaient, encore frileuses et hésitantes, les gambilles du soir de printemps qui m'invitaient à entrer dans la danse.

La bourrasque de neige, pensai-je.

Elle m'interpellait.

Me saisissait.

Engrais de mes onze mille pensées.

Jardinière de ma penseraie.

Onze mille souhaits se voyaient dotés d'avenir.

La légèreté germait.

La légèreté poussait à vue d'œil.

Puis la bourrasque effaça tout, circonscrit des flocons, frisotta à mille doigts des possibles, aspira et tira, fit entendre, fit comprendre ou dit quelque chose de sorte qu'il n'y avait plus rien à dire.

Jungle.

Impatiente, ma famille, ou ce qui en restait, avait mes doigts à l'œil. La neige coulait contre la vitre, la glace fondait dans mes mains : je jouais de tous les doigts.

Alors je pressentis ce qu'il en était. Je n'avais plus le choix. Je commençai à affronter les choses. Je voulus prendre part. Je décelai des rapports. Mes doigts tâtonnants trouvèrent le fil conducteur. Alors je répandis la lumière dans l'embrouillis. J'entendis, derrière les formules, parler la misère toute nue. Je voulus reprendre au tout début, défaire enfin le nœud, prendre langue, avoir langue. Je voulus le dire. « Ne nous fais pas languir », coupa Melchior Abderhalden, « on n'a vingt ans qu'une fois. »

« Tu es pour nous une énigme », dit ma mère.

Sur le rebord du balcon il y avait un duvet de neige, soudain l'arrière-cour était aveugle, sourde et muette, un funeste pressentiment me saisit, dix doigts dévidaient, débrouillaient, un goût amer m'envahit le palais, j'avais une indicible sensation dans la bouche, comme de cent langues, comme de ce qu'il y avait dans cent langues, de ce qui avait été coincé pendant vingt ans et ne voulait plus y rester, et, alors que j'avais presque défait le nœud, que je m'étais déjà bien insinué dans le grand embrouillis, que je m'y étais, que sais-je, enfilé, entramé, alors que la grande pression aurait voulu devenir expression, la main de mon père me devança et, d'un coup de ciseaux, coupa la ficelle.

Alors mon père Melchior Abderhalden me devança au moment où j'étais en train de défaire le nœud et me coupa du monde. « Tu es pour nous une énigme », répéta ma mère en dépouillant la boîte de sa ficelle qu'elle pelotonna et fit disparaître dans la poche de son tablier.

Le chapeau

Plus tard une mère décapuchonna soigneusement toute l'affaire.

Apparut du papier de soie, plusieurs couches.

Un père fit signe d'y fouiller.

Mais leur fils n'était nullement sur la même longueur d'onde.

Cependant il ôta les couches l'une après l'autre, non sans provoquer de considérables froufrous.

Puis il tomba sur de l'étoffe.

Du feutre.

Une chose.

C'était rigide, noir et issu du quotidien.

Encore une fois un père le devance et fait surgir de la boîte un vrai chapeau noir de contrôleur des Chemins de fer fédéraux dont, au terme d'une escalade compliquée, il le coiffe.

Voilà.

« Vise-moi ça, August, un vrai chapeau de contrôleur, on est allé le chercher exprès pour toi, c'est que maintenant tu es un homme fait, reluque-toi un peu dans la glace », dit-il.

L'intention est bonne.

« N'est-ce pas que tu t'intéresses aux gares et au chemin de fer », dit ma mère, hésitante et sur ce ton qui balance entre question et constatation.

Par étapes, une fois le couronnement achevé, mon père redescend de la chaise, et moi, debout tout raide à côté, je me vois traqué par la question :

Est-ce couronne ou bonnet de fou ?

De conserve nous nous rendîmes à la cuisine, de conserve nous nous assîmes à la nouvelle table en équerre, collée aux nouveaux éléments, et dans un silence solennel – ou plutôt : je me taisais comme toujours, tandis que mes parents, polis ou embarrassés, se joignaient à mon silence – nous prîmes avec un jour d'avance mon repas d'anniversaire. Il y avait de la mortadelle et des nouilles, avec du vin italien.

Ce samedi-là, le trente et un mars mil neuf cent nonante, tandis qu'une violente bourrasque de neige sévissait au-dehors, je fus, par Melchior et Ute Abderhalden que, par commodité, j'appelle mes parents, mais aussi dans une certaine mesure par les pouvoirs publics – car mon père est fonctionnaire des Chemins de fer fédéraux, préposé à l'information, et travaille à la gare principale de Zurich – promu, dans le séjour, à proximité du téléviseur et à environ deux mètres d'altitude, contrôleur honoraire. Ce samedi soir, le nouveau contrôleur ne souffla pas mot, s'engagea dans une brève carrière qu'on ne saurait fièrement qualifier d'officielle, quitta le séjour en compagnie de Ute et Melchior Abderhalden, parcourut le corridor sombre – le plancher gémissait – jusqu'à la cuisine où, avec Ute et Melchior Abderhalden qu'il appelle ses parents parce que, polis, embarrassés ou solennels, ils se joignent à son silence, il prit son repas d'anniversaire, pour lequel on avait exploité toutes les ressources et possibilités offertes par la nouvelle cuisine intégrée, laquelle avait évincé la vieille table en même temps que l'ancien loyer.

Ce samedi soir, pas un instant je ne regardai dans la glace. Ne suis pas contrôleur.

Deux parents voulaient ce soir se coucher tôt, ils se proposaient pour demain dimanche un voyage en Suisse orientale.

Ils monteront à la gare principale, voie seize, dans l'Intercity qui dessert l'aéroport, Winterthour, Wil, Saint-Gall, pour aller rendre visite à des amis qu'ils n'ont pas revus depuis que nous avons quitté le Toggenbourg.

Veux-tu, amour, que je t'explique le Toggenbourg ?

C'est en Afrique, entre les contreforts de l'Atlas et le grand désert, il se compose de deux vallées, celle de la Thur et celle du Necker, de bon nombre de petites vallées latérales comme le Steintal, le Krummtal, le Hintertal, de bon nombre d'alpages, de forêts, de pâturages, de croupes, de chutes, de gorges ainsi que de maintes vicissitudes collineuses, et ne figure sur aucune carte. Le Toggenbourg est un long accord en mineur, en travers de l'histoire du monde.

La vallée de la Thur en est la vallée principale.

Le Toggenbourg s'étend derrière sept montagnes, le Selun, le Frümsel, le Brisi, le Zuestollen, le Schibenstoll, le Hinterrugg et le Chäserugg.

Le Toggenbourg est la face cachée de la lune.

Le Toggenbourg est une vieille femme qui a fait son temps.

Elle ne se plaint pas.

Le Toggenbourg est en Amérique.

Le Toggenbourg, le Toggenbourg, ça n'existe pas.

«A quelle heure part le train, Melch,» demanda ma mère avant que tous deux, avec la bouteille de vin, ne se propulsent vers le séjour pour sombrer définitivement dans le marron foncé de l'ensemble canapé-fauteuils.

«Toujours zéro sept, toujours zéro sept, on tient la cadence, voie seize, changement à Wil pour la ligne du Toggenbourg, elle aussi, faut voir comme elle tient la cadence, Utchen, depuis qu'on l'a achetée, la ligne du Toggenbourg, pas encore rentable, mais on va redresser ça, la mettre au régime, la petite ligne du Toggenbourg, Ute, tenez bon les banquettes, c'est que ça virolette, sur la Toggenbourgette...» répondit à peu près mon père.

Melchior Abderhalden ne voyage qu'en première classe.

Il est le roi couronné de la Suisse.

Bruit

Ce samedi soir, ma carrière de contrôleur honoraire ne fut pas de longue durée : quand les parents se furent endormis devant la télévision, je remisai mon cadeau d'anniversaire.

M'ébrouant du chef, je me débarrassai d'une charge, secouai devoir et oppression.

Déjà un fourmillement de neige s'insinuait par chaque fenêtre, frappait aux portes de ses onze doigts d'elfe, pénétrait dans chaque pièce, pulvérisait gêne, crainte, habitude, dispersait toute contenance, murmurait des monosyllabes ambigus, la bourrasque de neige s'approchait, me serrait de près, mon amour, prenait des libertés, s'introduisait blanche dans mon oreille, trouvait tous les moyens pour se faire entendre, m'assiégeait l'ouïe jusqu'à ce que je lui obéisse et ne m'appartienne plus.

La bourrasque murmurait à voix si basse que j'entendais les horribles clameurs.

La bourrasque de neige discourait à perdre haleine.

La bourrasque de neige opérait par homéopathie, léchait les blessures, me donnait des baisers de langue, vaporisait de l'amour, apportait le salut sous forme d'insaisissable.

La bourrasque de neige s'entêtait, m'offrait le tutoiement.

La bourrasque de neige avait une clé pour chaque porte, forgeait des rossignols, des passe-partout pour des chambrettes éloignées, biscornues.

La bourrasque de neige m'enseignait la clé des choses.

Me donnait la clé du temps.

S'insinuait en moi mine de rien, minait mon peu de raison, grignotait mon gros peu de passé, mêlait ma médiocrité silencieuse à la majorité silencieuse, se faufilait par tous les œillets, déblayait un paysage.

M'encourageait à prêter l'oreille à l'inouï.

A danser autour du pot.

La bourrasque de neige me hélait, me proclamait première personne, m'invitait clairement à suivre ma vocation :

Poisson d'avril, me signifiait-on, et :

Tu es faiseur de temps.

Tu es la ligne qui partage les choses.

Tu n'as pas le choix.

Décide-toi.

C'était prometteur.

Cela sonnait bien à l'oreille.

Je me laissai convaincre.

Quand j'allai voir dans le séjour, ma mère somnolait, mon père ronflait, pressé à froid. Il y avait de la neige sur le tapis, je n'en fus pas dérouté. Mégotage dans le cendrier. D'un pied vêtu d'une chaussette de laine grise que lui avait tricotée ma grand-mère, il avait mis à zéro la télécommande qui gisait par terre sous un tapis de neige. Sur l'écran la bourrasque.

Mon père mâchonnait des mots qui ressemblaient à « zéro-un zéro-deux zéro-trois, en voiture, correspondance, terminus » et « cadence cadence cadence », mais je ne comprenais pas bien parce que le téléviseur marchait et remplissait la pièce de sa rumeur. Ma mère exhalait des rêves.

Intermezzo.

Cendre.

Papillotements.

Sibérie.

Je n'hésitai plus.

J'allai chercher la vieille table de cuisine, enfilai mon blouson bleu foncé et les bottes de caoutchouc, n'oubliai ni papier, ni de quoi écrire, ni machine mécanique, fourrai briquet et bougies dans ma poche, dérobai le Temps à mes parents sous forme d'une montre de gousset en argent qu'ils gardaient dans la table de nuit, sortis comme un voleur. Je déménageai mon fourbi en prenant grand soin d'éviter tout bruit, peine perdue : à chaque pas les lattes scélérates me trahissaient.

C'était ce grincement plaintif, ce misérable grincement quotidien, à ébranler les nerfs les plus solides, qui me barrait le chemin, voulait me faire part d'une chose importante, me transmettre des messages, je m'arrêtai un instant. Et voici qu'un grain de folie me sauta sur la langue, amour, je déglutis, j'en pris de la graine, je devins fou de toi, et j'aperçus que derrière tous les temps qu'il peut faire il y a le pur amour, que seul l'amour fait la pluie et le beau temps, que l'amour est le sel de la soupe tempérique.

Il m'apparut clairement que c'était toi le centre.

Que c'était toi, mon amour, autour de qui tout tournait, tourbillonnait, se nouait.

Espoir, courage, certitude, je charriai tout dans l'escalier, l'inouï y avait bourrasqué, irrévocable.

Et blanc.

Et à peine fus-je dans l'escalier que mon oreille se dérouilla, j'entendis tourner les petites clés deux-fois-deux-fois-quatre-fois, le silence dévoila tout le bruit dont je m'étais emboucané vingt ans durant, en silence Boucan rompit ses amarres et dégorgea sans pitié :

Avalanches.

Boucan dirigeait un orchestre à cors et à cornes.

Boucan ouraguait et ouraguait.

Boucan talonnait mon temps.

Boucan parlait onze langues en même temps, Boucan sciait les nerfs, se déversait sur les marches d'escalier, son flot m'emporta à la cave, moi et mon nécessaire.

Pataugeant dans le vacarme, la bourrasque, l'obscurité, fourgonnant dans les ténèbres, je me forai un passage dans le noir, enfonçai à l'aveuglette une porte de cave, déposai la table, me calfeutrai, m'installai, m'assis. Un soir je me suis assis à la table, j'ai rejoint le présent.

Maintenant que je suis assis à la table, je sais, amour, que seul qui est bien à soi peut t'approcher.

La table et moi

Les lettres, mon amour, sont des baisers. Ma langue veut te raconter une histoire. Mon baiser est long, infiniment long et bref, et profond et brûlant. Je remplis de bavardages, de chants, de cris, des milliers de lettres. Je laisse filer entre mes doigts ce que j'ai dans la langue. Le vent, le vent porte mes lettres dans ta chambre.

Les lettres sont affaire de forme.

Seules les formules peuvent envoûter le temps.

Seules les lettres peuvent donner forme au temps.

Sous forme de lettre on peut évoquer tous les temps.

Avec les lettres le temps accepte de se commettre.

Dans les lettres le temps se cristallise.

Par lettre ma langue donne des baisers, à toi et à tous les temps.

Dans les lettres je dis : tu.

Mes lettres sont des patentes d'amour.

Mon amour; je suis assis dans la cave, au fond du remugle humide.

Elle a à peine la largeur des épaules, un plafond oppressant, juste un soupçon d'idée plus haut que la tête, pourtant je voudrais l'appeler station météorologique :

Inexorablement les caprices du temps se mêlent de mes affaires.

Ici, devant moi, sur la table, ils me donnent du fil à retordre.

Ciel couvert dans le cœur, coups de vent dans la tête, au plafond j'entends tinteler les étoiles, je hume la lune, connais foudre et tonnerre, sais comment va le vent, tutoie les nuages, j'ai le temps dans les veines, j'ai le temps dans l'urine, j'ai des sentiments démodés.

Cette table, je me la suis descendue de la cuisine.

Nappée de toile cirée, bien que depuis longtemps aucun couvert n'y fût plus dressé, elle végétait en marge du nouveau mobilier, entre mur, chaise et banc, muette et méconnue, autant que moi dont c'était l'anniversaire, qui avais un chapeau raide, un repas, mais ni faim ni mot à dire, elle me ressemblait.

Depuis que je l'ai prise, que je l'ai débarrassée de sa toile cirée sagement imprimée, de son molleton moisi et de l'oppression qui y collait, depuis que je vois le plateau de bois me regarder de tous ses yeux, grimacer malicieusement de toutes ses égratignures, je sais que j'ai trouvé mon terrain, que c'est une table à fables.

Je le lui fais sentir.

Que nous avons des choses en commun.

Que nous avons besoin l'un de l'autre, la table et moi.

Je la traite bien.

Et elle me seconde dans mes efforts.

Je la respecte.

Et elle grince, vacille d'émotion, mais me supporte.

Ce n'est cependant point seulement humeur vacillante, ce qui grince entre quatre pieds simples et bien découplés dans leur nudité jusque-là tenue cachée.

Parce que, avec les tables, élégance et bonnes mœurs sont en quelque sorte entrées dans les foyers, parce que, depuis qu'il y a des tables, la main peut être prolongée et diversement appareillée, ustensiles à manger, ustensiles à écrire, parce que, depuis qu'il y a des tables, les corps sont tentés de régler leurs affaires par en dessous, parce que sur les tables on dépèce des pays, on scelle des destins, on creuse des cervelles, parce que chaque table raconte l'histoire des tables et que ma table est d'une époque où les pieds de table découverts étaient considérés comme des nudités choquantes, susceptibles d'éveiller d'obscures, d'archiobscures associations arabo-africaines qu'on appelait cochonneries, parce que les tables sentent et se souviennent, parce que ma table de bois nu a des sentiments démodés comme moi, je suis tenté d'interpréter son humeur vacillante, ses roucoulements, geignements, plaintes et gémissements, comme l'expression d'une pudeur.

Me découvrant, je dois supposer mon vis-à-vis aussi nu que moi, afin que s'instaure entre nous ce climat fécond où les pensées peuvent tomber enceintes.

Car j'ai l'intention de couver toute une nichée.

Je puis assurer que je me propose de lui refiler une nouvelle robe de prose, traditionnelle et baroquement ornée, à l'épreuve de tous les temps, où j'entends m'enrober moi-même.

A partir de cette table il est possible de parler du temps à peu près congrûment.

Ai-je besoin de dire que les dimensions que pourra prendre mon affaire sur elle étalée sont tout au plus des mesures relatives et tout au moins des présomptions démesurées ?

Je veux fantastiquer, te décrocher le bleu du ciel.
Tout est dans le noir.

La bougie

Vacillante, dardillante, indécise, la petite flamme d'une bougie de cire d'abeille pose sur la table une douce cloche de lumière où mon histoire, sortant de coins sombres, peut se glisser ni vu ni connu. De plus la bougie dispense un parfum et, mine de rien, chasse le remugle de la cave.

Elle pourvoit à l'atmosphère.

Elle pourvoit aux ombres et aux ombres au tableau, et sans aucun doute pourvoira aussi au silence : avec les coulures de cire qui, gorgées de lumière, descendent en aguichants friselis du col couleur de miel doré, je me pétris des bouchons que je me fourre dans les oreilles.

A côté de la bougie, la clé, à côté, la montre d'argent de mes parents sur laquelle, au revers, est finement ciselé le nom d'Abraham Abderhalden. Le tictac, ténu et mécanique.

Argile, terre, truffées d'esbroufe et d'entourloupes, autrefois battues d'une lourde semelle, constituent le sol. Ce sol fournit une bonne base pour une table, un siège qui n'est pas une chaise, et du fondamental en tout genre.

Pas de mystère : je suis voué au séant, et donc à cette maladie de l'âme occidentale qui confond asseoir et avoir, session et possession. Je suis assis sur une cuvette de cabinet, faite de porcelaine, couverclée de bois sombre.

La fenêtre de la cave calfeutrée d'épais chiffons.

La porte fermée à clé, bâclée, loquetée.

La clé est sur la table.
Voilà.

Je me cherche dans l'entre-deux et me trouve dans les contraires.

Je me trouve entre mur de cave effrité et mur de cave effrité, entre fond et plafond.

Entre sol d'argile et ciel de chaux.

A toi, amour, vif-argent qui frétilles entre les syllabes, qui te révèles à moi en gardant tes distances, qui m'es reconnaissable dans tous les caprices du temps, je veux offrir mon fil personnel, pour l'amour de toi je veux moi-même me faire fil, toronner des cordes, dévider mon histoire, c'est pour toi que je file, vers toi que je me tisse, je suis ton linge, ton vêtement, ton étoffe.

A toi, indicible, fabuleusement chère, une chanson que le doute me chante dans le silence :

C'est le chant du fond.

Ici en bas j'ai fait mon nid,

parce que le premier avril sera mon grand jour,

parce qu'il n'y a que des raisons bien fondées pour commencer par le commencement,

parce qu'on ne peut faire fond que sur le fond,

parce que, tout étant sans fondement, mon amour s'installe au fond des choses,

parce que les opinions se fondent sur des faits et que ce fond de cave nu est un fait, et que mon fait est une opinion, et parce que je veux te raconter de fond en comble quelque chose qui n'a pas besoin d'autre fondement.

Parce que je sais que rien n'est clair, je veux, amour, te déclarer mon amour.

Qui est visé ?

Vous qui êtes la majorité, mais n'avez jamais entendu parler de ma famille – ni de ce qui en est resté – qui ne savez rien ou ne pouvez rien savoir de l'histoire quotidienne d'Ute et Melchior Abderhalden, ni des choses et événements point tout à fait quotidiens qui sont issus d'eux, tous vous êtes concernés par le temps que je fais.

Mais c'est vous deux qui êtes visés, Melchior et Ute Abderhalden, qui assiégez littéralement mon papier : ce sont vos traces que je veux suivre avant d'en venir à parler de moi.

J'ai de la préhistoire à excaver, des fondements à tirer au clair.

S'il sera à plusieurs reprises question de vous deux, c'est que vous ne sortirez plus guère des profondeurs du séjour et de l'ensemble canapé-fauteuils.

Et c'est aussi à toi que je m'adresse, Freitag, frère, frangin, à qui je ne fais pas de contes.

A toi, Freitag Melchior Abderhalden, car si tu n'étais pas mort, tu vivrais encore et tu saurais parler pour moi, qui suis ici, en bas dans la cave, et parle du temps révolu.

Tu parlas pour moi autrefois : cela parla pour toi une vie durant.

Si autrefois j'avais pu parler pour toi, peut-être aurait-on pu dire un mot en ta faveur, et il n'y aurait pas eu mille ans de pluie :

Pluie de deuil, sans arrêt sans arrêt, tu te souviens ?

Tu étais pressé, pressé en toutes choses, je t'enviais cette hâte en secret, elle me semblait une hâte ancestrale, une hâte transmise de génération en génération, elle flottait dans l'air comme un costume invisible quand pour toujours tu fus sous l'eau et ne voulus plus faire surface, alors moi, je m'y suis glissé, de toute ma vie je ne m'en suis plus défait.

Toi, je t'avais laissé aller, c'est moi que j'aurais toujours voulu laisser aller.

A toi je veux dire ce que jamais tu ne pus dire parce que tu le savais très bien.

Et peut-être que tu ne m'aurais pas ainsi filé entre les doigts, sans préambule, si j'avais su te dire des choses que je sais aujourd'hui, mais qu'alors je ne pouvais pas savoir.

Les lettres, Freitag, sont des dires.

Et je dis qu'aujourd'hui je veux me souvenir de toi, pour que tu ne meures pas tout à fait.

A vous tous, mes chéris, je dis que le faiseur de temps fait le temps en parlant du temps, que le faiseur de temps fait le temps pour placer différentes choses sous leur vrai jour, et que le temps échange avec lui.

Le temps échange des paroles.

Berlin

Ma mère vient de Berlin.

Imaginez: Entre deux guerres, les frères et sœurs de ma mère-fille dont les parents étaient un peu rouges sur les bords, avec des troupes de garçons et filles, brandissant le poing, braillant des slogans qu'ils avaient répétés en chœur, avaient été charriés à travers la ville, débarqués sur des places où, avec d'autres enfants et enfançons, ils distribuaient des tracts et récitaient leur boniment, filles en jupette rouge, stridulant de leurs voix suraiguës, garçons rauques et casquettés, où l'on pouvait être morveux et morveuse, asticoter avec l'aval parental d'autres adultes jusqu'à leur faire annoncer la couleur, tandis que les parents, entre autres ceux de ma mère, encadraient les manifestations, tandis que mes grands-parents maternels affublaient ma petite mère qui savait à peine marcher de la même jupette rouge que les autres, la tenaient par la main, avaient des explications circonstanciées pour de simples formules enfantines, fournissaient, sur la base des faits, la superstructure théorique. Comment imaginer cela, Berlin au début des années trente? Crier, voilà ce qu'il fallait. Roumm, roumm, badabroum.

Mon arrière-grand-mère – qui s'en étonnera? – était originaire de la bourgade de Lichtensteig, au Moyen-Toggenbourg, avait porté le nom de Wagner avant de convoler avec le maître tisseur Bösch, s'était peut-être figuré un avenir en tant qu'épouse Bösch au Moyen-Toggenbourg, mais, vers la fin du dix-neuvième siècle, l'industrie textile de Suisse orientale succombant à la grande crise, elle avait un jour émigré à l'est avec son mari, à travers la Bohême et la Moravie, était parvenue à Saint-Petersbourg, où, ne pouvant avoir d'enfants de lui, elle planta son tisseur qui offrait sa navette aux étrangers, ne s'appela désormais plus Bösch, mais Putsch, courut la prétentaine avec artistes et étudiants, leva le pied avec un maître d'école juif qui, sous l'effet de l'alcool, tenait des discours, se retrancha avec lui, car bientôt la police fut à ses trousses, dans les infinis défilés du Caucase où ils vécurent dans des cabanes de rondins, se nourrirent d'herbes et de poisson, s'aimèrent passionnément sous l'effet de l'alcool et, dans les plus brefs délais, mirent au monde huit filles, toutes blondes. Quand un jour Putsch ne rentra pas de la chasse, tombé aux mains des sbires et recors tsaristes ou dans les pattes d'un ours certainement du même bord, mon arrière-grand-mère revint à Saint-Petersbourg, répartit ses filles chez des amis, chacune munie d'un billet portant ses rêves et ses souhaits, et disparut de toute scène.

C'est ainsi que ma grand-mère, à peine âgée de sept ans, fut trouvée un matin devant la porte par une famille de musiciens – elle violoncelle, lui clarinette. Candidement elle leur tendit un billet où était écrit: «Aime chanter, rêve d'apprendre un instrument, piano envisageable, mais de préférence violon ou alto.»

Lorsque ses parents adoptifs se réfugièrent à Berlin, elle avait déjà son propre instrument dans ses bagages. A dix-neuf ans elle jouait premier violon dans l'orchestre populaire mixte de Brandebourg, donnait des leçons aux deuxièmes et troisièmes violons, s'éprit follement du troisième violon Groscher qui travaillait en usine et à qui pour cette raison elle prodiguait ses leçons tard le soir, s'embéguina des gammes qui, sous ses gros doigts, avaient des miaulements si nostalgiques que ses sentiments échelaient le ciel par centaines; une fois qu'ils se furent mariés en secret, il apparut que, par hasard, il se nommait certes Groscher, mais qu'en fait et en vérité il s'appelait Grob, était originaire de Bütschwil dans le Bas-Toggenbourg et détenteur d'un passeport suisse.

Dans les faubourgs, à Kalaudenfeld, dans la coquette Moldenburgallee où s'alignaient les maisonnettes de brique, ils avaient pu acheter à crédit, parce qu'elle donnait un coup de main dans une épicerie du voisinage, une maisonnette de brique.

Ensèmble ils engendrèrent neuf enfants, tous blonds.

Ma mère, c'est ce que j'imagine, était la dernière née, se sentait petite en face de frères et sœurs qui étaient déjà des hommes ou des femmes, avec des voix graves ou des seins, portait à longueur d'année la même jupette rouge, avait de longs cheveux dorés de princesse et était assise au bas bout d'une table familiale qui devait lui paraître sans fin. Le grand-père, n'étant plus ouvrier d'usine ni troisième violon et ne pouvant plus jouer que de la claie et de la clisse, essaya de faire bouillir la marmite en bricolant dans le fromage. La grand-mère, sur le devant, expédiait le peu de vente, s'entretenait à loisir avec quiconque entrait, puis, quand l'orchestre populaire dut être dissous, se mit de plus en plus à défendre ses opinions, vendant des convictions en sus des fromages, tandis que, à l'arrière de la maison, mon grand-père recevait le lait, manipulait tant bien que mal charbon, claie et centrifugeuse et ne disait plus grand-chose.

Quand mes grands-parents, bien qu'en possession d'un passeport suisse – car cela représentait encore quelque chose d'avoir un passeport suisse, marron à l'époque, aujourd'hui croisé de rouge et de blanc – disparurent subitement, vidèrent les lieux ou en furent vidés et ne voulurent plus reparaître, quand les frères et sœurs de ma mère qui seraient devenus mes oncles et tantes et auraient mis au monde des hordes de cousins et cousines, commencèrent à courir nerveusement par la maison, ma mère, qui portait sa jupette rouge, avait des cheveux d'or, mais aucune idée de rien, se vit faire la mallette par une femme inconnue et nerveuse qui s'appelait Rudelski ou Parkinski, on y fourra en hâte petites vestes et petites culottes, la femme dit: «Viens, petite, vite, on n'a pas beaucoup de temps, où sont tes affaires, ne reste pas plantée là», furent laissés pour compte une poupée qui jouait bien du violon parce que grand-mère l'avait confectionnée elle-même et la petite boutique où l'on pouvait acheter du fromage, se perdirent dans l'affaire un petit fourneau et de la vaisselle: petits couteaux de fer émoussés, petites fourchettes, petites assiettes, boîtelettes, récipients, tasselettes, poêles cabossées, on fourra dans la poche de ma mère de l'argent, du papier et un billet de train, on lui pendit au cou, attaché à un fil de laine, un petit écriteau, madame Kaslovski ou Marinski prit ma mère par le bras sans que ses frères et sœurs y prêtent attention, la conduisit à une Volkswagen, forme sombre qui attendait dans la rue, ma mère fut emportée nuitamment jusqu'à la gare d'Anhalt, remorquée par la main au milieu de vêtements, valises, embrassades, vapeur et brouhaha de voix, traînée et déposée dans le train, on lui enjoignit de ne pas bouger, de ne pas dire mot, de se taire, point, c'est tout, au cas où quelqu'un le demanderait, de montrer l'écriteau et de se taire, ma mère fut dépouillée de la parole, elle lui fut ôtée totalement et à maint égard définitivement, on mit dans la main de ma mère-fille quelques provisions, on lui posa un petit baiser sur le front et on la planta pour toujours dans ce train qui s'ébranlait à grands coups de piston, un petit écriteau griffonné à la diable autour du cou, un billet dans une main et une tartine dans l'autre, écarquillant de grands yeux entre des hommes qui exhalaient la gnole et la sueur, et elle ne disait mot ne disait mot.

Le train disparut dans un tunnel.

Mais tout cela, mes chéris, c'est ce que j'imagine, car ma mère, Ute Abderhalden, ne m'a jamais soufflé mot de la façon dont elle est venue en Suisse, jamais elle ne m'a dit si elle était arrivée à Schaffhouse, si elle avait été recueillie par une famille en Thurgovie ou en Argovie, si elle était allée à l'école primaire ou à l'école secondaire, jamais elle n'en a soufflé mot, et ne nous étonnons pas si ma mère qui, à côté de son mari, exhale ses rêves dans l'ensemble canapé-fauteuils, n'a pas envie de perdre sa salive avec cela, car il y a beau temps qu'elle a pour toujours avalé la langue qui pourrait en rendre compte.

Ce ne sont pas des liens familiaux qui nous attachent, mais des affinités intérieures:

Ce sont les langues avalées, anéanties, perdues qui nous enchaînent ensemble.

Aujourd'hui elle travaille comme auxiliaire dans un local de jeux.

Trafic

Quand mon père à vingt ans quitta ses foyers, il y avait à Unterwasser un hôtel imposant, de taille à satisfaire aux critères internationaux et déjà plus que centenaire, qui, autrefois, avait été maison paysanne, il y avait le petit funiculaire rouge qui montait de la vallée à l'Iltios sur un tracé emmuré de pierre naturelle, riche en arches de ponts, il y avait le remonte-pente du Stöffeli, l'un des premiers de Suisse, qui hissait ses usagers par un système de ceintures de cuir, il y avait une école primaire et pas d'école secondaire, et, en dépit de longues années d'efforts répétés de la part de certains milieux, pas de gare, pas de raccordement à la ligne du Toggenbourg. Des visages d'Europe centrale, pâles et bien nourris, voyageaient individuellement ou bien s'accommodaient de la voiture de poste quand ils se proposaient – comme cela devint la mode au dix-neuvième siècle – de faire une cure d'air ou de laitages dans quelque auberge fastueuse, mais rustique, ou dans quelque pension de bois, bien souvent moderne avatar de l'étable. Portant avec eux, dans leurs valises, malles et mallettes, de souples étoffes, de charmants vêtements compliqués à porter et dont les noms sonnaient étranger, d'exquises, mais aussi solides chaussures, flânant les jours ouvrables, étalant ville et style, se répandant en conversations terriblement belles et pécheresses, tantôt aussi excursionnant, tantôt sportivement affublés, ces hôtes distingués se voyaient, à l'égard du naturel montagnard, caressés d'une douce nostalgie.

On cultivait les contrastes.

A Unterwasser, mes chéris, on arrive aujourd'hui encore la plupart du temps par des moyens individuels.

Comme les pistes de ski ont avantage à se trouver côté ombre, les panses débonnaires des Churfirsten, côté Alt St. Johann, Unterwasser et Wildhaus, étaient toutes désignées pour l'industrie des sports d'hiver.

Depuis que tous les quarts d'heure le téléphérique d'Unterwasser transporte des usagers sur le Chäserugg, le grand corps de baleine nettement oblong en a plein le dos des skieurs qui, venus des cantons les plus divers et de tous les pays du globe, dévalent toutes les quinze minutes des pistes bleues, rouges ou noires, en équipements multicolores et dans un style de plus en plus uniformisé.

Sur ce dos fonctionne aussi un remonte-pente qui, depuis que le ski a le vent en poupe, mais qu'il ne veut plus neiger comme il faut – ce dont j'assume la responsabilité – satisfait les insatiables sur une étroite piste de neige pelletée et passe pour un tuyau qu'on se refile loin à la ronde.

Des dispositifs d'enneigement artificiel sont en projet.

Le soir, quand le soleil s'est entièrement terré derrière les sept montagnes, on aperçoit, rivé segment à segment, s'étirant sur des kilomètres, léchicoté par les brouillards de la Thur, un serpent noir dans la vallée.

Soudain je me rappelle : alors que nous vivions encore au Toggenbourg, je me tenais les dimanches soir au bord de la route, je devais remonter la file reptilienne qui se rongeait lentement son chemin, hydre sans tête, à mille têtes, je devais patauger dans les gaz, je devais regarder dans les yeux ce genre de silence, et essayez de vous les imaginer, ces visages, derrière ces glaces et essuie-glace, visages d'hommes, visages de femmes, visages d'enfants :

Amphibies.

Il existe des rapports séculaires entre le Toggenbourg et Zurich.

En bas, dans le creux où s'unissent les deux bras de la rivière, la Thur du Saentis et la Thur de Wildhaus, se situe, maisonné à la va-comme-je-te-pousse, le noyau du petit village d'Unterwasser.

Tout clairsemé, il colle à la route cantonale ou plutôt nationale.

Celle-ci descend la vallée, se tirant de deux ou trois mauvaises passes, ignorant ou contournant quelques villages, et file plus ou moins directement vers Nesslau, Wattwil, Wil où se fait promptement la jonction avec le réseau des autoroutes fédérales. En remontant la vallée, on arrive, comme je l'ai dit, à Wildhaus, d'où la route, par d'aventureux lacets, descend à travers de profondes forêts dans la plaine basse du Rhin supérieur.

De temps en temps y coulent le Tigre et l'Euphrate.

Les routes forestières peuvent éveiller chez les automobilistes entre dix-huit et quatre-vingts ans des instincts de chasse. La nuit venue, la plupart des grandes routes sinueuses se transforment en autodromes. Dans la traversée des localités on lâche le pied, en dehors on perd les pédales. Les routes de contournement en Suisse sont généralement en projet depuis les années cinquante, à la même époque fut conçu le réseau routier suisse qui prévoyait des routes nationales reliées les unes aux autres dans toutes les parties du pays, afin de permettre aux personnes et aux marchandises une mobilité maximale, garantie d'une Suisse forte, libre et pacifique. A la base de ces projets d'autoroutes et d'itinéraires de contournement il y a l'idée de préserver les gens du trafic, de débarrasser villes et villages de la circulation. Autoroutes et contournements, mes chéris, et je parle maintenant en ma qualité de faiseur de temps, entraînent toujours, outre la diminution du trafic régional, prévisible pour une durée limitée, une augmentation à long terme du trafic de transit qui tôt ou tard se répercutera sur le trafic régional.

Répercussions, retombées, précipitations où que l'on regarde.

Entre la boulangerie, satellite d'un supermarché, entre hôtel et restaurant, entre façades revêtues de bardeaux, d'éternit et de bois, près de la discothèque, de la boucherie, du magasin qui vend chaussures de marche et skis, jouxtant l'office du tourisme devant le bâtiment au carré de la poste, il y a, à Unterwasser, une place où aujourd'hui encore le car postal est le seul transport public qui circule.

A côté un petit village de caravanes.

De modernes installations hôtelières.

Des logements de vacances plus des fermes.

Des chalets bernois, on est en Suisse.

Tout autour prairies, fourrés d'aulnes et de saules.

Buissons.

En hiver pistes de ski de fond.

Les parents de Melchior – donc mes grands-parents paternels – tenaient du côté Churfirsten, à mi-pente, une petite pension avec vue sur le massif de l'Alpstein. Grand-mère était une large femme, toujours en tablier, qui savait artistement chignonner sa longue chevelure devenue grise de bonne heure. Cette opération prenait au moins une demi-heure chaque matin et demandait à être exécutée avec un soin quasi religieux.

Quel choc, Freitag, le jour où pour la première fois nous vîmes grand-mère les cheveux dénoués : une crinière blanc de neige, le visage mollement creusé parce que sans dentier : la mort se tenait devant nous, musottante.

Pas de comparaison entre le chignon de feu ma grand-mère et la coiffure de ma mère Ute qui, encore dans les années septante, portait haut relevés ses cheveux blonds, dans le style fin années cinquante, début années soixante.

Aujourd'hui, toutes ambitions enterrées, elle a viré au maternel ou déjà au grand-maternel.

Mon grand-père doit avoir été membre de la commission des écoles, membre fondateur de l'office du tourisme, un homme manifestement probe, possédant un petit camion Saurer qu'il garait en bas dans la vallée et mettait parfois à la disposition de la poste ou, l'hiver, quand il fallait déblayer la neige, de la municipalité et de la société du téléphérique, ce qui lui valut le titre de citoyen d'honneur de la commune d'Alt St. Johann.

Ils eurent ensemble quatre enfants, deux filles, deux fils. Les deux filles, plus âgées de quelques années, se marièrent de bonne heure, partirent pour l'Amérique, ne donnèrent plus que de rares signes de vie (soleil, climatisation, frigo, mixer, baseball, Chevrolet), s'enquirent chaque année à Noël par téléphone de la santé de la famille restée au pays (à l'arrière-plan les questions de mes cousines américaines, aujourd'hui depuis longtemps adultes et mariées à leur tour: « Do they have phones in the Swiss alps? Really? »).

Mon père et son frère cadet Eduard couchaient dans la même chambre et, avant de s'endormir, s'enivraient de rêves grandioses.

Vous deux, oncle Eduard et toi, Melchior, vous n'aviez qu'une idée en tête: faire de la petite pension Schwendi, pleine d'avenir, située comme elle était en bord de piste, un grand hôtel.

Tu voulais devenir, laisse-moi deviner, capitaine, speaker à la radio ou patron d'hôtel, tu commenças à t'intéresser à tout ce qui venait d'ailleurs, à l'école secondaire, outre le français, tu voulus apprendre l'italien et un peu de latin, ce qui naturellement te servit plus tard quand tu briguas le poste de préposé fédéral à l'information. Tu avais une bonne mémoire. Les chiffres et les faits se gravaient dans ton cerveau. Peut-être ne t'a-t-on pas assez poussé, mais de toute façon les matières scolaires ne t'intéressaient pas, sous le bureau tu lisais des livres qui parlaient de pays étrangers, de volcans, de locomotives, d'avions, de sous-marins, tu dévorais des romans de Jules Verne et de Karl May.

Comme tu étais relativement mauvais skieur, tu ne devins ni capitaine, ni speaker, ni patron d'hôtel, mais roi.

Que tu aies été relativement mauvais skieur, c'est d'autant plus étonnant qu'en hiver tu étais forcé jour après jour d'aller à l'école à ski, tu devais te frayer ton chemin à travers la neige profonde et les tempêtes.

Il n'y eut de pistes que quand la neige eut depuis longtemps cessé de tomber.

Le soir tu prenais le petit chemin de fer de l'Iltios.

Skieur médiocre, tu l'es resté, jamais tu n'as dépassé le virage stemmé, tu ne stemmais pas seulement dans la neige profonde.

Alors que tes voisins devinrent des sauteurs, des descendeurs, des slalomeurs.

Alors que tes camarades de classe semblaient nés les skis aux pieds.

Alors que tes meilleurs amis, si jamais tu en eus, ne voulaient devenir ni speakers, ni capitaines, mais champions de Suisse et pour cette raison devinrent patrons d'hôtel.

Ils t'appelaient Melch le stemmeur.

Guerre

Depuis que sa voix avait mué, donc depuis que la guerre était venue tout remuer, le pater nôtre avait, avec Eduard, aidé au service et à la cuisine dans la pension familiale, avait épluché des légumes rationnés, cuit dans le même pot viandes avouables et subreptices produits du troc et du traficotage, cassé dans la poêle de blancs œufs souvent acquis au noir, bientôt il avait aussi donné la main au service, ravitaillé les poules en déchets et élevé des lapins derrière la maison. Eduard s'acquittait du service en se jouant et pendant son temps libre, se faisait de bons pourboires, il avait grandi au milieu des gens, depuis sa petite enfance il aimait avoir du monde autour, savait s'y prendre avec les gens, voyait au premier coup d'œil ce qu'il y avait derrière, ce qui les faisait agir ou les unissait, savait distraire ou égayer avec blagues et bons mots qui la plupart du temps visaient derrière les gens.

Il avait de la répartie.

S'adjugeait au passage la couronne de mousse des bières.

Par contre, toi, Melchior, dans ton temps libre, tu collais, des lèvres et des oreilles, à la radio, outre Radio Beromünster tu écoutais en douce tous les postes imaginables. Est-il vrai que tu avais déployé dans ta chambre une carte du monde et une carte d'Europe sur lesquelles tous les jours tu déplaçais des troupes, traçais des fronts avec du fil et des épingles, que tu conservais dans un tiroir des cahiers où tu collais des articles de journaux, que tu découpais des têtes de présidents, de ministres, de généraux, et est-il vrai que le portrait du général était accroché non seulement dans la salle, mais aussi dans votre chambre, que tu dessinais des bombardiers allemands, des chasseurs anglais et des forteresses volantes et les épinglais à côté du général ?

Est-il vrai que la montre d'argent que tes parents t'avaient offerte pour ta confirmation – cette vieille montre d'argent, maintenant posée devant moi sur la table, portant ciselé au revers le nom de notre commun aïeul Abraham Abderhalden, désormais quasi illisible, usé qu'il fut par les goussets des gilets du dimanche, les poches des pantalons de semaine dans lesquels la montre a traversé les siècles en contrebande – est-il vrai que cette montre de tes pères et de tes aïeux, tu l'as d'abord consciencieusement décomposée dans ta chambre pour voir de quoi le Temps pouvait bien être fait ?

Quand mon grand-père que je ne connais que par ouï-dire, par de mauvaises photos en noir et blanc qui montrent un homme toujours tiré à quatre épingles, posant devant le camion ou la pension, eut à Starkenbach un accident avec son camion, quitta la route, tomba dans les gorges de la Thur et ne put sortir à temps, alors que la guerre n'avait plus de cesse, vous cessâtes, toi et ton frère Eduard, d'échafauder des projets avant de dormir.

Tu eus une chambre à toi.

Melchior s'appropria d'autorité les jumelles de l'armée appartenant à son père, commença, aussi souvent que possible, à prendre le large, ascensionna tous les monts et bosses imaginables du Haut-Toggenbourg, prit d'assaut les sommets, passa son temps – entiché qu'il était de belles perspectives – dans la solitude des cimes : de là, mes chéris, on peut voir dedans et dehors. Pour des raisons qui me restent obscures il voulut entrer dans les postes, fit un apprentissage de facteur. Son frère Eduard, bien que de loin le meilleur de sa classe, refusa, après l'école secondaire, d'aller au lycée. Contrairement à toi, Melchior, il n'eut jamais l'ambition de dépasser les limites de son pays dont il resta l'ornement jusqu'à la fin de sa vie. A Nesslau il fit un apprentissage commercial à la banque cantonale, mais suivit à Lichtensteig des cours de perfectionnement, ce pourquoi il élut provisoirement domicile à Nesslau.

Grand-mère essayait de tenir la pension toute seule.

Cependant deux hivers plus tard elle rendit définitivement son tablier, vendit la pension à un voisin qui était devenu champion ou vice-champion de Suisse, s'acheta avec l'argent une maison au bord de la Thur, se mit à nourrir moineaux et oiseaux de feu, à militer pour les belettes, les truites, les marmottes, les aigles royaux, les papillons, les bourdons, les bouquetins, les chats et les chiens, s'inscrivit à la Société protectrice des animaux, devint dévote, passa son temps, assise à sa fenêtre, quand ce n'était pas sur les bancs réformés de l'église de Wildhaus, et laissa le cours de l'eau lui passer par la tête.

Là-dessus, mes chéris, je pourrais vous en dire long.

Tel était entre autres choses ce que mon père laissa derrière lui, lorsque, à vingt ans, déclaré inapte au service à cause de singulières douleurs dorsales et renvoyé avant terme de l'école de recrues, il tourna le dos à son pays. Il était petit, presque fluet, avait un mince trait de moustache sur la lèvre supérieure, deux millimètres de cheveux sur la tête et portait dans un sac à dos tout ce qui lui semblait d'importance, l'indicateur des Chemins de fer fédéraux devait sans doute s'y trouver.

A Unterwasser il monta dans le car postal.

«Bon, on y va? Mais où on va?» demanda le chauffeur.

Mon père répondit: «On s'en va. A Nesslau, s'il vous plaît. Aller simple.»

Svelte et juvénile, la Thur, après Unterwasser, tire sa flemme et son épingle du jeu, s'embarque dans un périple perpétuel où affluent par la suite les liquides les plus divers, sucs, poudres, sauces, boissons, solutions, affluences qui inquiètent de plus en plus des organisations qui annoncent la couleur, suit son cours de toujours ou se voit normalisée, rectifiée, et là-bas, à Rotterdam, à plusieurs centaines de kilomètres, presque mille mètres plus bas, se divise pour perpétuellement finir.

La Thur se jette dans le Rhin.

Le Rhin se jette dans la mer.

Huldrych Zwingli n'était pas faiseur de temps…

Huldrych Zwingli n'était pas faiseur de temps quand, en mil cinq cent dix-neuf, il arriva à Zurich pour mettre le monde sens dessus dessous.

Il était originaire, comment en serait-il autrement, du Toggenbourg, cette contrée entre le pays d'Appenzell et le pays de Glaris, entre la Thurgovie et Werdenberg, qui, échue à l'abbaye de Saint-Gall, s'était alliée aux huit cantons confédérés, il venait de cette contrée, Melchior, où, sous l'autorité abbatiale, furent de nouveau entrepris et systématiquement menés à bien défrichages et brûlis, où les paysans s'étaient acquis des privilèges patentés face à la foi-et-croyance occidentale, de sorte qu'ils vivaient de plus en plus dans un climat d'autodétermination, d'autoaffirmation, d'autogestion.

Comme toi, Zwingli venait du Haut-Toggenbourg, de Wildhaus où s'élève encore la maison de son père – il était ammann de Wildhaus et de St. Johann-le Bas – tourisme d'été, tourisme d'automne, tourisme d'hiver la visitent dans le cadre du programme local de mauvais temps. C'est une Tätschhaus, une maison à pignon plat, alourdi de pierres, la maison Zwingli, un ouvrage sans complication, presque une maison de rondins, encore pratiquement sans teinture toggenbourgeoise, plutôt alpine, pauvre à l'intérieur, chichement éclairée, parfois la pièce à feu aurait été utilisée aussi comme salle d'auberge.

A travers cette même pièce, tandis que Zwingli était assis à la table, l'ouïe fine et l'esprit éveillé, du monde devait passer, des rouliers, montant de la vallée du Rhin ou voulant y descendre. A travers son enfance passait ce monde qui frappait du poing sur la table, trinquait à la santé générale avec de gros doigts esquintés par le travail, effluvait la sueur et l'oignon. A travers son enfance passait cet autre monde qui joignait patiemment les mains, s'inventait son salut avec des doigts tachés d'encre et herméneutisait soigneusement en rond plutôt que de trinquer à la ronde, sentait moins la sueur que le thym, la lavande, la sauge, l'encens, la myrrhe et la menthe (néanmoins mêlés d'ail et d'oignon). A travers l'enfance de Zwingli passèrent un dieu gras et un dieu émacié, à travers son enfance passèrent sept vaches grasses et sept vaches maigres, à travers son enfance passa un ventre rempli de monde qui entra dans son dur crâne toggenbourgeois, ne voulut plus lui sortir de la tête, de sorte qu'un jour il se mit en route, s'en alla par le monde savoir ce qu'il y avait derrière, courut aux trousses du monde dans le monde entier, de sorte qu'un jour il desserra l'étau de son étroit horizon natal, se mit en route pour rattraper le monde, le mettre à genoux et sens dessus dessous.

Tu me comprendras, Melchior, si je te fais ici remarquer combien vos cas sont comparables, le tien et celui de Zwingli, que vous soyez tous deux des cas, tu ne saurais le nier, et à l'occasion j'aimerais bien te demmander ce qui pouvait te passer par la tête quand, dans la pension de tes parents, tu étais assis à table avec des Zurichois, des Belges, des Australiens, des Argoviens.

A quoi a ressemblé ton enfance, ou, pour poser la question autrement :
En as-tu eu une ?

Bien que tous deux vous ayez choisi la voie étroite, vous vous distinguez sur un point essentiel : toi, tu descendis par-devant, arrivas à Zurich en passant par Nesslau, Wattwil, tandis que Zwingli descendit par-derrière : après un certain temps chez son oncle au bord du lac de Walenstadt, où il reçut sa première formation à la langue biblique et à d'autres, fut initié aux coutumes extérieures de la foi-et-croyance occidentale et se révéla très doué pour le chant, le luth et l'orgue (plus tard il joua de douze instruments, contrairement à toi qui, comme on sait, joues surtout de la télécommande), sa famille lui permit de poursuivre ses études dans des écoles de latin à Berne et à Bâle. Il étudia la théologie à Bâle et à Vienne, parcourut l'Europe, se laissant expressis verbis impressionner par l'inébranlable piété des actuels Irlandais, piété pour ainsi dire adhérente ou inhérente au paysage, et par la claire netteté des villes toscanes. A vingt-trois ans il acheta un bénéfice à Glaris. Entre à-pic meurtrier et à-pic meurtrier, Zwingli dut se sentir chez lui. Au pays de Glaris l'humanité ne peut choisir qu'entre se buter, se frotter au roc ou chercher asile dans la fente de ciel qu'un Dieu bienveillant élargit à l'infini. Ce ciel a ses retombées: colère et humilité pleuvent au pays de Glaris.

Ceci, Zwingli dut le remarquer et, l'âme cernée par l'à-pic meurtrier, sans doute sentit-il naître en lui un nouveau genre de musique: avant de produire à tour de bras des chants d'église, il aurait, dit-on, écrit des mètres et des mètres d'odes aux torrents glaronnais déboulant à tombeau ouvert dans la vallée, s'éclatant en lubriques ribouldingues, crachant l'eau des glaciers, carambolant tout ou passant par-dessus avant de s'éclaffer libérés, odes qu'il pensait mettre en musique à plusieurs voix avec ce qu'on appelle des trompes de brame et exécuter au bord de la Linth qui collecte l'eau des torrents et effervesce pour un oui pour un non. Mais, pour diverses raisons inconnues de la recherche zwinglienne, il n'en fit rien, on suppose que la phase dithyrambique de Zwingli avec ses brames aquatiques doit être mise en rapport avec ses premiers contacts avec l'autre sexe, des connaisseurs de la sphère intime prétendent voir dans les images pénétrantes et la rythmique effrénée de ces odes la transposition allégorique du flot séminal qui, à l'évidence, coulait en abondance à l'époque. Plus tard et à Zurich, Zwingli fit collecter et fondre sur la place publique les trompes de brame, fabricants, sonneurs furent mis aux fers et expédiés au fil de la Limmat dans des bateaux-mouroirs, le métal des trompes de brame servit à couler des coqs de clocher, des odes torrentielles de Zwingli il n'est resté que des fragments, un bedeau trouva quelques rares originaux dans la Bible personnelle de Zwingli, dite de Zurich, dont il avait supervisé la traduction allemande. Là-dessus s'enflamma une violente querelle qui menaça de scinder les protestants en deux camps, on disputait de savoir si les mystérieuses odes ne devraient pas être citées parmi les psaumes suisses, les adversaires soutenaient mordicus qu'elles ne pouvaient être dues à l'austère plume du grand réformateur qui, comme on sait, quand il arriva à Zurich en mil cinq cent dix-neuf pour mettre le monde sens dessus dessous, n'était effectivement pas faiseur de temps. Finalement la cave du presbytère de Güntikon où l'on conservait ces écrits fut la proie des flammes allumées par la querelle, ce qui fit que le tout put être incinéré et balayé sous le tapis. Des brames torrentiels de Zwingli ne sont restés que des fragments de l'ode au Rauti, ils sont conservés dans les caveaux humides du Grossmünster, et je me suis déjà laissé aller à me demander s'il ne conviendrait pas un jour de les compléter.

Zwingli, le musicien, a dû trouver plaisir à la ressemblance de tonalité des deux contrées, du pays de Glaris et du Toggenbourg.

En effet, de la même façon qu'au pays de Glaris pleuvent colère et humilité, il pleut au Toggenbourg humilité et noises. Plainte et silence sont dans l'air au Toggenbourg. De même en effet que le Toggenbourg est caisse de résonance, le pays de Glaris est caisse sonore et résonnante, emplie d'une tonalité propre. Au pays de Glaris ce n'est pas un accord compact, sombre, qui s'éteint à partir du haut, ce sont plutôt des accords diminués et démesurés, des accords biaisés, déchirés, qui égratignent et dynamitent toute harmonie. Au pays de Glaris le projet Suisse, jeune par rapport au pays, se frotte à la surdité du rocher. Le long de la Linth normalisée sur de vastes tronçons, ce sont de pitoyables plaintes et piaulis, ça moud et mâche au pays de Glaris, ça broie et brise, le rocher mastique inexorablement, au milieu on entend le céleste chœur des anges, çà et là des alléluias au plus haut des cieux. Ce chant angélique était parfaitement connu de Zwingli depuis le Haut-Toggenbourg, plus tard il a mis en musique ce qui en tintait encore à ses oreilles angéliques, transformé les putti en notes. De même que le pays de Glaris, le Toggenbourg produit depuis mémoire d'homme des musiciens de première classe, alors qu'au Toggenbourg c'est cet accord vert sombre en mineur que le yodle naturel circonscrit, fait vibrer, suscite, alors qu'au Toggenbourg c'est ce même accord en mineur que caresse et câline la musique dite populaire avec ses instruments et que le hardrock mélodique tente de reprendre, c'est, au pays de Glaris, la friction évoquée plus haut qui s'exprime, au pays de Glaris divers mondes se frottent, alors qu'au Toggenbourg, mes chéris, on a réinventé le hardrock mélodique, alors que le Toggenbourg, outre des caresseurs et câlineurs de cordes, exporte dans le monde entier des musiciens de rock mélodique, ou que, en d'autres termes, tout musicien de rock mélodique cache un Toggenbourgeois, le pays de Glaris exporte en masse des musiciens de jazz dans le monde entier, outre cette friction, ils entonnent le chant des anges, les gens de Glaris ont inventé ou révolutionné le free jazz, tous sont d'incorruptibles trompéteurs libres, d'imperturbables turluteurs libres, d'inconfondables clangoreurs, démêleurs, quodlibeteurs et hurlureurs, maîtres des tons intermédiaires, radicaux briseurs de tonalité, le milieu du jazz libre ne se compose que de Glaronnais, tout musicien de free jazz est glaronnais, et même à New York, où, entre des façades à l'élévation meurtrière, tout est sous tension, les libres improvisateurs toujours sous tension sont glaronnais, glaronnais de naissance, d'élection ou de désir.

Gens de langue

Zwingli et moi, mes chéris, avons des points communs, nous nous sentons un lien par-dessus les siècles.

Certes, à l'évidence, il manquait du sentiment de l'indicible, de l'impénétrable, du dévergondé, de l'ambiguïté profuse, certes il mit à la place du flair, de la sensibilité atmosphérique, de la puissance des sens, de l'ivresse, du flux et du flot des images, la seule et unique force de la parole.

Certes il m'aurait sans aucun doute accusé de la plus perverse hérésie, moi, honnête faiseur de temps qui, je l'avoue, ne me réclame pas du Nouveau Testament, mais soutiens néanmoins que tout acte et toute chose se tiennent, qui place au centre de tout l'universelle puissance de l'amour, qui, en faisant le temps, fais l'amour, il aurait pu me convaincre de la pire hérésie, m'accuser de complicité – et qu'aurais-je pu lui opposer? –, me faire noyer dans la Limmat avec les baptistes et anabaptistes, j'aurais toujours pu lui promettre cent ans de soleil pour son Etat de Dieu, lui rappeler nos origines communes: tout musicien qu'il fût, il n'aurait pas eu d'oreille pour mes paroles de langue, mes bribes bégayantes que je pourrais qualifier de demi-mots n'auraient pas fait le poids, il leur aurait dénié tout sens profond, les aurait anathémisées comme purs marmonnements païens, ne m'aurait donc pas admis comme porte-voix du ciel, et même les embellies et éclaircies, toutes mes compétences tempériques attestées, certifiées par écrit, lesquelles, bien que se soustrayant à toute espèce d'explication, n'en sont pas moins bien intentionnées et agréablement ornées, n'auraient pas trouvé grâce à ses yeux.

Mais gens de parole, nous le sommes tous les deux, moi à ma façon, lui à la sienne.

Gens de langue.

Contrairement à moi, Zwingli avait en bouche une langue-flamme, taquine, flambante, capable des tours et détours rhétoriques les plus surprenants, une sorte de langue-lumière, défiante à l'égard de l'obscur et du caché, inexorable aux mystérieux pulsoiements, inaccessible à tout ce qui bouillonne sous la surface.

Les baisers de langue n'étaient pas son fait.

Et pourtant nos langues ont poussé sur le même fumier, ont la même racine, le même fond, nos langues sont ancrées dans la même contrée.

Tous deux nous avons pris le Temps le Temps le Temps.

Alors que Zwingli employait le sien à longuement étudier la pensée humaniste en voie de formation, moi, j'ingurgitais Temps et choses, glissais l'oreille entre les deux, m'enrichissais de Temps et de choses, entassais en moi Temps et choses jusqu'au jour où je pus faire dépendre le Temps de la chose, où Temps et choses trouvèrent leur chemin, vinrent frapper chez moi, où je pus couler le Temps et appeler la chose par son nom, c'est aussi la principale de mes occupations : je bois le Temps, digère la chose, je crache la chose, passe le Temps, entre-temps je languebaise.

Et de même que Zwingli est remonté aux sources, je suis allé à la source de toutes choses, à Unterwasser, dans la grotte de la Thur, je me suis jeté dans le flot narratif, il m'emporte de plus en plus loin, me montre d'autres points communs:

Nous possédons tous deux notre sens de la mesure. Alors que Zwingli appelait toujours à la modération, redéfinissait les poids et mesures, mais retirait de la circulation les décis, j'emboîte le pas à la masse, amasse les nuages noirs – il y a du vilain dans l'air – mêle des masses humaines à l'humainement possible, passe la mesure en prétendant prendre à mon gré conseil des vents, exagère sans doute démesurément pour être à la mesure des choses.

Passe-t-on la mesure en supposant que la ville de Zurich qui, prenant mesure sur Zwingli, a des siècles durant semé une probité modérée et récolté un bien-être immodéré, et qu'on appelle «Zwingliville», pourrait un jour, au cas où elle continuerait à semer immodérément le bien-être et ne récolterait plus que bourrasques, précipitations, fluctuations, s'appeler Augustopole ou April-City?

Matrie

Quand, avec l'express Lac de Constance-Toggenbourg, tu fus catapultée hors du tunnel de la Wasserfluh, Ute, tu galopas effarouchée par le compartiment de seconde classe, ouvris précipitamment toutes les fenêtres, défis le ferme emberlificot de ton chignon, laissas tomber l'or de tes cheveux sur tes épaules, secouas la tête pour les aérer dans la lumière qui affluait avec le courant d'air.

Le train freina en pointillé et fit une brève halte à Lichtensteig. Tu en descendis marche par marche et avec ton fourbi. C'était en mai, au début des années cinquante, tu portais du rouge et tu avais dix-sept, dix-huit ou dix-neuf ans.

Ton fourbi, c'était une petite valise.

La gare de Lichtensteig s'élevait toute seulette dans le paysage : un petit château sarrasin perdu dans ses rêves, une idylle de clochetons bulbeux, de pignons aux galbes pointus, avec un auvent tout autour sur de minces colonnes, des fenêtres en ogive, des contrevents, une tonnelle et une véranda.

Pure joliesse.

Naturellement tu ne pouvais pas savoir que tu avais déjà posé tes minces pieds chaussés de vieilles bottines lacées – semblables à des patins à glace sans lame – sur le sol de la commune de Wattwil, car la commune de Lichtensteig ne pouvait s'offrir une gare sur son propre territoire, chichement mesuré et pour la plus grande partie pentu. Cela, tu ne le savais pas, Ute, de même que tu ne savais ou ne pouvais savoir bien des choses, et je me demande si tu te rendais compte que tu avais échoué au Toggenbourg, de ma table j'aimerais te demander si tu savais ce que c'était, le Toggenbourg, si tu avais idée de ce que cela signifie, échouer au Toggenbourg ; et si tu avais su qu'au Toggenbourg tu allais rencontrer Melchior Abderhalden, que, par voie de conséquence, Freitag et moi, nous allions tous deux échouer au Toggenbourg, n'eusses-tu pas renoué tes cheveux, Ute, et pris le premier train en partance ?

Melchior t'a-t-il jamais parlé du Toggenbourg ?

Sans doute, quand tu fus catapultée hors du tunnel, vis-tu, du train et au premier instant, que Lichtensteig possède la plus belle gare d'Europe. Tu restas plantée sur le quai quand le train fut reparti, tu étais en rouge et tenais dans une main ta petite valise, de l'autre tu caressais tes cheveux de princesse dont l'or tombait sur tes épaules.

Un petit souffle d'air passa.

Des pigeons.

Il y avait un car postal, il partit.

Krinau, par exemple.

Silence, un certain temps, tintements dans l'air, battements d'ailes et de nouveau silence.

La vallée était ouverte.

Encore peu de bruits de moteur.

Puis le soleil se coucha, prit la lumière en remorque, la confisqua, la traîna sur l'horizon, laissa derrière lui des traînées violettes où voltigeaient des tintements, et quand le ciel fut haut et presque tout noir, tu pus un instant voir la puissante voûte qui trône au-dessus du paysage, l'air donna le signal enveloppé de silence, de tintements, de voletis, et derrière les sept montagnes la lune se leva.

Alors tu décidas de rester pour toujours.

Tu fis la conversation avec le chef de gare, achetas de petites brochures au kiosque logé du côté nuit de la gare, échangeas quelques mots avec la grosse blafarde assise derrière le comptoir dans l'ombre de la nuit.

Et pendant que la lune se fouissait sa place dans la nuit, tu déposas bien soigneusement les petites brochures dans ta petite valise, tandis que la nuit crachait du soufre, se shootait à tous les poisons, tu traversas la place de la gare, suivis une avenue, passas un pont sous lequel il y avait la Thur qui buvait de la lune, tu montas un raidillon, tandis que la lune se baignait dans la Thur et s'aspirait des âmes, puis une ruelle, et, à Lichtensteig, coquette petite ville moyenâgeuse qui s'étendait, solitaire et badigeonnée de bleu sur une écaille d'argent, tu pris une chambre. Lichtensteig, bien qu'arborant maintenant des façades lourdement fardées – se défendant bec et ongles contre la dent du temps – est restée une éternelle pucelle qui craint le feu.

A l'époque, dans les années cinquante, plus encore dans les années soixante, mais surtout dans les années septante, poids-lourds, poids-plume et poids moyens, de fabrication allemande, italienne, française, anglaise, suédoise, américaine, bientôt japonaise, s'embouchonnaient dans la grand-rue et dans les ruelles latérales, défloraient l'innocente pucelle, l'auraient quasi emboutie à mort. Aujourd'hui on contourne, la question de la responsabilité s'est déplacée de l'autre côté de la vallée, là-bas il y a un pont de béton et un tunnel qu'empruntent le canton de Saint-Gall, la Suisse, l'Europe, l'Amérique, l'Asie.

Peut-être te souviens-tu, peut-être même t'étais-tu fait ton opinion, quand les électeurs de la commune agonisante de Wattwil donnèrent la préférence en matière de détournement à la petite ville de Lichtensteig qui, elle, avait fini d'agoniser, décidèrent d'éventrer le village de Wattwil, de laisser passer le trafic avant d'opter pour le contournement, te souviens-tu qu'au Moyen-Toggenbourg on accueillait le trafic avec fanfare et drapeaux, et à l'époque ne faisais-tu pas la haie avec Melchior dans la rue principale, et n'y avait-il pas la télévision suisse et la bière gratis ?

Toi, en tout cas, tu avais au début encore un peu d'argent, dormais la journée ou lisais de petites brochures, couchée sur le ventre, faisais la nuit, alors que la lune se refusait à toute déclaration, d'interminables promenades par les rues et ruelles, arpentais la petite ville d'un bout à l'autre, comptais sphinx, papillons de nuit, chauves-souris et autres noctambules, te pris d'amour pour la petite ville de Lichtensteig et décidas de ne plus parler désormais que le haut-allemand.

Terminus

A Nesslau mon père se logea chez son frère dans un appartement de quatre pièces.

Aux chemins de fer, il trouva du travail.

On lui refila une tenue orange fluo, il resta en un sens fidèle à la poste, poussa désormais chariots et voiturettes, porta du fret, déchargea caisses, ballots, armes et bagages, fit connaissance avec le train du Temps qui avait son terminus à Nesslau/Neu St. Johann, vit arriver du monde, vit partir du monde, vécut à un bout du monde, était raccordé au mondè, passa un certain temps à Nesslau, où, tout autour de la gare un monde de pierre allait s'installer entre les vieilles maisons de bois, y resta en souffrance.

Le dimanche il ne gravissait plus les sommets.

Au contraire, de bon matin, il prenait le train, le premier venu et l'unique possible, s'asseyait en première classe, profitant des avantages accordés au personnel, se laissait rouler-bouler au fil de la vallée, se laissait mener à travers pays et gens, peut avoir sérieusement envisagé, entiché de perspectives comme il l'était, de devenir un jour roi, revenait le soir de quelque part – de l'intérieur, de l'étranger –, descendait à Wattwil, s'achetait au kiosque des cigarettes (Mary Long) qu'il fumait assis sur le banc en laissant passer un train électrifié après l'autre. Il ne ratait jamais le dernier, se retrouvait en haut à la nuit noire, n'avait pas encore envie de rentrer chez lui, s'arrêtait au premier troquet venu, s'obstinait à en être le dernier client, vidait chope sur chope, fumait tige sur tige tant qu'il y en avait, puis finissait par trouver le chemin de sa chambre où il se mettait à plat pour se laisser passer des choses par la tête.

Des mois plus tard, il refit son sac à dos, y coucha mollement l'indicateur, quitta définitivement le Haut-Toggenbourg, partit dans le grand et vaste monde, se rendit au Moyen-Toggenbourg où, dans une maison jaune en face de la gare, il prit pension chez une veuve, dans la mansarde.

Est-ce l'orange fluo qui fit effet de signal, est-ce son faible pour le maniable, le tangible et le normal qu'il opposait à son ambition de hauteur et de vastitude, quoi qu'il en soit, mes chéris, mon père qui était jeune, et fort renfermé, avait toujours les mains chaudes parce que toujours à faire, ne portait jamais de gants, avait quelque chose dans la tête – idées, intentions – se trimballait divers sentiments dans le ventre, venait d'en haut et au fond voulait monter haut, ne se laissa pas séduire par les offres alléchantes du commerce et de l'industrie qui, après la guerre, en des années qui devenaient plus grasses, s'étaient donné un mutuel élan, décida de commencer tout en bas et débuta à Wattwil comme employé municipal avec la perspective d'arriver premier balai.

C'est ainsi qu'on pouvait le voir, au début des années cinquante, vêtu d'orange fluo, parcourir les rues de la plus importante localité du Toggenbourg, nettoyant, balayant, éliminant les premiers cochonnages que semait derrière elle la nouvelle mégapédie, bientôt dirigeant d'une âme égale un groupe également uniformé qui constituait une société dans la société, à laquelle j'aurais volontiers appartenu et appartiendrais encore volontiers aujourd'hui.

Peut-être était-ce cela ou tout comme que mon père

avait en tête dans ces années-là : fort taiseux, premier moniteur de gymnastique dans les nouvelles installations polyvalentes de la commune qui, à l'époque, poussaient comme du chiendent, on pouvait le voir, donnant des ordres succincts, précédant au pas cadencé ses collaborateurs qui, chantant, fredonnant ou sifflant, savataient derrière ou traînaient la grolle ; on pouvait voir mon père fumant des cigarettes, près de l'ancien terrain de football, situé entre la Thur et l'hôtel-restaurant National, là où s'élève aujourd'hui le lycée, on pouvait l'y voir assez souvent car la bataille des champs, dite plan Wahlen, avait eu lieu et, sur le terrain de football où autrefois il fallait planter des pommes de terre, le ballon pouvait de nouveau rouler sur un sol cahoteux, on pouvait le voir en manches courtes ou chemise de futaine, l'un ou l'autre d'entre vous, mes chéris, aurait pu le voir près de la gare, assis sur le banc, feuilletant des journaux ; l'hiver – quand les paysans qui ne pouvaient aller en forêt aidaient à déblayer la neige – on pouvait le voir, fier et officiel, dans la jeep grise équipée d'un chasse-neige, préparant la voie aux nouveaux mégamobilistes, on pouvait le voir assis au Jakobshof, on pouvait le voir, rarement en compagnie, au Schützenhaus, au Hörnli, au Rössle surtout, au Toggenbourg, au Schäfle, aussi au Soleil, qui faisait bien attention pouvait le voir de plus en plus souvent rôder autour de la gare, tantôt on pouvait le voir arriver dans une DAF blanche, se perdre dans l'affairement général, on pouvait le voir disparaître, si bien que je le perds de vue, mais constate en revanche qu'à cette époque se propageait au Toggenbourg moyen, bas, intérieur, extérieur, un fol amour de la géométrie, à laquelle on parlait par chiffres, à laquelle tout le monde s'adonnait, qui bientôt régna en maîtresse absolue, qui, forant la pierre, fraisant les villages, rasant les pignons, gagna du terrain :

Car on était village et on voulait devenir ville.

Destin

Si jamais je t'avais demandé, Ute, pourquoi tu avais choisi précisément le Toggenbourg, pourquoi tu avais débarqué au Toggenbourg et pas ailleurs, tu te serais contentée de hausser les épaules, ton rien de regard aurait giroyé, tu aurais jeté, l'air absent, « destin », mais un rien de regard m'aurait tout de même frôlé et, sous les paupières peintes en bleu ciel, derrière les cils passés au noir, j'aurais pu voir, dans le bleu des yeux, cet infaillible tremblement nerveux, cette vibration des nerfs, la fuite devant la fuite, crochetée tout au fond de toi, je t'aurais vue au-dedans enserrée dans un maillage de nerfs, vêtue d'enfance, d'intériorité et de soie, ne posant pas de questions, n'attendant pas de réponses, et je ne suis même pas sûr que tu n'aies pas confondu le Toggenbourg avec Lichtensteig ou Wattwil ou le canton de Saint-Gall ou la Suisse.

Destin.

A Lichtensteig tu commenças par prendre quelques jours de bon temps. Tu avais encore un peu d'argent. Tu t'achetas des vêtements neufs (rouges), tu t'achetas des chaussures neuves pour échapper à l'inéluctable étroitesse du destin qui te semblait liée à tes bottines lacées, tu t'achetas des talons aiguilles, trotticotas désormais sur l'arête d'un destin entre deux à-pics qui se perdaient dans le noir, devins nocturne funambule, te mis à te regarder dans les yeux (bleu bleu bleu), commenças à te tartiner généreusement du destin sur les paupières, t'épaissis les cils au destin (petits grumeaux huileux à la pointe des cils), te peignis les lèvres en rouge destin, te relevas les cheveux selon le modèle (voir petites brochures), te mis à fumer devant la glace (Mary Long, voir films), t'achetas un vélo de l'armée et une cape imperméable.

Tu lisais le journal pour la vallée de la Thur et du Necker, épluchais les petites annonces, écrivais çà et là des lettres de candidature («Messieurs... expression de ma haute considération...»), bien que parlant de nouveau le haut allemand, c'est-à-dire le bas allemand ou l'est-allemand, tu n'eus pas de difficulté à obtenir un permis de travail ou de séjour, car tu avais un passeport suisse dans ton fourbi, mais pour le Toggenbourg il faudrait des papiers spéciaux, pas vrai?

Tous les soirs tu allais au cinéma à Wattwil.

Les films passaient pendant des années.

Bientôt tu pus te présenter au kiosque de la gare à Wattwil.

Parce que Mario, qui avait dix ans durant tenu le petit kiosque juste à côté de la gare, avait des ennuis de santé, on pouvait commencer le travail dès le lendemain.

Cela faisait ton affaire.

De bonne heure, à cinq heures et demie, sur ton vélo de l'armée, tu dévalais fringante la grande rue de Lichtensteig entre de belles maisons anciennes de fabricants (façades façades, dirais-tu, visages visages, dirais-je, entre autres le visage éteint de la maison familiale Abderhalden, cela, personne ne pouvait le savoir), tu suivais la Thur, longeais de vénérables hêtres, trembles, tilleuls, érables, traversais le ruisseau à la tannerie, passais devant le Soleil en montant vers l'église, laissais d'un côté le cimetière, de l'autre des bâtiments industriels et des maisons Biedermeier (ces petites maisons typiquement Biedermeier de la Suisse orientale: monsieur Biedermeier est de Flawil), traversais la vieille place du village, dépassais le Schäfle, le Toggenbourg, le Rössle, descendais vers la poste en passant le pont.

Tous les jours donc, à six heures moins vingt, ma mère débouchait près du pont de la Poste, à Ennetbrugg, au bas de la vieille rue de la gare, pédalait au milieu du petit peu de circulation, passait devant l'hôtel Stefanie, descendait place de la Gare avec un virginal envol de jambe, traversait la rue, perdue dans ses pensées, mais trottinant ou trotticotant bien en cadence le long du destin, poussait, perdue dans ses pensées, le vélo de l'armée et l'accotait contre le mur de la grosse gare jaune.

Tandis que le jour pointait, que le soleil montait ou que la pluie tombait, elle sortait une clé de la poche de sa jupe ou de dessous sa cape, fermait un petit cadenas, remettait la clé dans sa poche, claquotait sur ses hauts talons, perdue dans ses pensées mais bien en cadence, jusqu'au kiosque qui, comme je l'ai dit, se trouvait à côté de la gare, dans ce qu'on pourrait appeler une baraque.

En hiver elle prenait le train.

Par temps de pluie elle prenait sa cape grise avec le chapeau de plastique.

Après le travail elle buvait un café.

Puis elle dormait quelques heures.

Le soir elle allait au cinéma.

La nuit, s'il lunait, elle se promenait.

En hiver elle prenait le train.

Devant la baraque elle sortait une clé de la poche de sa jupe ou de dessous sa cape imperméable, faisait le tour, ouvrait la porte de derrière, disparaissait à l'intérieur, ressortait avec un tablier de travail et des chaussures genre gymnastique, flanôchant parce que quelque peu allégée côté pieds, tenant à la main une clé avec laquelle, s'agenouillant, elle ouvrait une serrure.

Puis elle remontait le volet roulant.

Elle prenait des paquets ficelés que la poste avait apportés par le train et déposés bien proprement, les hissait sur le comptoir, disparaissait de nouveau à l'intérieur, décrivant d'un pied léger un arc autour du tout, ouvrait un tiroir, cachait une clé dans une petite cassette derrière une boîte de cigarettes, prenait des ciseaux dans le grand tiroir sous le comptoir et coupait les ficelles.

Elle disposait brochures et journaux frais du jour en piles, tas, boîtes et boîtelettes, rangeait les ciseaux dans le tiroir, extrayait d'une petite enveloppe, derrière les chocolats qui étaient au fond à côté des cigares, une petite clé, ouvrait le tiroir-caisse, ce faisant ouvrait officiellement, ressortait, et alors que les premiers clients mal embouchés encombraient le passage (cigarettes), suspendait les gros titres au vent généralement mordant à cette heure.

Tu étais donc là debout ou assise derrière le monde (les yeux, les lèvres, les cheveux, le regard), tu fumais à l'occasion (Mary Long) bien que ce fût défendu pendant le travail, tu vendais du monde sous les formes les plus diverses, avais du monde en montre, indiquais le prix en haut allemand ou mieux: en allemand littéraire, creusais ta paume, toujours plus froide que la normale, où coulaient de petites pièces et aussi des monnaies d'argent, parfois c'étaient des billets qu'on feuilletait, tu ne disais pas un mot de trop, jetais, parce que tu avais tout perdu et n'avais plus rien à perdre et pour cela te perdais souvent dans tes pensées, de brefs regards pleins de réserve, mais compréhensifs, des œillades, certaines belles, d'autres anodines, qu'en général tu attachais à un sourire.

On voulait croître et multiplier après la guerre.

L'après-midi on venait te relever, tu buvais un café à la

pâtisserie de la place du village, mangeais des nègres en chemise ou des croquignoles.

Puis tu dormais quelques heures.

Le soir tu allais au cinéma.

La nuit, s'il lunait, tu te promenais.

En hiver tu prenais le train.

La contrée

Il faut, Ute, que je te parle du Toggenbourg, de la contrée où tu es tombée, de laquelle nous sortons tous.

De même que temps et sentiment sont liés, notre famille était liée à cette contrée, tu restas liée à cette contrée, nous fûmes liés à cette contrée, Freitag et moi, avant qu'il ne s'en arrache.

Le Toggenbourg est vert.
De tous les verts imaginables.
Vert sombre en général.
Vert magique à certains égards.
Vert sacré dans le souvenir.
Vert brun au début du printemps.
Vert boue, vert vase.
Vert clair en mai.
Vert pluie.
Vert bouteille.
Vert sève en été.
Vert luxuriant.
Vert pétant.
Vert doré dans la bruine lumineuse.
Vert jérémiade en octobre.
Vert âpre.
Vert jaune en novembre.
Vert Roi des Aulnes au-dessus du brouillard.

Vert défunt.

Le Toggenbourg se compose de mille mondes verts.

Le Toggenbourg se compose de la vallée de la Thur, de la vallée du Necker et de pourtours collineux, son nom ne se trouve sur aucune carte.

La vallée de la Thur est la vallée principale.

La vallée de la Thur se compose en gros de trois mondes : la vallée inférieure, la vallée moyenne et la vallée supérieure de la Thur.

La vallée inférieure de la Thur arbore après Lichtensteig des rondeurs enfantines, ondule, se livre en aval, vue du milieu, à d'anodines escarmouches, non sans, des deux côtés, conduire à l'infini à d'inextricables fatrasies forestières, non sans puissamment se rouler et s'étaler, prend tantôt plus tantôt moins des accents thurgoviens ou même Suisse moyenne, dit de moins en moins jusqu'à, ne rien disant, tout dire, se perd dans le quelconque du moyen-pays, le Plateau suisse, le sempiternel vert, épinard ou vert poison, bien régulièrement réparti, prend le dessus, entre la géométrie des vergers s'étend bientôt ce tapis d'engrais, rigoureusement, uniformément entretenu, gazon artificiel à perte de vue. Moyen-pays. Le Plateau grouille de bestiaux vert poison, furonculeux, purulents, de temps en temps une pustule crève : des sucs corrosifs se déversent sur la Suisse moyenne, des vapeurs s'élèvent ; routes cantonales, routes express, routes de communication infestent le sol imbibé, tramways interurbains, lignes à haute tension, usines de béton et de plastique, avec leur environnement de maisons à une ou plusieurs familles, joliment noyées à tout prendre dans des champs de blé et d'arbres taillés sur mesure, noyées dans le silence et le bonheur, comme c'est l'habitude sur le Plateau, garages et antennes comme la Suisse moyenne en produit en série. Mais la plus grosse production du Plateau, c'est le brouillard, le brouillard est le premer article d'exportation de la Suisse moyenne, le brouillard règne sur le Plateau d'octobre à février ; sous le brouillard la vie est véritablement vidée de sens, sous le plafond de brouillard un enfant sur deux en moyenne dépérit, meurt de manque de lumière ou d'absence de perspectives, tandis qu'au-dessus du plafond de brouillard règne une sérénité sans bornes. Avant que nous ne quittions le Toggenbourg, la vallée moyenne de la Thur se démarquait du Plateau en refoulant d'autorité le brouillard avant Lichtensteig, le brouillard de la Suisse moyenne qui, depuis que Freitag a fait le plongeon, s'est emparé également de la vallée moyenne de la Thur, ne se distingue guère du silence, silence et brouillard sont des notions quasi interchangeables, et parce que le Plateau respire de plus en plus de brouillard, on produit en série garages et antennes, d'un côté pour échapper au brouillard, mais d'un autre côté garages et antennes attirent le brouillard, les griffes du brouillard s'agrippent aux antennes, c'est pourquoi chaque année je suis de nouveau la proie du brouillard. La Thurgovie, teintée d'Allemagne méridionale, se démarque du Plateau suisse en opposant aux antennes et garages des palis d'arbres fruitiers ; certes en Thurgovie aussi les arbres fruitiers ont dû céder la place, des hameaux encroûtés, déjetés, envoûtés ont été dénoyautés, certes le brouillard sait se tresser entre les arbres fruitiers, certes, Ute, en Thurgovie aussi il y a des antennes et des garages, par exemple côté lac où cela va tout droit, il y a presque autant d'antennes et de garages qu'en Argovie où il n'y a pratiquement que des antennes et des garages, abstraction faite des anciennes et vraiment remarquables cités fluviales sur la Limmat, la Reuss, l'Aar, le Rhin. De toute l'Europe le canton d'Argovie a la plus haute densité en autoroutes, centrales atomiques, couloirs aériens, lignes à haute tension, centres commerciaux, solitaires, sportifs, antennes et garages, le canton d'Argovie n'est plus qu'un canton dortoir et trait d'union, et de même que dans le pays d'Appenzell et de Glaris il y a de plus en plus d'antennes et de garages, il y a également au Toggenbourg de plus en plus d'antennes et de garages ; cela aurait bien dû te frapper, Ute, et quand nous parlons du Toggenbourg en général et de la vallée de la Thur en particulier, il me faut noter que, dans la basse vallée de la Thur, il y a pratiquement autant d'antennes et de garages que dans la vallée moyenne de la Thur et que dans la haute vallée de la Thur il n'y a peut-être pas tout à fait autant d'antennes et de garages qu'en Argovie. En tout cas vous deux, Melchior et toi, vous ne demandiez qu'à trimer une vie entière pour vous les payer (l'antenne, le garage, pas vrai ?), en tout cas la Thurgovie, appelée aussi Cidristan, s'étend grosso modo entre l'Allemagne, la principauté saint-galloise et le pays d'Appenzell, borde pour sa meilleure part le lac de Constance à l'extrémité ouest duquel le Rhin se réinvente perpétuellement pour se voir peu après décuplé par la Thur ; en mai, quand fleurit l'industrie fruitière, la Thurgovie satisfait par bus entiers aux besoins difficiles à circonscrire des pré- et postretraités, et alors, la Thur qui a pris un bon coup de vieux, passe à travers tout cela, prend tout cela sur elle, n'a plus qu'un faible murmure, se tait de plus en plus, se noie dans trop d'eau, est endiguée, guidée, coule à travers des parties du canton de Zurich, coule à travers quelques réserves naturelles d'importance nationale, çà et là se grignote rageusement un bout de berge, ne tient pas les grandes promesses qu'elle a faites dans sa vallée supérieure, tient secret ce qu'elle a raconté ou entendu raconter dans sa vallée moyenne, ensevelit prudemment sous le sceau du secret ce qu'elle savait me révéler quand, assis sur ses rives, je me perdais en elle, ne divulgue plus ses secrets, dilue un secret en cent secrets, se dilate, se délivre et se jette muette et secrète dans le Rhin.

Lequel s'en trouve décuplé et se jette dans la mer.

La vallée moyenne de la Thur, tu t'en souviens, est un pays vallonné, mature, adulte, entre de subtils agencements de montagnes et de collines s'étend, à six ou sept cents mètres au-dessus du niveau de la mer, une plaine nourrissante où l'on pouvait sans problèmes vivre et penser droit devant soi.

Sur quoi nous aurons à revenir.

Où on se croirait aujourd'hui à Wetzikon.

Schwammendingen – Champignonville.

USA.

Car on était village.

La hauteur des horizons tient tout autour la bride haute à l'imagination ou l'oblige à se hausser.

La vallée moyenne de la Thur, généralement appelée Moyen-Toggenbourg, est un monde en soi, corps puissants des deux côtés, baptisés ventres ou bedons par le langage populaire, commercialisés aussi par ceux qui y sont nés et n'en sont jamais partis sous l'appellation de Toscane alémanique, vers le haut sept Churfirsten – ils couronnent le paysage – vers le soir par exemple, donc côté ombre, des mondes-en-soi très différents se mussent dans ce monde-en-soi, ravines, cluses, combes, gorges, pâturages, hameaux, villages s'enracinent en terrain furibond entre des étendues de forêts, ça monte à l'infini et au-delà, ça s'ouvre, ça redescend sans que jamais l'on s'en sorte, sans que jamais personne ne soit parvenu en haut, ait atteint l'horizon ou l'ait dépassé, car c'est une chose que l'on tente depuis mémoire d'homme au Toggenbourg, ce qu'on appelle «attraper l'horizon»: innombrables sont ceux qui errent leur vie durant par les forêts humides côté ombre, restent accrochés aux branches, aux épines aussi, squelettes ici et là. Pour remédier à ces funestes pratiques, on organise tous les ans la course dite de la Kreuzegg lors de laquelle, en bon ordre, du fond de la vallée jusqu'à la Kreuzegg, l'on sprinte ou l'on se traîne, langue pendante.

Entre bien d'autres choses, je te le rappelle, Ute, il y a, au Moyen-Toggenbourg, côté ombre, le petit village de Krinau, situé à un bout du monde, entre bien d'autres choses il y a le vallon de Steintal près de Wattwil, appelé aussi Riviera parce que, bien qu'à huit cents mètres au moins d'altitude, il suit exactement, en vallonnant dans la montagne-ventre, le cours du soleil et de la lune, enregistre bon an mal an des températures plus élevées qu'aux alentours, de sorte que la neige ne se fait pas prier pour battre en retraite de bonne heure et qu'il est le premier à accueillir le printemps, entre bien d'autres choses il y a le Schönenberg, la plus belle montagne-ventre d'Europe, exemplairement située dans le paysage, il y a le Steintal d'Ebnat qui mène à un autre bout du monde, au Speer qui est, comme tu le sais sans doute, la plus haute montagne de nagelfluh d'Europe (nagelfluh: cette masse faite d'yeux et de marnes dont se sont formés les animaux primitifs les plus divers, on peut encore en admirer quelques spécimens dans le massif du Speer). Mais ce qui pourrait avoir échappé à quelqu'un comme toi qui parles intentionnellement haut allemand, c'est cette frontière millénaire, naturelle, donc invisible, qui court sur la crête à l'horizon: là-bas le monde se partage en l'un et l'autre, humides forêts de résineux d'un côté, feuillus et essences diverses de l'autre, à partir de la Kreuzegg, par le seuil de Ricken, passant carrément par-dessus le Schönenberg et à travers le Tanzboden, la barrière linguistique est maintenue par une main invisible, immuable un mur s'élève le long de la crête, car côté ponant on tombe dans le tout autre, côté ponant on descend dans la vallée de la Turb, dans la vallée de la Toess qui certes à bien des égards ressemble à la vallée moyenne de la Thur, mais appartient déjà au canton de Zurich, là-bas, de l'autre côté, on parle le traînant allemand zurichois, tandis que côté Toggenbourg on parle aujourd'hui un toggenbourgeois plus ou moins mâtiné de saint-gallois ; sur la crête se dressent sapins, épicéas, pins, cime à cime, à peine s'ils laissent filtrer une syllabe, une bribe venue du côté zurichois, et même par le tunnel de Ricken qui relie le Toggenbourg au Gasterland et donc à Zurich, ne se faufilent que des lambeaux : ce mur invisible sépare les cultures, c'est la vraie ligne de partage des cultures, Ute.

L'autre côté, côté soleil, est l'apanage de la montagne qui s'élance vers le ciel, puis descend en pente douce dans la vallée du Necker.

Tu tombas, Ute, dans un monde-en-soi où se mussaient d'autres mondes-en-soi.

Tu tombas dans un monde-en-soi qui était derrière la muraille de Chine.

Tu tombas dans un monde-en-soi qui était foré depuis longtemps.

Un monde qui prenait son temps pour suivre son Temps.

Tu tombas dans un monde-en-soi qui n'arrêtait pas de moyenner et qui était un monde pour d'autres.

Tu tombas à l'improviste dans un monde-en-soi qui n'était pas forcément un monde pour toi.

La vallée supérieure de la Thur, généralement appelée Haut-Toggenbourg, présente plusieurs rétrécissements, forme plusieurs bassins dans lesquels se trouvaient les mers les plus diverses, concède, bénigne, quelque latitude à la hauteur de Nesslau, mais se referme vite, s'escarpe de plus en plus vers le sud, s'enroche et s'alpinise, vire dans son quart supérieur, vu d'en bas, brusquement à l'est, coule dans son quart supérieur – obscurément aimé du soleil – gentiment est-ouest, dépasse la moyenne, attire en masse les pays moyens, passe majestueusement aux choses sérieuses avec plis, zigs et zags.

Le glacier du Rhin, se gonflant du bas vers le haut, y rencontrant d'autres masses de glace, avait pris ses aises dans la vallée supérieure de la Thur, avait puissamment compressé un amas de gigantesques corps lourds, gras, affalés dans une démente ivresse, avait écrasé, râpé, refoulé et largement émoussé les arêtes jusqu'à mi-hauteur.

Seules les couvertures calcaires résistent au rabotage, s'élèvent crevassées et érodées, exhibent un chambardement pétrifié, ce qui fait qu'on les classe en général dans les montagnes à plissements.

Dans la vallée moyenne de la Thur le calcaire cesse, faisant place au grès et au nagelfluh.

Le Toggenbourg est en travers de l'histoire du monde.

La vallée de la Thur est la vallée principale.

Comme je veux dévider le fil parental, arriver à ma propre histoire, je suis assailli par une foule de sentiments divers.

Du tempérique me met impitoyablement des bâtons dans les roues.

L'imprévisible prend forme

Tous les fils cassent.

Je commence à comprendre, mon amour, dans quoi je me suis engagé.

Les esprits que j'évoque m'obéissent au doigt et à l'œil.

Temps et tempête sont à mes ordres.

Le ciel est en mon pouvoir.

Suis déclencheur.

Mais à peine une seconde d'hésitation, de flottement, d'incertitude quant à la suite, et voilà des présences qui viennent me tarabuster.

Autre chose, qui pulse, qui respire librement, veut me faire perdre le peu d'assiette que je conquiers sur le temps, autre chose, de l'insaisissable, entre en scène, prend possession de la table, autre chose, de l'inexprimable, de l'à peu près, du non réglé me tombe dessus sans crier gare.

Je n'ai plus de repos, j'ai des tintements dans les oreilles, des sonneries stridentes, lancinantes, me rattrapent quand je divague et me ramènent durement au présent.

La tombée de la nuit.
Pas de doute.

Elle réclame son tribut pour me laisser faire.
Le présent darde son aiguillon.

Les cloches parlent.

D'abord à voix basse et retenue, puis de plus en plus fort.

Je m'ôte la cire des oreilles.

Oui, les cloches, dehors.

Cela me rassure.

C'est samedi soir, réjouissance anticipée, mon grand jour approche.

Mais dès que je tends l'oreille, les sonneries chargées d'espoir sont avalées, effilochées par la bourrasque.

Je veux me tenir à des faits.

Le présent ne se laissait pas éluder.

Des monceaux de faits entassés autour de moi faisaient cause commune avec le présent, s'opposaient à une continuation, se dérobaient à ma dictée.

J'étais investi en présence de la table, on m'enveloppait d'un manteau de solitude, avec délicatesse et détermination.

Impossible de s'en défaire.

A l'encontre de grands desseins, je me levai, pris la clé, tirai la clavette, ouvris la porte.

Dans la cage d'escalier, outre sonneries gelées, des lambeaux attardés de l'orgie sonore d'après-travail :

«... le monde est bon-on... ! »

«... en Itali-i-e... ! »

«... y a quelque cho-ose pour to-â... ! »

Je trouvai l'entrée de notre appartement.

La porte que j'avais laissée ouverte.

Vis de la lumière.

Deux chapeaux, quand j'entrai, étaient sagement accrochés l'un à côté de l'autre :

Noir et modeste, mon cadeau d'anniversaire déjà réformé, à côté le chapeau de mon père.

De la neige dessus.

Le chapeau de fonction de mon père.

Naturellement.

Une aura le nimbait :

Je voyais une vive lumière flotter comme une auréole autour du chapeau.

Elle m'ôtait hâte et désespoir, savait me fasciner, me captiver.

Je devins esclave.

Me laissai asservir.

C'est bleu-noir qu'est le chapeau de mon père, entre bleu et noir, royalement soutaché d'or, devant, il a une petite visière genre casquette et au-dessus, gros comme une pièce de deux francs, doré, contrairement à celui du simple chapeau de contrôleur, le sigle fléché à droite et à gauche des Chemins de fer fédéraux.

Couleur mise à part, il serait tout à fait comparable à un chapeau de contrôleur modèle courant, ordinaire, tout noir, mais un trait essentiel le distingue des casquettes, képis, raides couvre-chefs qui circulent dans cette ville : au-dessus du sigle, sur le fond bleu bombé, de belles grandes lettres blanches bien lisibles inscrivent le mot magique, le mot décisif :

Information.

J'avais toujours guigné ce chapeau, jamais je n'avais osé y toucher.

Je compris que c'était l'occasion.

Je me laissai tenter.

Je profitai de l'offre.

Tremblotant comme un voleur repenti qui s'est rangé des affaires et a donc un peu perdu la main, je décrochai le chapeau, fis tomber la couche de neige, le tins en main d'abord incrédule, puis déterminé.

Je m'en coiffai :

Offre et demande coïncidaient.

Le chapeau se posa généreusement sur tignasse et bourrasque, m'alla tout de suite à ravir, fit instantanément partie de moi.

Clarifia.

Quel exaltant sentiment de forme et de façonnage.

Le chapeau chapeaute toutes mes fariboles, pensai-je en un éclair, le chapeau me prolonge à l'infini, j'avais la hauteur de vue qui seule permet les vues profondes, aucun généraliste si zélé qu'il fût ne m'aurait passé sous sa toise exactissime qui ne tolère aucune marge personnelle, couvre tous les crânes avec la même froideur scientifique, j'avais des oreilles omnidirectionnelles.

Ma longueur, je le sentais, se développait en grandeur pure.

Ma tête inopinément se faisait palais.

Mon front devenait église.

Les cheveux étaient parc.

Temple, l'oreille.

L'oreille ne connaît pas de limites, l'oreille pense en sons, l'oreille pense en rimes, l'oreille pense en espaces de langage, se pense à travers des espaces intermédiaires, des espaces de jeu, s'invente des espaces de liberté, ouvre des espaces cosmiques, des espaces météorologiques, l'oreille émet, l'oreille reçoit.

Sons.

Résonances.

Tu es le faiseur de temps, disait clairement le chapeau, prépare-toi.

Je le crus.

Me sentis fortifié.

Armé pour de grandes choses.

Je me fis du café et retournai à la cave. Est-ce illusion ou la rafale recule-t-elle vraiment quand, chapeauté, je descends les escaliers ?

Revenu à la table, j'affermis l'assurance reconquise par deux tasses de café.

Le café noie toute hésitation.

Le café est pure médecine tempérique.

Devant moi du papier.

Je couche du Temps sur le papier.

Prends mon Temps pour toi.

Pose le Temps en travers de la table.

Je suis investi du pouvoir d'information.

Sous le chapeau.

Je prends de l'envergure.

Je m'expanse.

Je m'intéresse à toi.

Sous la garde du chapeau.

Je m'intéresse à toi.

L'oreille déborde toute limite.

Elle n'a ouïe que pour toi, amour, où tu demeures, là est le son.

Tu fais vibrer les choses.

Tu tiens ensemble le peu qu'il y a.

Tu es écho.
J'entends ta réponse.
Ecoute, prête l'oreille.
Je veux en entendre davantage de toi.

La ville se déroule à hauteur de tête.
Je démesure.
Je prolifère par-dessus.
Je pourrais t'embrasser.
J'ai végété longtemps, longtemps, comme un brin d'herbe sec dans l'ombre de la nuit.

Je pullule.
Je vagabonde.
Le premier devoir du faiseur de temps est de divaguer d'importance.
Faire le temps, c'est prétendre.

Le faiseur de temps est papier.

Il est sous tension.
Il s'immisce.
Jette des pensées.
Détourne des foudres, des foudres mentales.
Va au fond des choses.

Se dissout dans l'air.
Mêle dehors et dedans.

La ville se déroule à hauteur de tête.
Je m'y mets.

Prends mon élan, cours, vagabonde.
Les murs reculent.
Le plafond fuit.

Le chapeau prend le commandement.

Face à Zurich, à ses millions répandus devant moi, le chapeau était de taille.

Je tempestais sans frein :

Par la main de petits paysans à palafittes, les forêts de la vallée de la Limmat, pleines d'une sauvage faune aux aguets, avaient été gratifiées des premières clairières, de terres labourables et du Principe Espérance.

Face à cette Zurich remplie de lustucrus et de dieux fulminants, de fées et de spectres, bientôt romaine, partant aussi hellénique, servant de poste de douane, progressivement christianisée, tôt aspirée dans le grand tourbillon des peuples, respirant l'air du nord, l'air du sud, subissant le vent d'ouest, frôlée et inondée par Celtes et Alamans, irlandaise, franque, formant sous Charlemagne une ville où il y avait plus d'une chose, face à cette Zurich fabuleuse, exposée malgré ses murailles fortifiées aux démons et monstres cercocéphales, de plus en plus industrieuse, imposante, corporatistement bourgeoise, confédérée, par moments éprouvée par la peste, pourvoyeuse de mercenaires, s'empêtrant volontiers dans les embrouilles intraconfédérales, se réformant crûment, abruptement, je suis de taille.

La Zurich zwinglienne, engagée dans les escarmouches de la Contre-Réforme, toujours généreusement hospitalière aux Toggenbourgeois et autres réfugiés confessionnels, envahie par le Franzos, placée à partir de Paris dans un autre contexte, édifiant des sentiments patriotiques, libérale, s'inoculant de bonnes doses d'ambition, forcée avec Lucerne et Saint-Gall de céder à Berne le titre de capitale confédérale et se jetant avec d'autant plus de détermination dans les griffes des temps nouveaux,

la Zurich qui accélère, se ferroviarise, se pousse au cœur de l'Europe grâce à la ligne du Gothard, fait sonner sa richesse, s'aérodynamise, avale son entourage, crache de la littérature mondiale, la Zurich sillonnée de trams, électrifiée, dadaïste, épargnée par la Première Guerre mondiale,

la Zurich un peu esquintée par les années de crise, gouvernée rouge, bâtissant social, épargnée par la Seconde Guerre mondiale, économe, vendant des tubes d'acier à l'étranger,

la Zurich internationale nécessitant un aéroport, fondamentalement inadaptée à la circulation individuelle,

s'égaillant à la va-comme-je-te-pousse, sans plan parce que démocratique,

la Zurich nouveau-riche, collante et sucrée, piaillante, chuintante, courattante, toujours animée au fond des meilleures intentions, toujours sous pression et pressurant elle-même, mais ne bâtissant pas haut, ne dépassant jamais la moyenne, se haussant péniblement à trente ou quarante mètres, la Zurich au sourire aimable, qui vibre, sibile, la main devant la bouche, ne produit que du bruit, produit le bruit le plus pur, produit le plus beau bruit du monde, la Zurich éteinte derrière les façades, transformant le bruit en information et l'information en bruit, mastiquée de bruit et d'information, bourrant chaque niche d'information, surchauffant le flot d'information, focalisant, se déversant dans la cave en un lac de sentiments, cette Zurich qui empile ses strates devant moi, je la dépasse par la taille :

Quand je me lève de mon siège, mon amour, et déploie toute ma longueur, j'arrive plus haut que le rebord de la fenêtre.

Je m'étire vers toi.

La ville s'étend entre moi et un ciel :

Entre sentiments mêlés et sublimes.

Alors je pensai à mon frère Freitag, je rattrapai le fil parental à peine ourdi, le plafond se partagea, soudain je vis clair, une cheminée s'ouvrait au-dessus de la table, un tunnel de béton fuyait vers le haut, j'y pouvais distinguer du beau temps, du bon temps bien sage, je retrouvai un peu de calme, un rayonnement d'envergure descendit sur moi ou sortit de moi, il se mit à faire bon chaud, les murs fondirent, mâles et femelles prirent forme, il y avait affluence à la cave, je pus distinguer deux parents, je pus retracer comment, par étapes, mais irrésistiblement, notre famille se constitua:

D'en haut, Freitag, arriva notre père, d'en bas vint notre mère.

Nous, nous arrivâmes de quelque part, mais des années plus tard.

L'Amérique vint d'elle-même.

L'Amérique en fait venait d'Europe.

L'Afrique ne vint pas de son plein gré en Amérique.

D'Italie du Nord, d'Italie du Sud, d'Espagne, de Yougoslavie arriva la main d'œuvre, masculine. Plus tard féminine.

D'en bas vint la reprise, qui voulait monter.

D'en haut vint Melchior Abderhalden, il visait haut, mais se décida pour le bas de l'échelle.

Le club de football de Wattwil arriva en seconde division régionale.

Le conseil communal de Wattwil arriva à la décision d'acquérir comme futur terrain à bâtir le domaine de Gruenau, une immense prairie au milieu de la vallée, envahie par rivière et marécage avant la correction de la Thur, habitée et cultivée par la seule famille du propriétaire. De Saint-Gall arrivèrent des autorisations écrites.

C'est ainsi que le petit bourg de Wattwil qui n'avait été jusque-là que bas-pays de Lichtensteig, le chef-lieu de district, arriva à damer le pion à la petite ville. C'est ainsi que Wattwil en vint à construire à tour de bras, la substance habitable fut multipliée sans scrupule, la zone industrielle étendue, tandis qu'à Lichtensteig où s'étaient nichés l'Etat de Saint-Gall et une forte industrie, où il y avait autrefois douze boulangeries pour guère plus de mille habitants, on ne trouvait plus une seule place vacante. Vint une sorte de réveil, une sorte de grande respiration qui ne posait pas de questions, mais à laquelle nos parents, inhalant profondément la fumée de leurs cigarettes, Mary Long, essayèrent tout de même de répondre. Le cinéma Speer vit arriver une redoutable concurrence (TV). La commune de Wattwil n'arriva que des années plus tard à se doter d'une antenne collective. Pour l'inauguration du nouveau terrain de football derrière la poste, Grasshopers et FC Schaffhouse vinrent disputer un match amical. On en vint même à détruire la plaque commémorative de Näppis-Ueli (Ulrich Bräker) qui dans les années vingt avait été inaugurée dans l'ancienne rue de la Gare et rappelait le Pauvre homme du Tockenbourg, afin de faire place à la nouvelle rue de la Gare. Quiconque était un peu malin n'avait jamais son compte en rouge. On pouvait beaucoup entreprendre. Chacun pouvait entreprendre quelque chose. Tout le monde entreprenait beaucoup. Des années plus tard seulement beaucoup s'en trouvèrent fort entrepris.

La situation météorologique : une zone de haute pression s'étendait sur l'Europe occidentale et le Toggenbourg et demeura déterminante pour un temps indéterminé.

Un mélange d'août et d'avril qui cherchait à s'éterniser dans les définitifs mélanges des bétonneuses.

Tout était possible.

Tout le possible prenait dure consistance.

Les rêves de gosse se réalisaient à la pelle.

La guerre chassée par le béton armé, la croyance au bien coulée dans le béton.

Sous l'influence de cette haute pression générale, mes chéris, furent ancrées les bases de notre Suisse américaine.

Ensuite l'émetteur de télévision du Saentis put être mis en service.

Ensuite eut lieu un recensement qui dénombra pour la commune de Wattwil, que n'ai-je pu, Freitag, t'informer plus tôt de ces choses, six mille trois cents habitants, trois mille huit cents protestants et deux mille trois cents catholiques, le tout dans mille cent maisons. Ensuite un recensement confédéral du bétail dénombra pour la commune de Wattwil cinquante chevaux, trois mille quatre cent vingt-cinq bovins,

deux cent trente-six moutons, mille trois cent septante cochons, six mille cinq cent quatre-vingt-huit volailles et quatre cent dix-neuf essaims d'abeilles.

Ensuite l'auberge Sternen, à côté de l'église, fut démolie, ton père donna la main. Ensuite l'hôtel-restaurant Rössle qui s'élevait au centre du vieux village, où se tenaient des réunions de toute sorte et dont ton père n'aurait pas été le seul à dire qu'il était le cœur du bourg, fut joyeusement taillé en pièces avec de grands couteaux, rasé et bien pilonné en même temps que la grange qui se trouvait derrière, la grand-rue fut élargie, la voie tracée pour l'avenir. Ton père maniait le couteau, donnait la main en qualité d'employé municipal.

Aurions-nous peut-être trouvé une patrie dans le vieux noyau villageois ?

Ensuite fut aménagé le nouveau carrefour de la gare. Ensuite vint la fusion partielle des écoles catholiques et protestantes. Ensuite la vieille forge Herzig dut débarrasser le terrain pour faire place à la rue de la Boucle. Ensuite la piscine fut dotée d'un nouveau plongeoir. Ensuite l'école de tissage du Toggenbourg fut agrandie.

Entre-temps les chemins de nos parents s'étaient croisés à la gare, ils s'étaient rencontrés, avaient fait connaissance, car ils fumaient tous deux les mêmes cigarettes (Mary Long). Trouvés, mariés, et ainsi de suite, puis nous échouâmes dans le pays, mais pas tout de suite, il fallut encore un bon bout de temps, car, côté enfantage, quelque chose clochait chez nos deux parents. Et pour adopter il faut avoir bonne réputation, aussi Melchior dut-il travailler dur.

A l'époque l'usine textile Weberlein avait à Wattwil le monopole mondial des wébérismes et wéberloupettes, et employait plus de deux mille personnes de toute la région.

Ton père venait d'en haut.
Ta mère venait d'en bas.
Ils se rencontrèrent après la guerre à la gare.

Logique

Parce que ton père conduisait une DAF blanche et dirigeait une équipe de balayeurs, qu'il avait fait à la poste un apprentissage de facteur, n'était devenu ni capitaine ni speaker à la radio ni non plus propriétaire d'hôtel, il fréquentait, avec son frère Eduard, lequel s'était fait muter de Nesslau à Wattwil, l'hôtel-restaurant Rössle et d'autres estaminets. Ils yassaient avec les gens du lieu ou riaient ou plaisantaient. Eduard se mit de toutes les associations, leur insuffla une nouvelle vitalité, fonda l'association pour la coordination de la vie villageoise. Parce que la banque cantonale de Saint-Gall avait été provisoirement logée dans l'ancienne mairie et que les pensions de la route d'Ebnat étaient déjà plus que pleines, le reste du bâtiment, entre l'église et le Schäfle, fut provisoirement loué. Parce que ton père avait coutume, chaque matin après neuf heures, d'acheter des cigarettes, Mary Long, au kiosque de la gare, ta mère ne refusait rien aux clients, lisait leurs souhaits sur leurs lèvres et faisait les yeux doux. Parce que les premières émissions de télévision furent diffusées, ton père se sentit interpellé. Bien que pendant la guerre on ait eu la haine de tout ce qui était allemand, ton père, avant que le nouveau terrain de sport de Gruenau ne fût inauguré par un tournoi de foot populaire et une grande fête villageoise, se sentit interpellé, malgré la sonorité étrangère, par le peu de haut allemand que proférait ta mère. Parce qu'on construisit à la piscine un nouveau plongeoir, la vieille forge Herzig dut disparaître pour faire place à la nouvelle rue. Parce que ton père devint membre du club de gymnastique, l'agrandissement de la nouvelle rue de la Gare fut voté à une forte majorité. Parce que, depuis la mise en service de l'antenne de télévision du Saentis, la réception s'était considérablement améliorée, ta mère, devinant les besoins, venant au secours des pudeurs, roulait pour des hommes jeunes et vieux une nouvelle feuille, au début mal famée, mais qui bientôt fut dans toutes les mains et se proposait de satisfaire au premier coup d'œil à l'âge optique, dans le St. Galler Tagblatt, la Neue Zürcher Zeitung, le Tages-Anzeiger ou le journal du Toggenbourg. Quand ton père donna la main pour démolir le Rössle, le journal en question contrôlait déjà l'opinion et pouvait donc commencer à la pétrir, la graisser et l'oindre en long et en large. Quand mourut le vieux

Braunschweiger, chroniqueur local et directeur de la poste, des pluies persistantes causèrent de graves inondations et remirent à flot des mers autrefois connues. Parce qu'on projetait de construire, un peu en retrait de la rue du Ricken, un grand magasin, le marché de Wattwil, après un long dépérissement, finit par mourir en brave, bien qu'une communauté d'action eût installé l'éclairage de rue d'Ulisbach à Bleiken. Avant que la nouvelle route cantonale ait vu le jour, put s'ouvrir rue de la Gare, le premier magasin self-service, le Konsum. En conséquence le restaurant Traube à Ennetbrugg, ainsi que la boulangerie attenante, mit la clé sous la porte. A côté de la taverne Ullmann la banque cantonale put emménager dans le nouveau bâtiment au carré de la nouvelle rue de la Gare, de sorte que le vieux puits qui, dans le cadre du réaménagement de la Grand-rue avait été découvert au milieu de la place du village, dut être recouvert. Parce que le cours de la Thur avait été corrigé, les platitudes de Gruenau furent généreusement embâtimentées. Derrière la poste fut construite l'école de Gruenau. La grande, blanche et unique église, autour de laquelle s'était massé l'ancien village, fut encore utilisée paritairement. Parce que l'oncle Eduard savait tout, il fut élu président du club de football et vice-président du corps des sapeurs-pompiers, passa l'examen de bistroquier et conseilla à mon père d'acheter une grande bouteille d'eau de Cologne. Eduard rêvait depuis toujours de boire dans son propre verre. Parce que ton père était assidu et ambitieux, son frère cadet pouvait se gaspiller sans compter. Quand la coopérative Migros ouvrit rue de la Gare le sixième marché-Migros du canton de Saint-Gall, on put introduire les codes postaux qui simplifièrent le trafic des marchandises. Parce que le marché Migros proposait deux mille trois cents articles d'usage courant et mille deux cents produits alimentaires différents, il ne rencontra pas une hostilité aussi massive qu'au temps où les premiers camions Migros qui remontaient la vallée se faisaient canarder par le petit commerce, et l'on put mettre en service l'illumination de la ruine d'Iberg et l'usine pour le séchage de l'herbe de Flooz. Quand, un matin de mai, Freitag, ton père Melchior Abderhalden arrêta sa DAF blanche devant la gare, il transportait, outre un grand dessein longuement mûri, une grande décision et un brin de courage suite au canon qu'Eduard lui avait entonné. Bien proprement peigné et fleurant l'eau allemande, il s'avança entre les journaux où, comme à l'accoutumée, la guerre froide faisait les gros titres, demanda d'abord comme à l'accoutumée des cigarettes et une belle oeillade, mais, une fois que ta mère lui eut remis les premières contre argent comptant et décoché gratis la seconde, il resta là planté, attendit d'être seul avec elle, aurait voulu lui demander quelque chose, aurait voulu rompre le grand silence, avait préparé de belles phrases, lesquelles, dès qu'il commença à parler, se noyèrent dans une énorme effervescence de sentiment, tout son grand sentiment, encavé des années durant, jaillit d'un coup, et il ne put que bredouiller:

« En fait je voulais demander... »

Appelle cela froideur, appelle cela calcul, Freitag, moi, je verrais plutôt de l'égarement dans la façon dont elle prit appui sur le chocolat, de cette main autour de laquelle tournait et s'enlaçait toute la décision de ton père, dans cette façon de caresser et tirailler de l'autre les billets de la loterie nationale, tandis que ton père, les membres tout roidis d'une frayeur soudaine, restait là, égaré et presque indifférent, semblait-il, alors qu'elle n'avait plus pour les clients qui entre-temps s'étaient instillés, qu'une mine pensive, un sourire las, gêné, entre accort et pas d'accord, annonçant faiblement la couleur, tout en recommençant à distribuer des cigarettes, levant les yeux un instant, lançant à l'improviste «... Et si un jour on allait danser?», succincte réponse qui scella notre destin à tous.

Le juke-box

Au Schützengarten, un restaurant où l'on dansait les fins de semaine, ils se retrouvèrent, se rapprochèrent et, comme deux corps magnétiques, ne se décollèrent plus jamais.

Au centre trônait le juke-box, tout bigarrures et enjolivures, un vrai meuble :

Vingt centimes le morceau de musique.

Tout le monde était là.

Toggenbourgeois, Toggenbourgeoises, Italiens, Italiennes, Autrichiens, Allemands s'exerçaient au rapprochement.

Les mâles virils, les femelles avec des coiffures haut échafaudées et des jupettes virevoltantes.

Tandis qu'on commençait deux-droite-un-gauche ou sentimentalement joints pour bientôt se disjoindre, tes parents cultivaient la fleur bleue dans la jointure. Tandis que fox-trot, valse, tango faisaient giguer jambes indigènes et exogènes en mesure ou hors mesure, tes parents dansaient tout droit à leur propre rythme.

Tandis que l'ambiance se chauffait, deux-en-arrière trois-en-avant, les anges chantaient pour tes parents dans un tout autre registre. Tandis qu'autour d'eux les vagues s'enflaient, tandis que tout autour ça houlait et creusait, tandis que les assis fumaient et buvaient, que ceux qui ne l'étaient pas dansaient par la force des choses, tandis que le rythme et la drogue populaire numéro un passaient dans le sang, tes parents tenaient ferme contre les déferlantes et dansaient étroitement enlacés «Embarque-toi sur le bateau de rêve de l'amour», «Tout Paris rêve d'amour», «Viens avec moi en Italie». Tandis que tout autour ça voguait tantôt comme ci tantôt comme ça, que les jupes volaient, que dehors, dans des voitures moyennes, troufignages et branlicotis allaient bon train, tandis que les mâles qui savaient calculer de tête mettaient en pratique la théorie des températures de Knaus, tandis que dehors et dedans tout passait par profits et pertes et que les mâles, une fois percé le rideau de fer et leur onzième doigt retiré, se mettaient en général à calculer, alors qu'il fallait d'abord un peu faire connaissance avant de sauter le pas, qu'il n'était pas encore d'usage de fringoter à la maison et qu'il fallait donc avoir l'art de l'improvisation, alors que la plupart, Freitag, n'osaient pas acheter des capotes dites anglaises, jusqu'au jour où le coiffeur, qui dégageait vaillamment les nuques, fermait un œil et les facturait discrètement avec la coupe de cheveux, alors donc que les femelles étaient cycliques et que les mâles s'employaient résolument à déchiffrer ces cycles, alors qu'il n'y avait encore presque rien, qu'il ne se passait encore presque rien et qu'il fallait faire quelque chose ensemble, alors qu'un jeune Italien et une jeune Allemande rataient leur rendez-vous, faute de s'entendre, l'un attendant au four, l'autre au moulin, tes parents formaient un couple, dansaient toutes les fins de semaine, absorbés en eux-mêmes, une longue et profonde danse, se firent au début allumer, furent la cible des brocards, mais ne voulurent pas brûler, parce qu'ils étaient déjà feu et flamme l'un pour l'autre, continuèrent à aller leur pas et, peu à peu, sortirent du champ visuel et se firent oublier.

Noce

La noce eut lieu un jeudi soir à l'hôtel-restaurant Rössle dans la petite salle et en comité restreint. Il y avait des oiseaux sans tête. Oncle Eduard avait veillé à tout. Les élèves de l'école de tissage se joignirent à la fête, portant symboliquement leurs casquettes, cravates et cocardes corporatives. Après le dessert (salade de fruits), le club de gymnastique édifia sur la place du village une pyramide de dix hommes. Quand l'harmonie municipale donna une sérénade près de la fontaine et interpréta des chansons d'amour paneuropéennes, ta mère avait aux yeux des larmes qui délayaient son maquillage. La circulation fut détournée. Plus tard arriva le conseil municipal au grand complet, lequel baisa in corpore la main de ta mère. Les élèves de l'école de tissage buvaient la bière dans des bottes, l'ammann but dans le soulier de ta mère. Quand au matin tes parents se retirèrent, que ton père enleva d'un bras vigoureux sa fraîche épousée pour la porter dans la chambre tout exprès aménagée pour le septième ciel, le club de ski fit la haie. Sous le ciel de lit les draps étaient blanc de neige et repliés comme une invite. Parce que tes parents sombrèrent pour toujours sous le ciel de lit, le village continua gaillardement à chanter, et le couple d'aubergistes eut toutes les peines du monde à pousser tout le monde dehors. Car une fois que le village est bien installé à pochetronner, il y reste pour toujours. Car on était village et l'on voulait devenir ville. Au petit matin le club de football cogna à la fenêtre.

La lune bien entendu ne se coucha plus. La chorale masculine et le groupe des yodlers bahulèrent par les rues baignées de lune: «Le bonheur-c'est-éternel...», et «A-toi-chérie-pour-la vie...» Appareils ménagers mécaniques ou déjà électriques formaient la plus grande partie des cadeaux de mariage.

Parmi eux il y avait un aspirateur.

Le Hoover.

Le Rössle fut démoli le lendemain, y compris la grange de derrière. Plus tard le couple Abderhalden rassembla meubles et ustensiles, s'installa avec grand-mère Abderhalden qui avait loué sa maison d'Unterwasser, dans une maisonnette jaune, vécut désormais entre le Schäfle et le Toggenbourg, entre l'école professionnelle du textile, ex-école de tissage du Toggenbourg, et l'entrepôt frigorifique, juste au bord du ruisseau dans l'ancien noyau du village, à l'ombre, non loin de la place où, à l'endroit du vieil abreuvoir, s'élevait la nouvelle fontaine Weberlein, que la fabrique avait offerte à la commune à l'occasion de son cent cinquantième anniversaire : un compagnon teinturier prenait la pose à côté du hibou de la firme, emblème de la puissance de l'industrie textile qui, à cette époque, ne dominait pas seulement la place du village. Aujourd'hui, comme tu le sais, Freitag, cette vieille place est surtout un carrefour, car c'est là que se nouent les routes de Wildhaus, Rapperswil, Wil ou Saint-Gall, que convergent toutes les routes du Toggenbourg, que mènent obligatoirement tous les chemins du monde.

Ton père, sa qualité d'homme marié lui valant un salaire plus élevé, remplaça la DAF blanche par une coccinelle VW avec tente. Ta mère n'apprit jamais à conduire. Parce que ta mère parlait le haut-allemand, ne trouvait pas d'amie véritable et ne conduisait ni DAF ni VW, sa belle-mère lui fit cadeau d'un téléviseur, un téléviseur noir et blanc qui avait été le premier téléviseur dans toute la vallée et l'ornement de la pension Schwendi à Unterwasser: une solide construction de bois à pieds galbés et volets devant l'écran gris vert. Outre deux boutons pour monter ou baisser le son et faire plus sombre ou plus clair, il était équipé d'un bouton dit spécial sur lequel était dessinée une spirale sans fin et qu'on pouvait actionner en cas d'incidents techniques de tous ordres. Il fallait voir alors le grabuge, le mécanisme gargouillait, sur l'écran apparaissaient des jardins rotatifs, des danses païennes, des queues de cochon, des Hottentots, de la musique russe. Pendant ce temps deux, plus tard trois générations siégeaient hypnotisées dans la pièce dont la disposition du mobilier n'était pas encore commandée par le seul appareil, retenant un souffle familialement unanime. Un matin, au milieu des années septante, alors qu'une semaine durant je n'avais fait que tripoter le bouton spécial, l'appareil produisit un roucoulement à n'en plus finir, puis un sifflement, et avec une petite fumée rendit l'âme ou l'esprit; on me tapa sur les doigts sans grande conviction et nous eûmes un téléviseur couleur avec télécommande. Mais parce que, dans les années soixante, pour des raisons inexplicables, quelque chose clochait côté progéniture, ton père s'inscrivit à la société de gymnastique et au club de football et suivit les manifestations de la société du dimanche et de lecture. Une nuit qu'il avait perdu au yass plus de cent francs, il aurait même caressé l'idée de devenir conseiller municipal, ce qui d'aucune façon n'aurait été dans ses possibilités, vu que, tout en s'asseyant la plupart du temps à la même table que les grands partis populaires et en buvant assez souvent à leur santé, il n'avait adhéré à aucun, mais restait membre tacite du parti majoritaire des silencieux qui regroupait automobilistes, spectateurs de télévision, amateurs de sport et survoleurs de journaux.

Les examens médicaux ne révélèrent que des énigmes.

Les sages recettes de café du commerce étaient d'application difficile ou restaient sans effet. Ainsi l'on adjura ton père de s'asseoir nu dans les orties, le gland décapoté, de faire sécher des têtards, puis de les moudre et de les mélanger à sa bière vespérale, de manger de l'ail par gousses entières, d'avaler des têtes de poisson crues. On conseilla à ta mère de s'appliquer des sangsues aux deux jambes, de manger du pied-de-loup en salade, de boire des infusions de persil, mais d'éviter le plus possible les haricots, dont la consommation excessive pouvait produire les mêmes effets que la pilule qui, à l'époque, n'était point encore arrivée à maturité.

Visites communes à l'église.

Ute serait même allée trouver le curé catholique.

Aurait été vue à plusieurs reprises aux environs du petit couvent où des religieuses distillent une dévotion plus que centenaire en spiritueux élixirs.

On alla voir des guérisseurs dans les Rhodes-Extérieures.

On tâta des cures à distance.

On avala de la chimie.

A l'époque on avalait encore bien des choses.

A l'époque, Freitag, on avalait encore tout de bon.

Ce que le médecin prescrivait, on l'avalait sans discussion.

Elvis était roi, donc avalait pilules et poudrettes à dose surhumaine.

Ce qui venait d'en haut, on l'avalait de confiance et on le remâchait rarement.

L'Amérique avalait l'Europe de l'Ouest ou l'ensalivait.

Ton père s'avalait à petits coups gobelets, verres et bouteilles.

C'est à cette époque qu'Eduard dut prendre sa monstrueuse soif.

Quand, malgré l'extension du réseau de communications et le raccordement à l'antenne collective, tous les efforts procréatifs restèrent infructueux, nos futurs parents décidèrent d'abandonner la voie naturelle pour emprunter la voie administrative. On remplit des formulaires, on fut convoqués, examinés de près par des inspecteurs des deux sexes et expertisés jusque sous les aisselles (8 x 4). Eduard voulait rester célibataire, il acheta à Ute son vélo de l'armée et alla se chercher un chien à la fourrière de Nesslau, c'était un berger, il répondait au nom de Peng, le suivait comme son ombre, sut bientôt sauter sur la table, boire dans les chopes, rire en aboyant, tousser, s'attraper au commandement par la queue et danser en rond sur de la musique. Grand-mère qui s'était jointe à plusieurs communautés chrétiennes libres et qui assistait à beaucoup d'offices, habitait en bas, nos parents habitaient en haut. Le dimanche, avec Eduard, elle était invitée chez nos parents pour le grand repas de rôti de viande hachée, de boudin ou de saucisse de foie, de pot-au-feu ou d'escalopes.

Eduard refilait des morceaux à Peng sous la table.

Le dimanche après-midi on partait à la gribouillette.

Des années et des annettes tes parents habitèrent la maisonnette à l'ombre, partirent avec la tente à tous les petits bonheurs, dormirent dans la tente qu'ils dressaient à côté de la voiture. Des méthodes contraceptives, ils ne s'informèrent d'aucune façon. Ils se restèrent fidèles (est-ce que je t'entends murmurer « hélas », est-ce que je m'entends penser « hélas » ?), parce qu'ils avaient l'un pour l'autre un faible qu'on pourrait généreusement appeler amour.

Eduard buvait entre autre à ses neveux et nièces.

Grand-mère priait le Ciel.

Une haute pression générale exauçait les prières et persistait.

Le building

Trois gratte-ciel furent construits à un bout du village, des buildings ou barre-ciel à l'autre, afin de consolider la haute pression générale. Seize grues se dressaient dans le village.

Les grues forcèrent les nuages à l'exil.

Il n'y eut à nouveau demande de nuages qu'au moment où nous arrivâmes, Freitag.

Toi, tu en avais particulièrement besoin.

Moi, c'étaient mes alliés.

Des contournements étaient en projet, le contournement de Wattwil au beau milieu de la vallée sur une voie à dix mètres de haut. Outre les routes de contournement étaient prévus des tunnels de contournement, surtout des piscines couvertes, des immeubles en terrasses, des installations polyvalentes, des centres commerciaux ainsi que les maisons individuelles et collectives en rapport.

Des ponts étaient prévus, raccordant un horizon à l'autre.

La surface construite quadruplée en vingt ans.

La population doublée.

Plus d'une salle.

Salles polyvalentes.

Le building délivre l'homme de l'étroitesse des vieilles structures attachées à la terre.

Le building incarne l'espérance dans le progrès et la justice.

Le building laisse place autour de lui à l'agriculture.

Le building exerce un attrait magnétique sur les couches moyennes qui veulent s'élever.

Le building consolide la classe moyenne.

Le premier building construit en Suisse offrait, selon le prospectus, non seulement des ascenseurs rapides, de grandes surfaces vitrées, des balcons et le nec plus ultra en matière de sanitaires, mais aussi une vue imprenable sur l'autoroute qui le serrait de près.

Amérique.

A côté de cela des écoles: le lycée, projet étatique pour la promotion des régions économiquement marginales, censé encourager l'afflux de la culture et décourager le reflux de jeunes gens bien formés. L'école professionnelle en plus de l'école de textile, l'école spéciale de pédagogie thérapeutique, l'école d'orthophonie, l'école pour muets du Moyen-Toggenbourg. L'école du foin de Schmidberg fut dissoute, l'école du bois de Chratztobel transformée en fabrique de meubles.

Tout de suite après l'école du silence et de la bienséance, l'école de bonne conduite, l'école des aides communaux, l'école pour attendre l'école de Gruenau, l'école des hautes études en sentiments haut de gamme logée dans les trois étages supérieurs des trois buildings, l'école de musique du Toggenbourg, l'école de tissage de Chrummbach, l'école Migros, l'école Coop, l'école pour la diffusion du patrimoine intellectuel américain, l'école pour la judicieuse répartition de la technologie japonaise, l'école de tennis; des écoles donc et une multitude d'écoliers, venus de Suisse ou de l'étranger, que le pays conserva en partie, qui contribuèrent désormais à lui donner forme et se conformèrent docilement au programme national de développement.

Même la Thur, en ces années, se montra traitable, suivit son cours sobrement et sans histoires, contribua à l'évacuation des soucis, accepta de bon gré les épurations.

Mais as-tu insensiblement glissé de la Suisse américaine au pays des eaux, Freitag Melchior?

La Thur t'a-t-elle évacué sans douleur ?

Par basses eaux.

Son bruit te harcelait-il les oreilles ?

Te posait-elle des questions ?

Et l'as-tu écoutée ?

Finalement ce sont des questions d'oreille.

En fin de compte tu y es resté.

Moi, la Thur m'avait recraché sans problème, toi, elle t'emporta sans question.

Où aurait été selon toi l'étranger ?

Et comment dois-je me le représenter : ton cerveau martyrisé ?

Si l'on avait voulu te retenir, j'aurais dû commencer de bonne heure.

Bien avant ton temps.

2

Nuit et après-nuit

Dehors

Depuis que je portais le chapeau, j'avais réussi à mettre un soupçon d'alignement dans mon peu d'existence.

D'un autre côté les sentiments déferlaient par paquets et me submergeaient.

Fatale, cette position assise.

Saisi.

Je sentais qu'au fond je devais me hâter.

Presse.

Bousculade.

A travers tous les murs.

Sors, entendais-je ordonner à voix basse et ferme.

Air.

Je me laissai aller.

Quand je sortis de la maison, la bourrasque de neige témoignait d'un zèle intact.

En toute humilité un tapis duveteux s'était déroulé sous mes pieds, je m'enfonçais jusqu'à la cheville.

Je marchais comme sur de la ouate.

Avançais dans l'incertain.

Rien à voir que du blanc.

Tout bonnet blanc, blanc bonnet.

Dans l'air le doux grondement de moteurs.

Le chuintement électrique, fils stridents, tressés aigu.

La bourrasque se pliait à mes dires – et je ne consistais qu'en dires –, s'inclinait de bonne grâce devant le chapeau, nous glissions, la vue commençait à se dégager: lumières, traînées, je l'avais devant les yeux, la nuit tombée:

Coupante.

Meurtrie.

Farouche.

Je me jetai dans ses bras accrocheurs, me ruai en avant, le chapeau mélangeait le peu qu'il y avait à voir avec mes pensées, les poussait à cheminer, je marchais à travers tout et plus, j'étais revêtu du pouvoir d'information et j'avais pour une fois le sentiment de faire ce qu'il fallait, j'opposais l'information à la bourrasque, je colmatais chaque niche avec de l'information, je voulais partir, je voulais aller plus loin, une indicible hâte me possédait, le courant passait, j'étais électrisé, terne et déchiquetée çà et là la mer de lumières, les feux follets de la ville, vapeurs qui couvent, je devins frénétique, de dehors on voit tout autrement:

Statique, rentable, concentrée, maximalisée, planifiée et coordonnée, la consonance des matières: matières premières, matières dernières, matières à construction, à destruction, à combustion, à digestion, à discussion, matériaux, matériel, masses.

Débitée, calibrée, rectifiée, dépecée, alignée, tassée, bosselée, en angles, en gros morceaux, devenue grise et foncièrement différente, découpée en cubes, en maisons, plafonnée, toiturée, telle se présente comme un grand dégobillage la couche de dix, vingt, trente mètres d'épaisseur qui s'est vautrée dans le paysage, s'y est modelée, insinuée, qui, en dépit de son entêtement à se solidifier, est pâte, purée, brouet, grande soupe bouillante, et que normalement on appelle ville.

Moyenne.

Au-dessus s'élèvent quelques pointes de clochers aux volatiles dorés, certains avec de superbes pendeloques de cloches, au-dessus s'élèvent, de plus en plus nombreuses dans les quartiers extérieurs, des pointes à croix, depuis peu à croissant, au-dessus s'élèvent en outre – alors que châteaux aériens, palais de nuages, gratte-ciel sont davantage mon affaire – quelques considérables buildings.

Il y a en Suisse trois gratte-ciel en tout et pour tout, mon amour, ils se dressent trinitairement au milieu du Moyen-Toggenbourg.

Vivrais-tu avec moi dans un gratte-ciel ?

Omniprésents, épars ou rassemblés : des squelettes de grues, bleues, rouges, jaunes, vertes, dont les bras participent des hauteurs et des profondeurs, éclaircissant le peuplement forestier.

En plus s'élèvera naturellement la nouvelle gare du Sud-Ouest, si toutefois, comme prévu, elle arrive à se monter à plus de quarante mètres de haut et à plusieurs centaines de milliards de francs.

Au dire du bon peuple, ce terrain d'action qui s'étend du sud-est au nord-ouest, chiffonné entre lac, montagnes et collines, établi sur plusieurs moraines terminales, parcouru par la féminine Limmat, la maternelle Sihl et les fossés zigzagants des fortifications, rayé de voies ferrées et de routes cantonales, qui, année par année, a phagocyté plusieurs localités à l'origine autonomes, satellise d'autres localités voisines et les réduit à une mutuelle dépendance, qui s'offre donc une coquette et grasse agglomération, riche en trafic individuel et pendulaire, en commerce sexuel et financier, s'appelle Zurich.

Zurich est un maquis endurci.

A Zurich mes parents dorment dans leurs sièges capitonnés.

Ma mère à Zurich exhale des rêves.

Mon père sait en rêve ce que me remémore le chapeau informatif: Zurich est la plus grande ville de Suisse et son centre de gravité économique. Zurich, comme place financière et boursière ainsi que comme centre du commerce de l'or, a rang international. Zurich est le centre d'une conurbation de plusieurs millions de gens dont une grande partie travaille dans la ville. La ville a perdu dans les vingt dernières années presque cent mille habitants. Dans la vieille ville le nombre d'habitants est aujourd'hui redevenu ce qu'il était au quatorzième siècle, à savoir: cinq mille huit cent trente-trois. Sur dix mille logements il y en a tout juste sept d'inoccupés. Il y a à Zurich des centres de formation de toute sorte: l'école d'organisation scolaire EOS, l'Institut pour la paix et l'ordre IPO, l'Institut de réglementation du cours des choses extérieures IRCE, l'Institut de réglementation du cours des choses intérieures IRCI, l'Institut pour le maintien des acquis et du niveau de vie IMANV, l'Institut zurichois pour l'instauration publique du sens de la vie IZIPSV, l'Institut pour la conservation et le développement des us et coutumes zurichois IZ, et d'innombrables autres écoles, instituts, académies, et nombre de gens qui les fréquentent. Si Zurich jouit d'un tourisme intense, c'est en grande partie grâce à sa situation idyllique au bord du lac, laquelle ne fut exploitée que vers la fin du dix-neuvième siècle. Auparavant Zurich était une ville fluviale.

Ce n'est qu'en mil huit cent trente-deux que les fortifications furent rasées pour permettre aux temps modernes de faire leur entrée. Avec l'incorporation de Aussersihl, autrefois grenier à blé de la ville, furent abolies d'anciennes hégémonies qui aux yeux des citadins subordonnaient la contrée à la ville. La sauvegarde des croupes boisées du Zürichberg et de l'Uetliberg est susceptible d'être ramenée à une conception du monde propre aux Alémaniques. Du bord du lac, par temps clair, on peut observer à l'horizon sud une scintillante couronne de névés et de croupes montagneuses: une partie des Alpes glaronnaises par exemple, mais non l'Alpstein ni les Churfirsten. Avec la mise en service du nouveau métro express qui sera inauguré en mai mil neuf cent nonante, tout le Plateau suisse pourra être considérée comme ouverte à la modernité. Ainsi ville et campagne se rapprocheront. La nouvelle interconnexion ainsi établie fixera en Europe de nouveaux critères, lignes de trams, d'autobus, de chemin de fer et de bateaux seront harmonisées. Les zones d'habitation de plus de trois cents habitants seront directement raccordées au réseau public. L'abonnement général des Chemins de fer fédéraux CFF sera valable dans toutes les villes de Suisse pour les transports en tram et en autobus. Les trains circuleront toutes les quinze, trente ou soixante minutes, même le soir. A un stade ultérieur le réseau sera étendu à toute l'Europe. Aux nouveaux distributeurs, placés à chaque arrêt de tram, chacun pourra choisir n'importe quelle destination dans l'hémisphère nord. Il y a aussi à Zurich un jardin botanique. Tout ce qui est aujourd'hui Zurich était autrefois forêt et marécage. La gare principale se déroule aux niveaux les plus divers. Au néolithique il y avait au bord du lac de Zurich des chasseurs, des cueilleurs, des paysans. Le train pour le Toggenbourg part toujours à zéro sept, voie seize, changement à Wil. Zurich est l'araignée dans la toile du trafic. Melchior Abderhalden s'est fait prendre dans la toile.

Qu'est-ce qui me poussait à ma perte ?
Le chapeau me poussait.
La nuit me faisait signe.
Je cherchais qui ou quoi ?
Toi.
Les fils.
Le raccord.

Des jours, des années durant, en tout cas plus d'une heure, je fourrageai dans des rues de quartier, des rues principales, la bourrasque se jetait en travers de ma route, me déjetait comme si elle voulait me faire entendre : ça ne va nulle part, personne n'arrive jamais nulle part, tout reste sur place, rien ne changera jamais, rien n'a de sens, rien ne tient, tout flotte, tout est possible.

Alors je compris que j'avais perdu.

Qu'est-ce que j'avais perdu ?

J'avais perdu la face.

J'avais perdu la tête.

Le chapeau, impérieux et imperturbable, indiquait la direction :

Droit devant !

Danse du temps à faire

Que me restait-il à la fin, sinon tempester contre le cours des choses ?

Ouraguai, bourrasquai tout seul dans mes pensées.

Fredonnai et sifflai en blanc mes chansons intimes que personne sauf toi, amour, n'entendra, me perdis dans mes pensées, me laissai, parce que j'avais tout perdu et n'avais plus rien à perdre, capturer par le présent, me lançai dans l'unique, la grande danse du temps à faire.

Suis marcheur solitaire, commençai-je à la base, confus et timoré, suis danseur de temps, amoureux, songe-creux. En perdant mon Temps je gagne du Temps pour toi. Je cherche la suite. Je ne sais pas où cela me mène.

Suis enfant adoptif, né décoiffé, continuai-je, blessé dès l'origine, en bien des choses indécis, donc décisif, fus amarré sous le nom d'August Abraham, fus braillard avant qu'on ne me fît taire, fus enfant du ruisseau, enfant des rues, enfant de la rue de l'Ange, une fois initié à de grands mystères, fus animal domestique, fus chiot roux avant de devenir renard, suis resté enragé, fus chat botté avant de devenir grenouille, fus contrôleur avant de devenir préposé à l'information, fus gamin de kiosque, fus écolier maternel, écolier primaire, écolier en difficulté. Un jour, comme frappé par la foudre, je me coupai la langue avec les dents après avoir au préalable totalement et définitivement perdu la parole, n'ai jamais dit un mot de trop, parlai étrusque avant qu'il n'y eut samedi, dimanche, lundi, fus après toi, Freitag, mon Vendredi, le dernier auxiliaire aux archives de Wattwil, ai passionnément trié, numéroté, répertorié, découpé, collé, rangé, libellé, effacé et complété, suis suffisamment informé, ai perdu ma langue, mon père vient d'Unterwasser, mon frère a fait le plongeon, ma mère vient de Berlin.

Ai le temps dans l'âme, ai le temps sur le bout des doigts, ajoutai-je, quand nous sommes arrivés à Zurich, suis devenu buveur de bruit, soiffard de bruit, avais besoin de bruit pour oublier le silence, décrivais, passager clandestin des trams, d'infinies circonvolutions pour m'approcher de toi, amour, Zurich a une situation centrale.

Etais assis un jour à côté d'un vieil homme, mon

mutisme lui sembla parlant, il m'invita dans son atelier. « Il écoute bien et ne répond que par un signe de tête », dit-il en me présentant à de vieux amis, il m'offrit de travailler chez lui, je devins salarié, c'était le dernier réparateur de machines à écrire de Suisse, devant les clients il qualifiait mon silence de distingué ou d'attentif, c'est alors que j'ai commencé à te sentir sous mes doigts, mon amour, derrière les touches je soupçonnais ta présence, où sinon ?

« Les machines mécaniques » avait coutume de dire mon employeur quand, vers midi, déjà entre bise et vent, il arrivait à la boutique, « les machines mécaniques sont délicates comme des nouveau-nés, tous les six mois il faudrait les faire entretenir, dépoussiérer, huiler, oindre, elles veulent être choyées, caressées, et ce que ça coûte, il faut aussi avoir vécu, autrefois, quand les machines mécaniques ont fait leur apparition, c'était un métier, quatre ans d'apprentissage à l'époque, tu imagines, des nouveaux modèles tous les ans, à Noël ils se bousculaient à ma porte, et puis les trucs électriques et maintenant les ordinateurs, je peux me faire la malle », il s'éclipsait à nouveau, ne reparaissait que l'après-midi, m'abandonnait à la clientèle, me laissait, oublieux des contingences, continuer mon travail. La clientèle me racontait tout, j'étais oreille, tout oreille, l'écrivanité faisait partie de la clientèle, j'opinais quand il fallait, dégrippais des blocages d'un signe de tête distrait, déclenchais des cataractes, liquéfiais des endurcissements en secouant deux fois la tête, travaillais, travaillais. Des dames moyenâgées de la bonne société, aux fantaisies plus ou moins bonnes, la plupart du temps ambiguës et toujours extravagantes, étaient clientes, des parfums, bon bourgeois, on voulait se délester de bien des choses, savoir ce lest bien scellé.

J'ai essayé toutes les touches et toujours, chérie, c'était sur toi que je mettais le doigt, j'ai tendu de petits ressorts, changé de petits marteaux, dépoussiéré avec un petit pinceau pour te dépister, j'ai écroué de petits leviers, riveté des étriers d'éclisse derrière les empattements des touches pour les entretoiser de part et d'autre, j'ai oint les dispositifs d'entraînement du rouleau avec de l'huile ad hoc et les ai recrantés, j'ai cureté le galet de roulement antidévireur à l'aide d'une alêne-cure-dent, arrondi à la lime à tôle, j'ai brasé d'anciens trous d'aération, en ai foré d'autres, ai brossé un à un les écrous moletés et les ai fait tremper dans une solution d'octrine, ai ajusté chaque caractère du jeu modèle, meulé aussi des jeux entiers de caractères, ai même ôté la poussière sous la tablette crantée, trouvé de la poussière derrière la buselure du rouleau, veillé surtout à ce que le corps du rouleau s'ajuste bien à tous les petits crans en corniche de sorte que je n'eusse plus qu'à placer la tête de l'éclissage dans la bonne position et puisse en dessous régler avec la vis globique le boulon adducteur. Quand mon vieux réparateur de machines à écrire bazarda son affaire pour filer au Brésil, j'ai aidé à trier le stock, mis au jour petites vis globiques, petits ressorts de dimensions diverses, petits marteaux, petits pinceaux, étriers d'éclisse des dernières décennies, jambes de force, empattements de touches, alênes-cure-dent, écrous de mouvement, limes à tôle, à acier dur, à fer doux, buselures, jeux entiers de caractères bien proprement rangés dans de petites boîtes, à chaque menue pièce s'attachait un souvenir qu'il fallait effacer, c'était ma tâche entre autres choses, ai astiqué, vissoté, ai reçu pour ma peine une belle machine mécanique, elle fait partie de l'attirail du faiseur de temps.

Les lettres, mon amour, sont des baisers, continuai-je

à danser avec désinvolture, j'embrasse avec doigté, dansai-je, certes le langage parlé m'est resté interdit, mais le langage du corps, je le possède dans toutes les langues, tu sais, un doigt pointé au bon moment au bon endroit peut déclencher des ouragans, mes doigts qui ne s'égarent pas dans le labyrinthe mécanique sauraient amoureusement se perdre sur toi, par exemple mon médius saurait se frayer son chemin jusqu'au centre de tous les temps, chasser le souffle, rattraper le souffle, teindre le souffle en rouge, tutoyer, saurait en respirant souffler le chaud, dansai-je hors de moi, saurait faire suer l'humidité, faire monter la tension jusqu'au tout naturel, faire mûrir les cerises en un éclair, cueillir les prunes expertement, faire passer les prunes du torride au chaud, pourrait récolter tes mûres, saurait choisir entre été et automne, pourrait te porter du printemps à l'été en passant par l'automne, déclencher des tonnerres d'applaudissements, provoquer de vraies effusions, faire pleuvoir cent ans le plaisir, pour ne rien dire de ma langue, pour tenir ma langue sur ma langue, dansai-je tout électérotisé, tandis que je te reconnaissais dans la bourrasque, mon moignon de langue pourrait susciter un universel temps d'amour, sans perdre une parole, mon moignon qui parle onze langues saurait abriter ton vocabulaire français, amour, dans la mer de tes sens je serais Française, j'ai plusieurs sexes, ma langue est un organe sexuel, ma langue est une plaie ouverte, dansai-je au comble de l'excitation, tandis que la nuit en blanc me languebaisait, ma langue est une oreille ouverte, suis ouvert à tout, tu me reconnaîtras quand un jour nous nous rencontrerons, tu me reconnaîtras à mon silence qui en dit long et tu me prendras au mot.

Et m'effondrai.

A la gare

Blanc partout quand je revins à moi.
Enseveli sous des couches de neige.
Aurais pu forer des couloirs, fouir la poudre pour me frayer un passage.
Me remis sur mes pieds.
Gelé jusqu'à l'os.
Les doigts bleus.
Mais où étais-je ?

Une fois debout, je vis que j'avais atterri à la gare principale. Tous les chemins mènent à la gare.

Vue de l'extérieur un scarabée géant.
Un crustacé, aux aguets.
Yeux lumineux.

Vapeurs.

Un saurien.

La gare principale est la plus grande tête de Zurich.

La gare principale est une gare cul-de-sac, pensais-je en m'en approchant.

Le chapeau indiquait la direction.
La gare est en restructuration.
La gare a un trafic voyageurs de cent quatre-vingt mille personnes par jour.

La gare est située sur le sol cantonal zurichois.
La gare a avancé au centre de la ville.

La gare a une façade intéressante.
La gare est la porte du monde.

La gare a une vie propre.
La gare est le lieu le mieux surveillé de la ville.
La gare est sous la garde des sciences générales de l'information.
La gare dévore individus et Italiens.
La gare est l'hôtesse.
La gare ne parle pas seulement par haut-parleurs aux enfants et aux adultes.
La gare est entrée dans l'âge critique.
La gare est indiquée dans tous les indicateurs.
La gare est un port d'attache pour fumeurs.
La gare tient en fait toujours la cadence.
La gare s'étend de Hambourg à Palerme.
La gare noue en faisceau le Temps, répartit le Temps aux quatre points cardinaux, envoie du Temps cadencé à la prochaine gare.
A la gare les fils convergent.
La gare bout et ne cuit pas.

Un compresseur barattait l'air granuleux.
Un compresseur avait réponse à chacune de mes questions.
Les escalators étaient en partie arrêtés.
Dehors, je l'ai dit, il neigeait.

Des trains arrivaient, attendaient ou partaient.

Cela sentait le pays et l'étranger.
La plupart des gens à cette heure sont assis chez eux devant la télévision.
Un train partit à l'heure juste.

Les horloges de gare se ressemblent comme des gouttes d'eau.

Au bar debout il y avait des hommes et une femme.

Les cheminots travaillent sur les voies dans la nuit.

Les trains passaient par le chapeau.

Beaucoup d'espaces intermédiaires.

Peu de motifs d'espérer.

Des pas claquent et continuent à résonner.

L'air, bétonné.

Le barattage du compresseur.

Les engins de construction sont en général actionnés par des moteurs diesel.

Au loin le crissement de freins.

Un animal qu'on massacre.

Les hommes en chapeau raide sont des préposés à l'information, des contrôleurs, des officiers, des agents de police ou des apprentis sorciers.

La gare est le palais.

Ça feuillette au tableau d'affichage.

A cette heure les baisers se donnent avec la langue.

Bière et pisse stagnent en nappes entre les solitaires.

La saucisse se mange de préférence à la moutarde.

Les trains régionaux circulent de plus en plus en aveugles.

Le personnel d'accompagnement est muet.

La plus grande partie de l'humanité est sourde.

Une gare cul-de-sac pose de difficiles problèmes organisationnels.

L'amour erre comme une ombre entre les masses d'air.

Dehors la neige voltigeait.

Dehors la neige voltigeait tandis que j'étais à la gare et ne savais plus rien d'autre.

Avec les nouveaux distributeurs de billets on peut théoriquement choisir n'importe quel lieu du monde.

Dès que le nouveau métro express sera en service, on pourra, de Zurich, via Uster-Rapperswil ou via Pfäffikon, se rendre au Toggenbourg en à peine plus d'une heure.

Une veuve regardait un veuf dans les yeux, voyait des mouches grisâtres.

Un rôdeur moyenâgé glisse des fantaisies entre des jambes de petit garçon.

Des employés en uniforme décèlent d'un œil exercé les incertitudes de leurs vis-à-vis.

Pas de Thibétaine qui épouserait automobiliste suisse.

Dans la tête du Yougoslave qui vend des sandwiches ça calcule à tout va.

Pour les Japonais les distributeurs de billets bleus sont du chinois.

La Wannersche Halle est évidée.

C'était peu avant minuit.

J'étais le seul préposé à l'information, j'aurais pu informer le monde dans tous les domaines, cracher sans interruption des guirlandes d'informations

Pas de flammes qui brûlaient ou s'éteignaient.

J'essayai de me représenter comment mon père s'y prenait avec son chapeau quand, sous le tableau d'affichage, il réglait le flot d'information.

Naturellement: c'est sa voix qu'il utilise, sa voix âpre, forcipressée.

Il parle.

Aboie.

Instruit.

Professe information et renseignement.

Ne se laisse pas déconcerter.

Ne doute jamais.

Sait tout.
Et on le croit.
Distribue son savoir aux gens les plus divers.
Envoie son savoir aux quatre points cardinaux.
Le soir il décompresse sa voix à coup de bière et de vin blanc pour trouver le raccord avec l'humanité.
Ensuite il s'assied devant la télévision.
Dans ses rêves il rumine le quotidien.

Des histoires étaient inscrites sur des visages.
Des histoires se répandent dans la gare principale.
Une vieille femme traînait derrière elle une longue histoire.
Le rapide pour le sud part de la voie sept.
Une singulière histoire a pris place toute seule en première classe.
Une autre histoire est vendue par le journal de demain.
Il y a des histoires dans des mallettes.
On colle de nouvelles histoires sur d'anciennes qui ne seront plus réchauffées.
On vend des histoires en canettes.
Il y a une histoire sous les gravats et derrière les planches.
A la gare principale on se gargarise d'histoires et on recrache.
A la gare principale on avale des histoires, on en fume, on en écluse, on s'en injecte dans le sang.
L'air saurait raconter de belles histoires.

On venait à moi, on faisait queue devant moi.
Visages.
J'aurais pu tenir une cour.
Un peuple de crapauds.
Mantes religieuses.

Yeux écarquillés.

Lèvres sexuellement mûres.

Boucles d'oreilles.

Coiffures.

Les odeurs.

On voulait me poser des questions.

On me posait la question des questions.

J'étais tout oreille, oreille fine, oreille dure.

On y allait.

Sans que je demande rien, les demandes s'engouffraient dans mon conduit auditif, me rebattaient le tympan, tambourinaient, martelaient, taraudaient, essayaient de me mettre en perce, crevaient des membranes, lançaient des nœuds coulants, se culbutaient dans l'oreille moyenne, s'entortillaient autour du marteau, de l'enclume et de l'étrier, s'emberlificotaient, dressaient des embûches, tendaient des fils, déroulaient des barbelés, voulaient ferrer ou seller un cheval enragé, piquer des deux à travers des paysages immenses, m'auraient froidement mis l'oreille sens devant derrière.

Demandes :

« S'il vous plaît, quand part le prochain train pour le sud ?

Où sont les toilettes ?

Peut-on encore changer de l'argent ?

Etes-vous contrôleur ?

Pourquoi êtes-vous si grand ?

Do you speak English ?

Y a-t-il un téléphone dans l'Intercity pour Berne ?

Est-ce que tu te fous de moi ?

Quand le nouveau métro express sera-t-il en service ?

Est-ce que l'amour existe ?

Où est le centre ?

S'il vous plaît, où est l'Europe ?

Pourquoi ne faites-vous que secouer la tête ?

Est-ce que la seule chose logique ne serait pas de se tirer une balle dans le crâne ?

Qu'y a-t-il encore à dire ?

Puis-je vous présenter madame ma mère ?

Avez-vous par hasard vu ma fille ?

Quelle heure est-il ?

Quand part le dernier train pour machin ?

Je secouais la tête.

Je gesticulais, moulinais des bras.

On voulait se plaindre.

Je m'arrachai.

Le compresseur répond.

Information

Veux-tu que je te raconte, amour, ce qui me passait par le chapeau tandis qu'en grande hâte j'arpentais la gare, cherchant désespérément le raccord ?

La gare pain d'épice en bois de mil huit cent quarante-sept avait quatre voies et présentait à l'arrière une plaque tournante où les locomotives pouvaient changer de direction, elle était située en dehors de la ville, laquelle à l'époque comptait quarante mille habitants.

La gare pain-d'épice en bois de mil huit cent quarante-sept était imitée de modèles étrangers.

La nouvelle Wannersche Halle de mil huit cent septante et un fut commandée par le tsar de l'économie zurichoise, Alfred Escher, elle remplaça la gare pain-d'épice en bois de mil huit cent quarante-sept et accueillit six voies. La nouvelle Wannersche Halle de mil huit cent septante et un tenait compte du fait qu'une gare doit offrir du confort, entourer les départs de prévenances et permettre le repos après les fatigues du voyage, elle contenait donc un restaurant spacieux, une salle de conférence lambrissée, des salles des pas perdus à caissons, ornées de stucs, et des bains carrelés où les voyageurs pouvaient se débarrasser de la suie qui s'était déposée sur rideaux, serviettes, hauts de forme, manchettes, cols, visages et mains. La nouvelle Wannersche Halle de mil huit cent septante et un s'inspirait des palais impériaux, comme les nouveaux bâtiments confédéraux des banques, des postes, des écoles et de l'administration qui s'élevèrent à cette époque, elle avait fonction représentative et invitait la bourgeoisie montante à faire son entrée dans le monde par le grand arc triomphal dressé sur la place de la gare. La nouvelle gare, avec les voies nouvellement créées, coupait en deux le nouveau quartier d'Aussersihl.

La nouvelle gare fut par la suite complétée par différentes gares secondaires et annexes et conquit son glorieux titre de :

Gare principale.

La gare principale de Zurich fut irrésistiblement enveloppée par la ville qui, au tournant du siècle, connut un développement foudroyant et comptait déjà plus de cent mille habitants. La gare principale de Zurich qui, dans les dernières années du dix-neuvième siècle, était entrée en contact de plus en plus étroit avec la ville, dans le sillage ou le champ de rayonnement de laquelle furent projetés ou naquirent la rue de la Gare, le quartier de la Gare, le quartier de l'industrie, le quartier ouvrier, compliqua, à l'aube du vingtième siècle, la liaison entre le quartier de l'industrie lequel, jusqu'en mil huit cent nonante-trois, avait fait partie de la commune autonome d'Aussersihl, et Aussersihl. Depuis, la gare principale de Zurich forme entre les arrondissements quatre et cinq l'arrondissement indépendant du Rail.

La gare principale de Zurich fut agrandie en mil neuf cent trente-trois en vue de l'exposition nationale. Les voies furent transférées de la Wannersche Halle dans un nouveau hall qui avait directement accès à la place de la gare et était en partie situé au-dessus de la Sihl.

L'extension de la gare principale de Zurich put accueillir quinze voies.

Dans les années qui suivirent, la gare principale de Zurich ne connut pratiquement plus de transformations, resta cinquante ans durant la même vieille dame débonnaire qui laissait trifouiller sous ses jupes, resta cinquante ans durant la même vieille dame au sein généreux, un peu dépenaillée et trop décolletée. Cette vieille dame un peu mastoc, quand furent mis en service le nouveau quai d'arrivée et les nouveaux halls, tourna de plus en plus à la bonne à tout faire. Sous ses vastes jupes se nichèrent tous les services imaginables: consigne, salle de repos pour le personnel roulant, office du tourisme, central téléphonique, différents buffets, cinémas pornos, hôtels à l'heure, salons de coiffure, terminaux de Swissair. Sous les jupes à l'ancienne mode de la bonne à tout faire s'accumulèrent pour plusieurs raisons un certain nombre de choses. L'ex-vieille dame devait être démolie dans les années septante et remplacée par un complexe de buildings, parce que sans valeur historique. La bonne à tout faire, dans sa robe de vieille dame décatie, éraillée, de plus en plus chiffonnée et effrangée, fut provisoirement requinquée par des solutions de fortune. La bonne à tout faire fut putifiée, encorsettée de toutes les façons et si bien requinquée qu'on put continuer à l'engrosser.

La gare principale du Sud-Ouest, projetée et placardée

de tous les côtés, doit apporter des aménagements limités en nombre et étendue pour les dessertes par autobus, les stationnements à durée limitée, les usagers des taxis et du park-and-ride. La GP Sud-Ouest, telle qu'elle est projetée, avec un second axe de correspondance doté de toutes les qualités requises, sortira le public des couloirs souterrains et le ramènera à la surface. La GP Sud-Ouest, approuvée de justesse, et surtout par la population des quartiers les plus éloignés, sera construite en plusieurs étapes, apportera encore six voies supplémentaires et transformera la gare-terminus à quatre voies du métro express en gare de transit. La nouvelle GP Sud-Ouest doit couvrir les besoins qui se sont accumulés en cinquante ans et rendre à nouveau concurrentiels les transports publics. La GP Sud-Ouest desserrera d'anciens nœuds. La nouvelle GP Sud-Ouest pourra faire face à un trafic de plus de trois cent mille personnes par jour et dotera les arrondissements quatre et cinq, qui, depuis les années cinquante, ont vu leur population diminuer massivement, d'un important surcroît de logements neufs. La nouvelle GP Sud-Ouest sera réalisée par la ville selon les critères les plus récents. La nouvelle GP Sud-Ouest aura certainement plus de quarante mètres de haut, enfreignant ainsi la loi sacrée qui, depuis mille ans, interdit de construire plus haut que les tours du Grossmünster. Dans la nouvelle GP Sud-Ouest on célébrera des offices religieux en anglais. Tout un système de canaux détournera le fleuve monétaire souterrain vers la nouvelle GP Sud-Ouest. Dans les douze étages inférieurs de la nouvelle GP Sud-Ouest seront aménagées, dans la nappe phréatique, d'admirables installations de bains alimentées par le fleuve d'argent. Dans les sous-sols de la nouvelle GP Sud-Ouest, mousses et lichens trouveront un terrain propice. Les sous-sols chauffés et abondamment ramifiés de la GP Sud-Ouest fourniront des niches écologiques à de nouvelles cultures mixtes. La nouvelle GP Sud-

Ouest devra aussi offrir des rangées de boutiques pour maintenir la criminalité underground dans des limites raisonnables. Le service des bagages sera transféré au second sous-sol de la nouvelle GP Sud-Ouest. La nouvelle GP Sud-Ouest place la ville dans un nouveau contexte. La nouvelle GP Sud-Ouest deviendra le centre des lignes rapides internationales et sera reliée directement à Rome, Madrid, Londres, Paris, Berlin, Prague et Vienne. La Wannersche Halle, placée sous sauvegarde, sera conservée à l'intérieur de la nouvelle GP Sud-Ouest. La nouvelle GP Sud-Ouest, avec la Wannersche Halle totalement évidée, mettra la ville de Zurich à la première place. La nouvelle gare principale Sud-Ouest mettra sous le même chapeau le Rail Deux mille, le métro express, une partie de la poste de Sihl, des services tels que banques et assurances, plus des centres de formation et de détente, des salles pour toxicomanes, des plateformes de chargement, des parkings, des lieux communs.

Minuit

Je haletais.
Je rampais.
J'étais pressé.
Des palissades rouges et blanches me barraient le chemin.
Jaune : les poignées des chariots à bagages.
Jaune : les têtes des tampons.
Jaune : les horaires : trains au départ de Zurich.
Noir : les chapeaux des contrôleurs.
Le chapeau ne me laissait pas de repos.
J'obliquai sur la gauche.
Je m'arrêtai.
Rouge : les yeux d'un train en partance.

L'électricité s'éteignit.
En un instant toutes les portes furent fermées.
Les issues grillagées.
La gare principale ferme la nuit.
Les trains sont tous partis.
Il n'y a personne.
Il neige doucement des sons.
On m'avait oublié.
Le ciel me fouillait la peau.
Le ciel n'arrêtait pas de tomber du ciel.
La peau est la mer la plus profonde.
Je n'avais que des oreilles.
Au loin le grondement.
J'avais raté, mon amour, le dernier train vers toi.

A travers le vide je cherchai à tâtons les cabines téléphoniques.

Elles flottaient librement dans l'espace.

Je forçai la porte.

Parce que l'intérieur sentait la cendre, la bave, l'air vicié, je composai ton numéro en automatique :

Toi. Toi. Toi. Toi.

Mon amour, si je savais ton numéro :

Je composerais ton numéro, attendrais, attendrais, souffle coupé, que ta voix brise le tut tut sans fin qui est le battement de mon cœur.

Je ne dirais pas mot.

Je ne pourrais dire mot.

Tu me reconnaîtrais à mon silence.

Je serais havre pour ton souffle.

Je te prêterais l'oreille.

Je saurais te prêter l'oreille.

Je veux te donner mes oreilles.

Aujourd'hui c'est mon anniversaire.

Je compose un six deux et j'écoute la météo.
Violents déplacements verticaux.
Variable.
Naturellement.

Je décidai alors de me défaire de ce funeste chapeau informatif qui me tenait en son pouvoir, qui certes m'avait conduit au centre de toutes choses, mais pas à toi.

J'ôtai le couvre-chef.
Le reléguai au fin fond de la gare.
Me sentis plus léger.
Décervelé.
Cherchai une sortie.
Trouvai près des voies, après avoir longuement écouté, tâté, flairé, une ouverture par laquelle je pus me glisser.

Air.

Flibustai, me laissai pousser le long des voies.

Me défis de l'idée d'arriver à quelque chose par la voie directe.

Revenu à la cave, j'essayai de m'asseoir à la table.

Point zéro.
En mille morceaux
Entre les morceaux d'os : sable.
Entre cœur, rein, foie : sable.
Entre marteau, enclume et étrier : sédiments.
Derrière les yeux : cailloux.
Sur la langue : ballast.
Un sentiment comme novembre.

En ce novembre il n'y a ni flux ni reflux, mais un temps brun, désertique.

Dans ce désert pas un lion qui crie.

Le soleil, sourd.
Le ciel ne se laisse pas conjurer.
Rien qui ne soit transi.

Dehors il neige à petit bruit.

Voix, filtrant par le plafond.
Téléviseurs.
Sur la table le gouffre.
Béant.
Dedans marécage.
Puis de la neige tomba du plafond.
Pas de celle qui touche le cœur:
Une neige morte, millénaire.
De l'histoire ancienne.
On était doucement recouvert.
Enseveli vivant.
Les ambitions avec.
Plus tard j'entendis un murmure très lointain:
«Il y avait une fois un p'tit homme qui avait une dent creuse, dans la dent il y avait une p'tite enveloppe, dans l'enveloppe il y avait une p'tite lettre, dans la p'tite lettre était écrit: il y avait une fois un p'tit homme qui avait une dent creuse...»

La neige devint duvet.
Je me levai, secouai mes entourloupes, rassemblai mes abattis, et les propulsai vers le haut, dans la cuisine.
Là rien de bien neuf.
Agitation dans la bouteille.
Aromates dans le placard.
J'allai au séjour, éteignis le téléviseur.
Deux parents gisaient là, comme ils l'avaient fait depuis mémoire d'homme:
Ensorcelés.

Je pris un bain chaud.
C'était le sentiment de devenir mousse, feuillage.
C'est le sentiment d'être rhizome.
Réconfort.
L'eau à Zurich est extrêmement douce et relativement bon marché.

Revenu à la table, je verrouillai consciencieusement la porte.
Essayai de me concentrer sur mes propres forces.
Me tâtai.
J'avais besoin d'une nouvelle peau.
Je me tendis moi-même dans le cadre.
Tendis une chaîne de nerfs.
Me tissai un cocon, assis à la table.
Devins tisseur de temps.
J'enfilai le fil du présent.
Commençai sans réfléchir à aligner dires du temps à dires du temps.
Formules.
Mes domaines atmosphériques me revinrent en mémoire.
Je cessai de te chercher, amour.
J'abandonnai.
Il fallait que je te joue quelque chose.
La gare principale est une gare cul-de-sac.
Je racontai ce qu'il y a devant, derrière, entre.
Découvris les autres côtés.
M'expliquai avec la bourrasque.
Dissipai en écrivant une indicible bourrasque.
Arrivai derrière la lune.
Succombai à sa puissance et à ses drogues.
Devins oreille.
Rêvai dur.

Dansai la danse labyrinthique des oreilles.
Bus l'oreille jusqu'au fond.

Dires du temps, inouïs

Bric-à-brac : la baraque est sur le Central.

La vapeur monte de poêles de fonte russes, sort de fentes et de fissures. Une femme se noue un tablier vert foncé autour du ventre, deux bouts de ruban ballochent, voilà, elle soulève le couvercle.

Et la pression s'échappe.

Ça jubile, ça prend du bon temps, ça tiraille, ça siffle, ça mélimélote. Des joues de vapeur farfotent, gonflent, exubèrent par-dessus bord, poustouflent en largeur, truculent en hauteur. Des gouttes s'assemblent sous le couvercle.

Tombent.

Chuintent x-fois en s'évaporant sur les marrons noircis, fendus et brûlants.

La fête : simsalabim.

Les bouffées odorantes ennuagent une vendeuse de marrons.

La braise ensoleille le gril par en dessous.

Ses poêles, la femme les a gagnées aux dés en Silésie, à un brocanteur, ses doigts noirs plongent entre les morceaux, elle jette deux cents grammes dans un sachet, à l'estime.

La femme tend le sachet plein, chaud, elle donne et une main craintive prend, paie avec un gros billet, reçoit des monnaies petites et grosses.

Qui l'eût cru ? C'est quelqu'un qui a rang et dignité : c'est monsieur le professeur, professeur-docteur, enseignant la géographie intérieure à l'Institut pour la réglementation du cours des choses extérieures IRCE.

Il a un visage tout en front, des boucles enfantines, mais clairsemées, s'est jeté une écharpe de soie autour de la partie cou. Ses doigts ouvrent l'écorce grillée, portent ce qu'ils en extraient à son appareil buccal.

Le professeur-docteur ne jette pas les écorces.

Il apporte ces lignifications vides à sa gouvernante, elle en fait des colliers et les donne aux scouts, ceux-ci cassent les colliers et se jettent les écorces à la figure, des infirmières de la Croix-Rouge badigeonnent d'iode des visages de scouts égratignés, l'iode fait ravage dans les bacilles : des bacilles, il n'y en a pas qu'au Brésil.

Professeur-docteur : sa richesse, ce sont les mots.

Ses grands voyages, les phrases.

Il clopine, pense et mâche.

Il mâche et remâche.

Sa marche est le cours des choses.

Le professeur-docteur a été en Afrique.

A été en Asie.

En Alaska.

Et au Caucase.

Il suit une rue et ne sait pas où ça le mène.

Beaucoup de choses se couvrent maintenant sérieusement. Le ciel connaît de sérieuses difficultés. Un grand sérieux s'amasse peu à peu.

Le professeur-docteur suspend sa marche.

C'est inconcevable.

Dans le fond c'est inconcevable.

Et son cou devient mou et flasque, et la tête commence à vaciller. La tête se balance sur le tronc. Et le tronc dérive en haute mer. Et la mer n'a ni fond ni fin.

Un éclair crève le lourd plafond, le frappe et le lui dit lumineusement :

Il a envie d'un autre ciel.

Envie.

Galopante.

Il sent quelque chose dans ses extrémités habillées sur mesure, dans ses petits bras et ses petites jambes, il flaire quelque chose, il est sur une trace, il approche de quelque chose et l'admet tout simplement et s'ouvre et crie comme frappé par la foudre :

« Mille tonnerres. »

Et instantanément tout se retourne :

Passants, façades, rues, vitrines lorgnent, les toits basculent, l'architecture se fane, visages nus, yeux, machins et trucs bramant :

La ville cataclyse. Des pensées qui couvent depuis longtemps cataclysent. Tout ce qu'on peut imaginer cataclyse sur-le-champ.

Le professeur est catastrophé.

Devant lui gît tout ce qu'on peut imaginer.

Et maintenant, hardies et déchaînées, les gueules s'ouvrent et demandent :

« Quoi ? »

Il ne sait pas.

Il ne sait pas quoi.

Le gel s'y met, fige tout, l'arrête dans cette situation pour lui bien pénible et déplaisante.

Le professeur-docteur s'affaisse dans son manteau raide, perd sens et décence, tombe à genoux sur les pavés en tête de chat. Sapé dans une carapace.

Le professeur-docteur est nu, misérable et ne sait pas quoi.

Cependant le monde veut continuer, se détourne et vaque à plus important.

Le courant reprend son cours.

Alors l'enfant céleste se jette contre son oreille, ni grenouille ni oiseau, une approche de pressentiment, il est rapide et lèche le lobe de l'oreille professorale :

Avril.

Lève-toi, bonhomme.

Cela peut encore se rasséréner.

Comme sur ordre, les nuages s'éclaircissent, en un clin d'œil le ciel se dégage, le soleil perce et sourit dans les grandes largeurs.

Il chatouille le bonhomme sur sa tonsure riquiqui.

Ainsi le prend le commencement.

Et ainsi se laisse-t-on prendre au commencement.

Pas vrai ? Le temps sait la vérité.

Un jour, à minuit, le roi de l'indicible royaume tempérique se lève parce qu'il est couché sur quelque chose.

Horrifié, encore vêtu de sa robe de chambre de soie, il arrache draps et couvertures, flanque le ballot au fin fond de son appartement, n'arrive pas à se calmer.

On veut trouver, comme on ne trouve rien de concret, on pousse plus loin, on en met un coup, on soulève plusieurs centaines de matelas, on se faufile à l'intérieur, on se fraie son chemin entre des lattes de bois précieux, on arrive au sol, on tâte les moutons, on tombe sur laque et vernis, on écorche des doigts bien soignés.

Mais tout dessous il n'y a rien. Le roi est outré. Il convoque sur-le-champ toute la cour dans l'appartement royal : margraves et burgraves, ministre du temps qu'il fait, sous-officiers qui sont la charpente de toute société, le conseil de la cour au complet, y compris le conseiller en matière musicale et le conseiller à l'éducation tempestive ou intempestive qui depuis toujours coopèrent étroitement. Moines et chapelains de la chrétienté germanisée, le directeur de l'orchestre et chef de la musique aquatique, le maître d'armes, le champion de gymnastique, la reine, les princes et les princesses, les caméristes et les pages, la loi, la généalogie, le cérémonial, l'économie politique, la presse, la pseudo-démocratie.

Bien attifés, peignés et astiqués, les courtisans se présentent devant le roi.

A l'arrière-plan restent morts et défunts, ceux qu'on voudrait morts et ceux qui ne sont pas nés, servantes enceintes, cuisinières, lavandières, valets d'écurie, alchimistes, apprentis, guérisseurs par les simples, sourcières, reluqueurs de viande, magnétiseurs, danseuses du ventre, concubines et catins.

A un roi authentique il faut sa ration quotidienne de public. Le miroir est présenté au roi par deux laquais, il pose une question à sa cour, une seule question, il veut une réponse.

Des chuchotements parcourent la foule.

Il se forme des groupes, sous-groupes et groupuscules.

La Culture, la Règle, l'Habitude et le Plaisir caché parlent à la conscience du roi.

Mais la foule ne crache aucune réponse.

L'indignation du roi ne connaît plus de bornes.

Il fait fouiller son château.

Mais personne ne trouve rien.

On ne découvre rien d'extraordinaire.

Tout est comme toujours.

Pendant ce temps, en bas, un messager arrive, bride abattue, les cors sonnent pour l'annoncer.

Sous la grande porte la monture écumante s'abat, le messager met prestement pied à terre. On saute au cou du malheureux animal, parce que la pitié est une drogue.

Le bon messager monte quatre à quatre les escaliers avec son message, se rue à travers colonnades et galeries des glaces, deux serviteurs le prennent en charge et l'escortent jusqu'à l'appartement royal. Clic-clac des talons sur le parquet vitrifié.

Et quand le messager haletant se trouve devant le roi, naturellement il ne sait plus.

Il ne sait plus rien du tout.

Alors c'est au faiseur de temps rouquin à sortir des rangs et à montrer ce qu'il sait faire.

Qu'il le fasse voir.

Qu'il nous informe.

Mais le faiseur de temps exécute une indicible danse et fait entendre à l'air sub rosa :

Ce n'est pas dicible.

Comprendre, c'est supporter.

La clé n'est pas dans le château.

Alors le roi ordonne de dépêcher des coureurs.

Qu'ils cherchent.

Qu'ils recherchent.

Dans le parc.

Dans ses domaines.

Dans tout le royaume.

Qu'ils boivent des mers.

Si nécessaire, qu'ils aillent plus loin que le bout du monde.

Et déjà ses gens s'élancent, pleins de zèle et d'empressement, et se dispersent tous azimuths.

Accompagné des deux côtés par les bras de deux rampes massives, le préposé à l'information des Chemins de fer fédéraux monte sur le toit du monde.

Bien comme il faut, d'autres personnes montent à côté de lui au sens traditionnel. C'est toujours comme cela, de beaucoup on monte à peu.

En général c'est l'hiver.

Le préposé à l'information marche sur des tuiles, s'assied sur le faîte.

Le monde prend le galop.

Une lanterne à la main, il fonce à travers le dernier petit peu de minuit.

Le vent le prend de front.

L'air est dévergondé.

Au ciel le monde commence à s'arrêter.

Il est à cheval sur ses constatations.

Minuit se pelotonne, s'effrange.

Un ciel noir se casse en deux.

La bourrasque se disperse.

Et derrière tout cela, pleine, énorme, sulfureuse, la lune se montre.

La lune veille en long et en large sur toute la ville qui apparaît sous un tout autre jour.

L'instance informative succombe aux puissances délétères de la lune.

La lune a un effet magnétique.

Et en bas, dans la ville, la majorité sort des châteaux, des lits, des pièces, des chambres et des maisons, car tous ont pignon sur lune.

La majorité se met à danser au clair de lune et fait entendre à celui qui est arrivé en haut:

Le ciel est à la cave.

Le temps se fait entre les jambes ou sous terre.

Rien ne peut retenir le préposé à l'information, il déboule des escaliers, déferle, n'esquive plus, bouscule, se boxe son chemin à travers la circulation, se creuse un passage à travers toute cette bouillie épaisse et considérable.

Des mondes dégoulinent sur les marches d'escalier, de longues conduites éclatent, des comprenettes coudées se découdent, des édifices dogmatiques, bien étayés de thèses, débordent et se répandent en d'innombrables disciplines, bouillonnements, fermentations s'accumulent tout en bas.

Liquide amniotique.

Il risque le plongeon, se jette du sommet dans les profondeurs, se fracasse en délices et caprices, nage contre le courant, monte là, où il n'y a pas de lumière électrique, trébuche, trouve son point de chute, reste couché sur le ventre et écoute, toutes oreilles ouvertes:

La montre.

L'oreille.

Le cœur pompe dans le pouls.

Mais le caprice roule humains et humanité à travers rues et ruelles, les entraîne dans la Limmat.

Et puis la lune s'étend en long et en large sur la ville.

Et puis la lune se tait dans les grandes largeurs et se couche chez moi à la cave.

C'est avril qui arrive.

Et comme cela, amour, parce que j'ai raté à la gare le dernier train vers toi, dans la cave, à la table, je suis arrivé derrière la lune.

La pleine lune est à la cave.

En avril, en avril, je tire tous les fils.

Me délivre du mal.

Suis auteur.

Elément.

Le premier avril

Les pires effervescences et mises en question étaient derrière moi, j'avais pu tempêter et réduire la bourrasque, la lune s'était couchée dans la cave, apportant dans l'oubli des oubliettes un subtil tissu de sons et de visions.

Par des détours j'avais retrouvé le fil.

Maintenant je tenais le nerf dans mes doigts, je pouvais parler de Freitag, de moi, et commencer du début.

La vie s'annonça par téléphone.

Ta mère tricotait devant la télévision.

Ton père montra la nervosité de mise, s'écria : « Ça y est », tous deux s'habillèrent en dimanche, montèrent dans la coccinelle et partirent. C'était le premier avril mil neuf cent septante et un, il y a dix-neuf ans de cela.

Le temps était fou à lier.

A la sortie de la vallée un superbe arc-en-ciel jetait un pont dans le fantastique.

Le teinturier sur le bord de la fontaine cligna des deux yeux, salua avec émotion, quand deux parents, arrivés à la place du village, s'engagèrent dans la grand-rue, le hibou à ses pieds ne cessait de giroyer de la tête. Deux parents pleins d'espoir passèrent devant la poste, traversèrent le pont de la poste, la Thur était terriblement haute, clappant et lapant, débordant de tous les côtés. Tous les pompiers sur pied.

D'une manière générale, il y avait de grandes choses dans l'air.

Moineaux et pigeons prenaient des bains d'air.

Le ciel tout bric-à-brac.

Les nuages larmoyaient.

A tes parents l'eau montait aux yeux.

Ton père actionna l'essuie-glace.

Le carrefour devant la gare qui permit à un élève de l'Ecole Polytechnique Fédérale de réaliser un rêve d'enfant : un subtil système d'îlots vert gazon, de boucles, de signaux de priorités, mais sans feux, qui requiert toute l'attention de l'automobiliste.

Avril.

Tantôt soleil, tantôt pluie.

Un automobiliste sur deux se trompait et s'égarait.

Les gens du cru et les habitués du buffet de la gare assistaient avec délice, sous des parasols et derrière des lunettes de soleil, au carrousel des étrangers ou des nouveaux utilisateurs, qui, embringués dans les emmelimêleries du carrefour, décrivaient des tours pendables : risées générales.

Rien de tel avec nos parents.

Au carrefour de la gare ils tournèrent à droite, prirent la boucle à plein régime. Le moteur rachitique renâclait, courroyait, cliquetait. Les essuie-glaces chassaient des ruisseaux de larmes. Après le Rickehus, ils tournèrent de nouveau à droite, attaquèrent le Stotz. Les arbres qui bordaient la route faisaient la haie, ruisselants, dignes et émus. Tes parents se dirigeaient vers l'hôpital. A côté de l'ambulance, près de l'entrée des urgences, ils stationnèrent.

Quand ils descendirent de voiture, le vent au garde-à-vous retint son souffle.

La pluie tombait à verse et de toutes les couleurs.

Les coiffures étaient mises à plat.

Mes parents, comme sur un nuage, entrèrent dans le bâtiment.

A l'intérieur cela sentait le dentiste et le plastique.

De loin cela sentait le frais.

On entendait des cris qui se répercutaient dans les couloirs.

Une infirmière se présenta sous le nom de Gitte et conduisit tes parents dans une petite pièce contiguë.

Ils étaient là, couchés dans la crèche : un garçon d'à peine un mois, petit, noir, du duvet sur la tête : le mouton noir.

A côté la chose qui se révéla avoir un an jour pour jour, sèche et froissée, longue, pâle, avec d'épais frisons roux.

Ça criait à vous glacer les sangs.

Je, tu, il, elle, nous, vous, ils.

Deux parents chargés d'espoir expertisèrent les sexes : ta quéquette emballée de peau fripée, mais bien saillante, d'où pendait un bissac où étaient stockés deux petits œufs mobiles. Cette vue provoqua chez tous les présents un grognement satisfait et approbateur.

Regards perplexes sur le mince lambeau de peau qui pendillait entre les cuisses de la chose couchée à côté de toi.

Parties molles.
Et juste au-dessus cette fente énigmatique :
Une sorte de vagin limite.
La limite météorologique.
Indécise.
C'était blessé du début.

« Pour le dire simplement, ç'aurait quasi pu faire un hermaphrodite », dit le sous-assistant qui s'était joint au groupe, « mais ça ne prend pas mauvaise tournure. Les testicules se forment. Selon toutes prévisions, le vagin rudimentaire va se résorber et se fermer. Pas d'inquiétude à avoir : les caractères sexuels secondaires chez le mâle se développent d'abord comme chez la femelle, le scrotum se développe à partir de ce que, plus tard, chez la femme, on appelle les grandes lèvres, les petites lèvres et le clitoris forment le pénis. Ça s'arrangera tout seul. » Gitte l'infirmière apporta des formulaires et souhaita bonne chance. Tandis que Ute Abderhalden se familiarisait avec nous et nous ouvrait son cœur dans l'ordre ci-dessus indiqué, son mari, légèrement ahuri, mais au comble du bonheur, apposait une signature sur le bon de livraison et recevait quittance. Au moment où nos parents, devenus famille nombreuse, quittent l'hôpital, le soleil est d'or massif.

Indicible comme ça crie, et sans fin.
La blessure.
Tu es silencieux.

Nous, côte à côte dans nos lits, Peng monte la garde, lèche un braillard et un visage cramoisi. Réconforte l'indécis.

L'indécis flotte dans l'indécision et se sent chez lui.
Tout est ouvert.
Les deux sont possibles.

Pays lunaire

Il y avait une fois un pays qui était brut et sombre. Il y avait une fois un pays où ne régnait aucune clarté. Il y avait une fois un pays qui n'avait pas de contours. Il y avait une fois un pays qui était mouvement. Il y avait une fois un pays où circulaient d'un bout à l'autre d'indicibles rodomontades. Il y avait une fois un pays qui était fait de nerfs. Il y avait une fois un pays qui était silence, rien que silence. Il y avait une fois un pays qui chuchotait des secrets. Il y avait une fois un pays qui était ouïe. Il y avait une fois un pays qui, au clair de lune, était sans forme. Il y avait un pays qui était no man's land. Il y avait un pays qui était au commencement de toutes choses. Il y avait un pays qui se perdait sans cesse. Il y avait un pays qui n'avait pas d'histoire. Il y avait un pays qui n'avait pas de langue et pas de nom. Il y avait un pays qui était si petit qu'il pouvait tenir dans toutes les têtes. Il y avait un pays qui était si immense qu'il faisait éclater tous les crânes. Il y avait un pays qui était partout et donc nulle part. Il y avait un pays qui devint un jour terre neuve. Il y avait un pays auquel on dit un jour : tu es. Il y avait un pays qui se reproduisait. Il y avait un pays qui n'était que sentiments. Il y avait un pays qui flottait dans un lac de mers. Il y avait un pays qui nageait dans son liquide amniotique. Il y avait un pays qui voulait la cohérence. Il y avait un pays qui s'empaysait et s'empaysait. Il y avait un pays qui devenait pays-rivière, pays-temps, pays-eau. Il y avait un pays qui fut déclaré monde, parce qu'on ne sait rien du monde. Il y avait une fois un pays qui devint contrée.

C'était une contrée où il pleuvait toujours : précipitations, et encore précipitations. C'était une contrée qui était sous l'eau. C'était une contrée où, dans le liquide amniotique, nageaient fils et filles. C'était une contrée qui était une vieille femme. C'était une contrée qui restait éternellement jeune fille. C'était une jeune fille toute fraîchement éprise. C'était une contrée qui était son. C'était une contrée qui était sous cloche. C'était une contrée qui n'était qu'une seule caisse de résonance. C'était une contrée qui se faisait entendre. C'était une contrée qui était pauvre. C'était une contrée qui mille ans avait été asservie. C'était une contrée qui était un monde pour soi. C'était une contrée où l'on vivait. C'était une contrée qui connut l'âge d'or. C'était une contrée qui fut putifiée. C'était une contrée qui fut servante. C'était une contrée qui fut sciée, plusieurs fois écartelée. C'était une contrée qui fut vendue. C'était une contrée qui parlait une langue à soi. C'était une contrée qui ne savait pas dire grand-chose. C'était une contrée que ce n'est pas vrai. C'était une contrée qui devint une belle contrée, engendra fils et filles, fut un jour appelée Tockenbourg parce qu'un clan qu'on pourrait appeler famille y joua les gros bras, qui avait pour nom Tock et construisait des châteaux. C'était un clan qui avait pour nom Tock, qui pourrait être originaire du sud de l'Allemagne ou de la dite contrée, qui poussa des racines de pierre et se multiplia. C'était un clan qui s'amarra à une belle contrée, régla les rapports de propriété et devint puissant. C'était un clan qui parlait allemand et bientôt le monde entier lui appartint. C'était un clan qui, par d'habiles mariages et une politique financière avisée, acquit de grands domaines en Rhétie, dans la vallée du Rhin, en Thurgovie et dans le Gasterland. C'était une belle contrée qui fut le berceau des comtes de Tockenbourg, lesquels s'éteignirent au quinzième siècle sans avoir réglé leur succession, ce qui fit que Zurichois et Schwytzois se prirent aux cheveux et se défoncèrent mutuellement le crâne. C'était une contrée qui, par des détours, échut à l'abbaye de Saint-Gall et resta toute sa vie pays sujet. C'était un clan qui donna un nom à une belle contrée et s'éteignit.

D'où nous serions venus? Où serait-on allé nous prendre?

Plus tard, quand tu essayas d'aller ton propre chemin qui te conduisit au bout du monde et au-delà, tu prétendis avoir découvert que tu étais fils d'un roi du nord de l'Europe et de sa maîtresse clandestine, une danseuse africaine; quand celle-ci se trouva enceinte, pour éviter les scandales, tu aurais été acheté, donné à adopter et, par des détours, tu serais arrivé en Suisse orientale.

De moi, l'on dit que je descends de Tziganes. Je pourrais bien le croire. Et j'en suis flatté. N'ayant jamais vu mes véritables parents, je les imagine comme je veux: mon père aurait pu être Irlandais, roux. Ma mère Indienne.

Peau-rouge.

Mon père ecclésiastique.

Solennel.

Ma mère, putain. Peut-être pilote, le père.

La mère, sorcière à balai: engendré en vol.

Mon père berger et ma mère elfe.

Mon père le hasard, ma mère Etrusque, mon père le vent et ma mère un nuage, mon père le ciel qui s'étend d'un bout à l'autre, ma mère la contrée du Toggenbourg avec la Thur qui coule à travers.

Qu'est-ce que cela veut dire être du pays?

Ni la pomme de terre, ni le sapin, mes chéris, n'étaient du pays du Toggenbourg, ils y furent transplantés.

C'est une belle contrée qui est devenue riche. C'est une belle contrée qui s'aplatit de plus en plus. C'est une belle contrée qui se composait de mille mondes. C'est une belle contrée qui est pure affaire de point de vue. C'est une belle contrée d'Europe où l'on trouve l'Afrique, l'Amérique. C'est une belle contrée d'Afrique, où l'on trouve le Japon. C'est une belle contrée qui fut bradée sans vergogne. C'est une belle contrée qui est écrasée par le trafic. C'est une belle contrée qui a bien voulu se laisser trafiquer. C'est une belle contrée qu'on a déchirée. C'est du Zwieland, Freitag Melchior, de l'entre-deux.

Le premier août

Certes les parents qui nous échurent firent preuve d'une certaine connaissance des rapports internes et nécessaires qu'entretiennent le temps et les saisons avec les jours de la semaine et le nom des mois, des liens de parenté qui les unissent, des lois sacrées qui les régissent et qui valaient pour le Toggenbourg, et très congrûment choisirent nos noms à tous deux dans la famille tempérique, mais ils ne firent pas preuve d'un grand sens de l'adéquation quand, au fort de l'été, c'était le premier août de la même année, dans la blanche église protestante de Wattwil, ils se tinrent, avec nous deux tout vêtus de blanc, devant les fonts baptismaux et, à la première question me concernant, lapidaire, parfaitement bien intentionnée, décisive et prononcée d'une voix solennelle par le monsieur vêtu de noir, en robe et rabat: « Quel nom donnez-vous à l'enfant ? », ils annoncèrent à deux voix ce qu'ils avaient choisi à l'unisson :

« August Abraham. »

Eduard était parrain.

A côté les marraines d'Amérique.

Ainsi une chose foncièrement indécise se voit-elle baptisée August Abraham Abderhalden au nom de Dieu, Père, Fils et Saint-Esprit, vocifère une dernière fois contre bonté et bienveillance, oppose ses cris aux contradictions qui, d'en bas, veulent la déchirer, gigote comme un diable, empaquetée de blanc dans les bras de son premier balai de père bien qu'elle sache déjà à peu près marcher, aurait voulu s'appeler Avril et non Août, n'aurait pu s'appeler qu'Avril, hurle, blessée à mort, comme si on l'écorchait, s'adresse aux sentiments et pas seulement maternels, réussit pour de brefs moments d'éternité à remplir l'église pleine à un quart dans ces régions tempétueuses où nul orgue, si gros de sons qu'il soit, nul organiste, si hors norme que soit son jeu, ne pénètre jamais, emplit l'église humide, lourde et sombre dans ces régions où seuls règnent les caprices du temps, qui demeurent interdites à la parole théologique, s'ébattant lumineuse et sèche dans les sphères paradisiaques, hurle à plein cœur, à plein ciel.

Mais rien ne se passe.

Pas un plâtre qui s'effrite.

Pas un orgue qui réponde.

Pas un cœur qui se brise.

Pas de ciel qui se fasse reconnaître.

Eclair: on prend une photo.

Parents d'outremer.

Une dernière prière expire inexaucée dans ce pieux troupeau bêlant, étouffée dans le définitif, dans le clair et net. Ni Melchior Abderhalden, ni l'homme noir au col blanc ne sourcillent. On asperge le désespoir d'un peu d'eau du robinet et on le réduit au silence.

Fondamentalement, une fois pour toutes.

Toi en revanche, Freitag-Vendredi, qui es dans les bras de ta mère et jusque-là t'es tenu coi, toi à qui le nom d'August aurait mieux convenu, quand, à peine une minute plus tard, on te baptise du nom de Freitag Melchior et t'humecte d'eau bénite, te tirant d'un sommeil profond, quasi comateux, tu commenças – peu après que le grondement des orgues comme toujours enceintes et dissonantes se fut tu, alors que l'assistance recueillie manœuvrait vers la sortie – tes sanglots et geignements, qui remplacèrent certes en partie les cris du désespéré, mais – intériorisés par la suite – ne devaient plus te quitter de toute ta vie.

Dehors grand soleil.
Point trop de circulation.
Dehors c'était clair et tranquille.
Tout désaccord noyé dans l'eau du baptême.
Des drapeaux suisses flottaient sur tous les toits, bien qu'il n'y eût pas le moindre vent.
Paradisiaque.
Le ciel avec un crêpe de deuil à peine audible.
Devant le portail de l'église, l'assemblée se disposa en formation variable entre deux colonnes vaguement grecques pour la photographie en couleur.
Pour l'éternité.
Tantôt comme ci, tantôt comme ça, le père plein de fierté, la mère pleine de fierté, à côté d'Eduard, doublement parrain et fiérissime, qui faisait le pitre, ne pouvait, pour plusieurs raisons, s'empêcher de ricaner, essayait sans succès de le dissimuler, de le cacher entre crâne et semelle, mais trahi par le coin des lèvres, front et joues luisants, petits yeux porcins, trouvait-il cela vraiment drôle ? Difficile à dire aujourd'hui, mais ridicule, oui, je crois bien.

Toi, Freitag, tu sanglotais à faire pitié, et si les photos ne s'étaient pas perdues dans les sempiternels déménagements, tu me serais resté avec ton visage grimaçant de souffrance.

Une chose aspergée se tenait coite, coite, coite.

Peng gémissait lui aussi.

Les graves sons de cloches qui prirent bientôt des dimensions inquiétantes se gonflèrent en nuées orageuses, obnubilant le ciel du premier août, d'où ne tomba point de pluie, mais tout de même un brin de réconfort, je les ai encore dans l'oreille.

Du ciel qui était de feu

Pour le déjeuner toute la compagnie se retrouva chez nous.

Grand-mère s'était esquivée avant la photographie, avait enfourné le rôti de viande hachée, mis des pâtes à cuire.

Nous fûmes remisés avec Peng dans la chambre à coucher, inondés par des mers de voix sortant de la cuisine et de la salle.

Des rires bientôt, de ces gros rires de gorge que l'alcool déclenche dans les gosiers masculins.

Dès la fin du repas les invités d'Amérique tirèrent sur la place du village les premières fusées du premier août.

Auraient, dit-on, visé le clocher.

Peng glapissant.

On déposa pour chacun de nous quelques milliers de francs sur un compte, puis ils repartirent pour l'Afrique, l'Australie ou l'Asie. L'après-midi les collaborateurs de mon père apportèrent de la gnôle, distillée maison. Par la grâce de ces coups de gnôle, les gros rires qui menaçaient de faire crouler les murs se changèrent en pur chant. Grand-mère vint nous rejoindre dans la chambre et nous ingurgita des histoires bibliques, sur le commencement et la fin du monde.

Vers le soir ta mère fit une soupe de farine qu'on nous emboqua à la cuiller pendant que les hommes, en tricot de corps, étaient assis autour de la table.

A la télévision, le discours du président à l'occasion de la fête nationale.

Nous fûmes mis au lit.

A la nuit tombée, tous, sauf grand-mère, prirent part aux réjouissances officielles sur le terrain de football.

Le ciel, de feu.

Peng se terra sous mon lit.

Grand-mère tira partiellement le rideau.

Pour réconforter une brebis galeuse, une chose timorée et un chien qui gémissait plaintivement, il se peut bien qu'elle nous ait de nouveau lu des passages de cette Bible qu'elle portait toujours dans son sein, qu'elle nous ait raconté, comme plus tard elle le fit toujours, l'histoire d'Adam et d'Eve, de Moïse et de son peuple, de David et de ses fils, de Marie et de Joseph, de Jésus, qu'elle nous ait dit comment ils l'avaient cloué sur la croix et qu'en l'an deux mille le ciel serait en flammes.

Explosions.

Une pluie battante empêcha l'extension des incendies.

Quand nos parents revinrent, trempés et titubants, grand-mère s'était assoupie sur sa chaise, ronflant comme une cheminée et continuant à raconter dans toutes les langues étrangères :

Les déluges bibliques, les déluges de feu qui partageaient les mers.

Et comment le mal fond sur les hommes comme un orage.

Les crapauds, sauterelles et dextres divines qui pleuvent du ciel.

Les éclairs forgés d'ire et de dépit.

Les précipitations précipitations précipitations.
Les vents, tout de pur savoir.
La foi qui a son siège dans les nuages.
Putiphar.
Stockberg sur Nesslau.
Dieu, le premier Suisse, accroupi sur le Stockberg et qui murmure dans sa barbe des dictons tempériques :
« Si le Stockberg met son cache-nez, c'est parti pour une benouillée. »
Les barbillons de Dieu à peine distincts des bancs de brouillard qui naviguent, blancs et sages, à travers le paysage et rappellent aux hommes qu'il ne faut pas trop parler.
Juste le nécessaire.
L'un des bouts du monde qui était aux alentours de Lichtensteig.
Le pays d'Egypte qui s'étendait derrière le Stockberg.
Et l'infini.

Tu dors.
Te tournes et te retournes.
Quelque chose te ronge.
Ça se voit.
Déjà le ver en toi.

Etait-ce alors, était-ce plus tard ? Une chose aspergée était couchée sans dormir, Peng dressa les oreilles, le petit peu de ciel qu'on apercevait par la fente des rideaux entra à tâtons dans la chambre et l'oreiller murmura un tout autre nom dans des oreilles ouvertes à tout.
L'homme de la lune attacha son veau à la gouttière, entra par la fenêtre et déposa près de moi ses bottes rouges.
Peng frétillant de la queue.
Dieu descendit du Stockberg, entra dans la chambre

sur un grand pied, noua sans qu'on le lui demande sa barbe au bord du lit et dit avant de disparaître :

« Tu es indécis.
Tu auras toujours un fil qui te reliera à moi.
Cela t'aidera quand il faudra te décider.
Je veux aussi te faire un présent.
La grande plaie des courtilières s'abattra sur les hommes.
Tu es l'élu qui sortira les courtilières de leurs trous.
Prends de l'eau savonneuse. »

Tu t'éveillas en sursaut, appelas à grands cris Jeudi.

Ombres bleues, pleurnichardes.

Et le ruisseau, schlurfin-schlurfant, dévala par la fenêtre, chuchota des promesses, dit à l'aspergée :

« Je suis torrent, petite.
Autrefois j'ai vidé des maisons.
Tout au fond je me tais.
En surface je parle celte.
Entre les parois de nagelfluh, alémanique.
Ici chez toi, où je ne se suis plus que canal, allemand.
Plus loin anglais.
Puis je me jette dans la Thur.
La Thur est la mère de toutes choses.
Tu es la fille de la Thur.
Tu es une Etrusque.
La Thur coule dans le Rhin.
Le Rhin coule dans la mer.
La lune reste là pour toi. »

Mais toi, Freitag, mon Vendredi, tu réclames à grands cris tout ce qui ne peut pas tenir dans une semaine.

Des courtilières, des dieux et de leurs œuvres

Nous étions frère et sœur et vivions dans une vallée vert de pluie dans un village dans une maisonnette jaune au bord du ruisseau à côté de l'église près de la forêt non loin de l'école de textile. Nous jouions à nous taire sur le petit bout de gazon devant la maisonnette ou, comme c'était notre mission, nous sortions les courtilières de leurs trous, étions donc les seuls à savoir ce que sont les courtilières. Les courtilières sont des taupes-grillons qui ne sautent pas, on les appelle aussi crabes de terre, fouille-terre, loups de terre, ce sont des bestioles brunes, d'un brun gris, ni insecte ni taupe, ni écrevisse ni dragon, elles incarnent le mal pur et simple, apportent malheurs et malédictions, portent en elles toutes les maladies imaginables. Elles ont transformé leurs pattes antérieures en pelles fouisseuses, se creusent des systèmes de couloirs souterrains, sont de vraies fossoyeuses, apportent à la surface tout ce qu'il y a de mauvais, ont des têtes à faire peur, un peu comme des crabes, devant, des mandibules comme des étaux, tout de suite derrière la tête une carapace veloutée, un arrière-train cylindrique hérissé de piquants comme des antennes, des ailes atrophiées, avec lesquelles, en les frottant l'une contre l'autre, elles produisent dans leurs galeries une sorte de grésillement. Devant, elles ont des yeux sur pédoncule et sans paupières.

C'est pourquoi, quand on verse de l'eau savonneuse dans leurs trous, elles se précipitent au dehors.

C'est pourquoi, quand elles se carapatent hors de leurs trous, il faut vite faire un saut de côté pour que le mal ne vous saute pas à la figure.

Il s'échappait dans l'air :

Comme un orage le mal fondait sur le pays.

Ces taupes-grillons, Freitag, nous avions deux raisons de les sortir de terre : la première c'était que j'avais des flopées de grillons dans la tête, et la seconde, que les courtilières ne mangent pas seulement des larves d'insectes et des pointes de racines, elles ont une prédilection pour les vers de terre, qui pour nous étaient sacrés parce qu'ils semblaient nous garantir la pluie sans laquelle nous n'aurions pu vivre, toi du moins dans tes premières années.

Si alentour le temps n'avait pas été à la tristesse, s'il n'avait pas si bien plu dans la vallée vert de pluie, toi et moi n'aurions pu respirer une minute.

Ces courtilières, nous les donnions en pâture aux corneilles et aux anges noirs qui veillaient sur le toit de l'école de textile pour les faire endêver, nous espérions ainsi voir durer notre mauvais temps, et pour nous convaincre de la mauvaise nature des courtilières, quand les corneilles ne voulaient pas de nos offrandes, nous leur ouvrions le ventre, et ce qu'il y avait dedans, Freitag, ce qui en jaillissait : un infect jus jaune, purulent, corrosif et fétide.

Les nuages se tapirent à demeure, bas et pesants, quand tomba de son haut, au début des années septante, une haute pression ininterrompue ; les étages supérieurs des trois buildings trempaient tout le temps dans la soupe et ne pouvaient être habités, goutte et rhumatisme sévissaient, et les habitants n'avaient plus que de mauvaises idées.

L'école des hautes études en sentiments haut de gamme périclita.

Deux licornes bleues

Un jour nous trouvâmes, mon frère et moi, dans l'herbe devant la maison, des champignons hauts sur pied, à chapeau cloche, petits, bruns, mystérieux.

Il pleuvait, comme toujours.

Frissons d'averses, océaniques.

Patrie.

J'en mangeai, tu regardais.

Alors je vois qu'en réalité nous sommes de petits animaux :

Moi un chiot rouquin, toi un mouton noir.

Tu bêles à fendre l'âme jour après jour.

Mais le chiot rouquin est craintif, a un œil bleu et un œil brun, une oreille claire et une oreille sombre.

Une oreille de fin renard et une oreille de chauve-souris.

Alors le ruisseau dit au chiot rouquin :

« Viens, renard, je te prends en laisse.

Mets tes bottes et suis-moi.

N'aie pas peur.

C'est au fond de la forêt pluviale. »

Le voilà donc ravi au fond de la forêt pluviale par les bottes rouges de l'homme de la lune. Elles le portent hors de la maison, remontent la rue de l'Ange, passent le pont, traversent la Hembergerstrasse, arrivent de l'autre côté, là où le ruisseau fait gorge. Là-bas, à l'entrée, se trouve, Freitag, comme je le sais aujourd'hui, le plus vieux village : maisons de bois relevées de leurs fonctions, pâles, décrépites, aveuglées, désaffectées ou magnifiquement rénovées, ce que, à l'époque, nous ne voyions que comme des rangées de fenêtres : la vieille forge, le vieux moulin, la vieille scierie, une vieille et seigneuriale Tätschhaus.

Le ruisseau coulait au milieu.

Entre les maisons du côté Hemberg une placette cailloutée. Le rouquin la traversa, le ruisseau l'escortait. A l'arrière, Freitag, les maisons avaient des yeux. Dans la forêt les bras des sapins fumaient. Les feuilles soupiraient en jaune et brun. Le ciel pendait lourdement. La Tête de Chèvre de l'autre côté sulfurait. Le brouillard effaçait à coup de langue tout ce qui était monde.

Le ruisseau continuait :

« Prends la voie étroite, petit renard. »

La pluie leva le rideau, le ruisseau changea de direction et se mit à couler amont.

« Ici », dit-il, « derrière les barrages, il y avait autrefois le bain du village.

A cet endroit je fus endigué. Tous les dimanches ils se sont plongés dans mon eau.

Alors il n'y avait pas encore de toison forestière. Mais enfonce-toi plus profond dans la forêt.

C'est bien que tu n'aies pas peur. »

La pluie baissait rideau sur rideau, fermait des portes derrière elle, tendait des draps qui reculaient aussitôt.

Derrière, les lièvres commençaient à fricoter.

Alors la forêt pluviale dit à son rouquin :

« Renard, tu as volé le Temps, ne le rends pas.

Tu es le mouton sous la peau du loup.

Tu es enragé.

Mange davantage de mes fruits sauvages.

Mange des baies, de la petite oseille.

Et as-tu déjà reniflé l'amanite tue-mouches ? »

La cascade chapechutait :

« Si tu l'chais pas, tu l'chauras

Moi, chte l'dis comme cha.

Ch'dis touchours cha

prêchi prêcha couchi coucha. »
Il entendait parler et n'en croyait pas ses oreilles.
« Qui vient là ?
C'est le nagelfluh.
La gorge.
Un sapin abattu te montre tout ce qu'il a de pieds.
Oui, avance.
La mousse n'est pas méchante.
Si tu glisses, je te hisse, si tu slippes, je te slappe.
Cru qui cuit succule.
Les truites, tu peux les attraper à la main.
Dare.
Pneu dans l'eau.
Qui s'étonne, s'étonne.
Les larves de libellules mangent les moustiques d'eau.
Les moustiques d'eau mangent les chenilles voraces.
Les larves de libellules mangent les têtes de têtards.
Lézards.
Fougère.
Viens viens viens.
Tu as de jolies quenottes.
Viens viens viens.
Tu es fille ou garçon ?
Qui trébuche peut tomber bas.
Le trèfle, tu peux le manger.
Là, ça bouillonne.
Tord-boyaux.
Rogneux comme un roquet.
Es-tu roquet, renardeau ?
Saute dans la flache.
Tiens-toi.
Rien que des arbres.
Corneilles.
Viens, viens, si tu as du courage.
Tu n'as pas un cœur de lièvre.

Tu as de beaux yeux.

Tu as de grandes oreilles.

Attention.

La lune. »

Alors s'escampèrent lézards-étincelles, salamandres de feu. Tout au bout de la gorge il y avait un chaudron noir sur le feu. Bouillons. Les lièvres mitonnaient la soupe tempérique.

Remuaient avec une grande louche, assaisonnaient copieusement d'amour.

Derrière, la lune gisait, livide et sulfureuse. Le visage. Deux licornes bleues montaient la garde.

« Approche, va voir.

As-tu peur de nous autres femmes ?

Crois-tu par hasard à la foudre du Bon Dieu ?

Viens là derrière.

Bois.

Prends encore un coup. »

Et il but de la soupe tempérique.

« Quand le lièvre fait la soupe, le temps reste mauvais.

Et maintenant va voir la lune.

Ne touche pas.

Ecoute. »

Le visage lunaire dit à toute petite voix :

« Dieu est bon, juste et un. Mais qu'entendent les bons dieux à nous deux ? Nous ne sommes pas des carnivores. Nous sommes le tout autre. Nous sommes de race ambiguë. Nous n'appartenons pas à la race humaine. Nous sommes des astres. Toute ta vie tes pensées graviteront. C'est pourquoi je veux te révéler des secrets : Tu es une Etrusque. Tu as deux côtés. L'un appartient au soleil. L'autre m'appartient. Mais à qui veut voir ce tout autre côté, les lièvres lient la langue. A qui a vu ce tout autre côté, les lièvres nouent la langue, fils de racines, fils rouges avec le fil de Dieu et le cordon ombilical, ils cuisent tout le peloton dans la grande soupe tempérique. »

Ainsi fut fait.

Donc le chiot ne vit plus que trente-six chandelles, vit ce qu'il n'aurait pas dû voir, ce dont il ne pourrait jamais parler, ce que le temps est seul à savoir: l'indicible, Freitag, il l'eut un instant devant les yeux de l'autre côté de la lune.

Par la suite il se garda bien, et pour plusieurs raisons, d'en dire le moindre mot.

Décida de ne plus parler qu'étrusque.

Garda par-devers soi que, dans les armoiries de la commune de Wattwil, ce fond jaune sur lequel deux licornes bleues montent la garde, est en vérité un jaune de lune.

Le grand oubli

Toute la contrée, Freitag, fut un jour sous les eaux.

D'abord il y eut la mer verte.

Y nageaient des poissons bien particuliers.

La mer se noya.

Resta un lac.

Celui-ci se perdit peu à peu.

Restèrent, à l'ancien niveau du lac, des terrasses de deltas fluviaux.

On peut y construire des hôpitaux municipaux, des couvents de femmes, des collèges et des lycées ou des maisons individuelles.

Là-dessus une rivière grignota son lit à travers le fond de la vallée.

D'impertinents ruisseaux, toute une veinure de petites eaux bulbulantes cherchèrent des deux côtés le fond. Celui-ci était marécage. Le marécage était tourbe et gadoue. Des batraciens, têtards et tritons, s'y sentaient comme chez eux.

Insectes.

Pluie.

Se fit une forêt vierge.

Laquelle se composait de résineux, feuillus à gros tronc, fourrés brindilleux, broussailles, arbrisseaux, était un hallier visqueux, aux mailles serrées, aux grosses racines, auquel, à cause de son caractère captieux, je prête volontiers un principe : il recouvrait tout, s'étendait partout comme un tapis, se livrait à des orgies organiques, se vrillait, se lovait dans les fissures, brèches, rigoles rongées par les ruisseaux, procurait un espace vital aux animaux sauvages – ours griffus, hardes de sangliers, loups babineux, aigles à serres, lynx ravissants – abritait elfes, licornes, salamandres de feu (qui sont une sous-espèce des lézards-étincelles), avait un passé indicible, un souffle sombre, une mémoire de longue haleine, laissa faire les Celtes, admit pour peu de temps les Rhètes, plus tard Rhétoromans, dans la vallée supérieure de la Thur, n'eut pas le temps pour les convoitises impérialistes des Romains, se mit toujours de travers quand entendaient dominer ceux qui allaient tout droit, et se créa tout naturellement un avenir en ensargassant le Temps, en noyant le Temps dans son flot de sucs et de salives, en enchevelant le Temps dans les mousses et les moisissures, en embérésinant le Temps dans les herbes et les fougères, en mettant le Temps en déroute par la morve, le chanci, les miasmes, le chancre et le champignon.

Terra incognita.

Il pleuvait, il pleuvait, il plut encore une fois mille ans, et les Rhétoromans, trempés jusqu'aux os, redescendirent dans la vallée du Rhin.

Après, la cloche de brume qui englobe le monde d'un bout à l'autre se ferma et resta fermée pour toujours.

Rogneux le ciel, cintré d'un bout à l'autre.

Plus tard seulement il cessa peu à peu de pleuvoir.

Une grosse rivière emporta tout.

Plus loin en aval elle s'appelait la Thur :

La Grondante.

La Grondante toujours pressée.

C'était une rivière, elle s'appelait la Thur, était féminine, était pressée, entraînait en méandrant, c'est-à-dire : en décrivant des boucles plus ou moins régulières où certaines portions de rivière pouvaient couler à rebours du courant principal, entraînait, les courants opposés s'annulant – cependant que le cours était soumis à de brusques changements de vitesse, de sorte que se formèrent des bras morts, des lacs endigués, des boucles de contournement – entraînait, provoquant tourbillons, courants et contre-courants, du Temps du Temps du Temps, développa un grand remous, passa par des rétrécissements, se déversa en chutes, fut coudée, se rassembla, se jeta dans le Rhin qui se jetait dans la mer, remplit une mer de Temps vert, brun, épais.

C'était un pays qui était no man's land, et quand les premiers pieds alémaniques commencèrent à piatter et patauger dans tout ça, apparurent pistes et chemins, qui inexorablement, tout bien intentionnés qu'ils fussent, se virent à nouveau avalés et engloutis.

Grand oubli.

C'était une contrée qui pouvait tout oublier.

C'était une contrée qui avait une abondante toison pubienne.

C'était une contrée qui n'était qu'une seule forêt pluviale.

C'était une forêt pluviale où il y avait des plantes carnivores et des vulnéraires.

C'était une contrée qui, lorsque le premier dieu sortit de l'œuf, dévora le premier dieu tout cru et à grand bruit de mandibules.

C'était une contrée qui menait à leur perte humide tous ceux qui y pénétraient.

C'était une contrée qui buvait indifféremment les dieux et les hommes.

Et si elle n'a pas tout bu, Freitag, sûrement qu'elle boit encore aujourd'hui.

Un dieu étranger

Comme cette contrée ébibait tout de suite les dieux qu'elle engendrait elle-même, avec le dieu égyptien ou babylonien qui, assez longtemps, avait trimardé derrière saint Gallus, peu après que celui-ci, dans le Sittertal, se fut assis dans les épines, un dieu étranger s'installa sur le Stockberg.

En effet la toison forestière dans sa chaste virginité, chatouillait par trop les énergies masculines.

Parce que le monastère de Saint-Gall – que les missionnaires irlandais, avec leur savoir universel, portatif et manuscrit, suscitèrent des épines – avait accru ses possessions au bord du lac de Zurich, ce sillon en travers de la sombre vallée entra en ligne de compte. On procéda d'en-haut, on se fraya son chemin à travers forêt et fantaisies, on procéda d'en bas, le long et au rebours de la Grondante toujours pressée.

Là où l'on pouvait traverser la Thur, un quidam, nommé Watto, d'origine alémanique, ficha en terre son javelot, et seul ou avec une aide extérieure, se construisit une cabane, une sorte de ferme, une sorte de hameau, dont bientôt il fut fait mention dans un document du monastère de Saint-Gall:

Wattinwilare, la millième année n'était pas encore écoulée.

Ici divers avis divergent.

En effet le nom de Wattwil ne peut en être dérivé de manière irréfragable, ce qui, depuis des générations, sème la confusion et partant la discorde parmi les administrateurs de la culture et les défenseurs de la cause.

Aussi l'association d'histoire militaire du canton de Saint- Gall s'est-elle, dit-on, proposé de publier, à l'occasion du sept centième anniversaire de la Confédération Helvétique, un ouvrage de caractère général et de grande envergure, pour ne pas dire exhaustif, intitulé :

« De la nécessaire mobilisation des milices de la Suisse neutre et indépendante face à la détérioration globale de l'environnement, suite à la menaçante collusion de l'Europe suite au flot croissant de réfugiés, à l'ère de la télé communication, suite à l'irrésistible nivellement des critères identificatoires de la Suisse, démontrée à l'exemple de la nécessaire mobilisation des premiers colons alémaniques au septième huitième siècle post Christum natum sur le territoire de l'actuel Toggenbourg, compte tenu tout particulièrement des répercussions de la migration des peuples sur le territoire de la Suisse d'aujourd'hui, illustrée par l'exemple mal famé du javelot de Watto de Wattenweil et accompagnée d'éclaircissements sur tout et plus. »

Il faut ici quelqu'un qui mette les choses au clair.

Je prétends que le hameau de Watto fut par la suite appelé Wattenweil parce que Watto fut le mari de la première faiseuse de temps du Toggenbourg.

Parce que Watto fut le mari de la première faiseuse de temps, le hameau fut par la suite appelé Wattenweil.

Elle s'appelait Ana ou Dada.

Ana était une femme aux longs cheveux roux.

Un œil bleu et un œil brun donnaient à son visage quelque chose de changeant : elle portait sur la figure le ciel ou la terre. Elle dépassait d'une tête son mari qui était blond aux yeux bleus, bossu et douanier. Elle s'appelait Ana ou Dada, et l'on raconte qu'elle était tout le temps enceinte et aurait mis au monde plus de cent enfants. Mais elle n'était pas grosse de sa seule engeance :

Elle pouvait être grosse de pensées.

Elle pouvait couver des problèmes.

Elle portait la lune dans son ventre.

On raconte qu'elle n'avait pas seulement la haute main sur les semences de la pomme épineuse, du chanvre, du lin et des céréales, mais aussi sur les semences des hommes, que ses cheveux étaient attachés au ciel, que de ses yeux elle voyait entre l'air, de son nombril distinguait l'enfant dans l'homme, les vessies des lanternes et le profond sérieux du plaisir, de son bas-ventre elle entendait parler la terre.

On murmure qu'elle se prenait tous les hommes qu'elle voulait, savait les rendre dociles, transformer tout membre viril en serpent, les faire danser au son de sa flûte, on murmure qu'elle pouvait sentir les parfums des dieux et dormait avec eux dans le même lit, qu'elle avait aimé le dieu du Stockberg encore svelte, souple, parlant surtout égyptien, superficiellement latin, lequel en était sorti à demi mort, qu'elle dialoguait la nuit avec de lointaines déesses, donnait aux déesses de brûlants baisers de langue, n'aimait en réalité que les femmes, et que tout homme se noyait dans sa frénésie amoureuse.

On dit aussi qu'elle avait plusieurs langues dans une seule bouche, l'une, quand elle parlait aux humains, s'entretenait avec l'animal dans l'homme, les autres parlaient les langages des animaux ; qu'elle pouvait entendre les bruits et boniments des plantes et convaincre de battre en retraite des maladies qui s'approchaient.

On disait, mes chéris, qu'Ana savait comment va le vent.

Pouvait regarder à travers le soleil.

Etait à l'écoute des étoiles.

Connaissait éclair et tonnerre.

Avait le tempérique dans le sang, avait le tempérique dans l'urine.

Quand Ana arriva dans la vallée de la Thur, elle traînait derrière elle, accroché à ses cheveux, un entrelacs terreux, glaiseux, de radices et radicelles auquel étaient attachés le solide savoir éprouvé et les profonds souvenirs des mères primitives et qui allait jusqu'à l'obscure fin des temps, une troupe de femmes, enceintes, caduques, des filles aussi, et au milieu, des vieillards aveugles, édentés, la suivaient en chantant des thrènes – accompagnés par les puissants thrènes des vents – ils marchèrent le long de la rivière, vapeurs, bouillons, branchages, bifurquèrent près d'un ruisseau, continuèrent leur route dans le lit du ruisseau, puis, au fond, là où eau et nuages fraternisaient, à un signal donné, se mirent à piétiner frénétiquement, brisèrent le silence qui régnait dans l'air depuis plus de mille ans, s'arrachèrent leurs vêtements, perdirent toute pudeur, leur concupiscence s'alluma, une concupiscence définitive, décidée, des corps se jetèrent dans les bras d'autres corps, les grêles thrènes se changèrent en hurlements tels qu'on n'en entendit jamais plus et qui firent exploser l'air, aux hurlements succédèrent des gémissements qui attirèrent licornes, lièvres et salamandres, chassèrent définitivement ce qui restait d'hommes et de guerriers, le vent irrité fouettait des chairs pantelantes, le vent s'engouffrait entre des jambes, les nuages s'agglutinèrent et il se mit à pleuvoir noir, du sang pleuvait, les pieds inexorables martelaient le sol, se meurtrissaient dans un bain de sang et de deuil, piétinaient toute raison, bras, jambes se démirent dans la bourbe, des têtes s'égarèrent jusqu'à toucher le fond des choses, là où, mes chéris, le flair tempérique sait la vérité, l'air se tut, le passé fut implanté, la lune réenfantée dans la vallée de la Thur.

Il y avait une fois un pays qui était derrière la lune.

Personne ne sait d'où Ana était venue.

Ce qui est attesté, c'est que son mari, Watto, venait du nord, point un Alaman modèle, grand et blond, mais un petit bougre insignifiant, un serf qui s'était arraché à sa terre d'origine et voulait explorer un nouveau monde, il se fit douanier, devint gras, autoritaire, ergoteur, trouva un modèle dans le dieu étranger du Stockberg, tandis qu'elle venait du sud.

Les historiens romains rapportent, chère Ute, que des femmes étrusques qui, sur le territoire de l'actuelle Toscane, avaient considérablement contribué à l'invention de l'Occident, après avoir été taillées en pièces par la pensée et l'action rectilignes des Romains – ces Etrusques en tout cas, hommes et femmes, qui ne se laissèrent pas romaniser – avaient émigré au nord, traversé les Alpes, poussé jusqu'à un pays où ne coulaient ni le lait, ni le miel, mais une rivière.

Chez les Etrusques, bien des choses restent obscures, maman Ute, – au contraire des Grecs qui eux aussi et autrement contribuèrent puissamment à l'invention de l'Occident: ils auraient par exemple entretenu un savoir secret, obscur, incommunicable, aux antipodes du savoir hellénique, savoir qu'ils avalèrent quand les Romains les tirèrent de force à la lumière, qu'ils emportèrent avec eux au royaume souterrain, ce sont là des sentiments, et même leur origine est une énigme; on écrit qu'ils seraient arrivés par bateau de l'Atlantide, ce qui correspond parfaitement à mon sentiment, car Ana apporta la mer dans la vallée de la Thur, dans ses veines nageaient des poissons atlantiques, elle avait un pied dans l'eau, l'autre au royaume des morts, elle apportait un savoir ancien, inestimable, non écrit, elle était, ce n'est pas une affirmation, mais un pur sentiment authentique et perceptible, une Etrusque, la dernière Etrusque pour ainsi dire.

La rue de l'Ange

Il y avait, Freitag – à l'époque où jour après jour tu bouclais ton enfantine valise à carreaux bleus et rouges pour prendre la fuite – il y avait dans une vallée vert de pluie une grande église blanche avec un grand clocher blanc et un cadran bleu ciel sur lequel des aiguilles dorées indiquaient l'heure. A la pointe du clocher il y avait un coq gras posé sur une croix posée sur un œuf doré.

Pas très loin de l'église, la place du village.

Là il y avait une fontaine avec homme noir et hibou, une boutique de coiffeur et une pâtisserie.

La grand-rue.

De l'autre côté de la grand-rue et dans le champ visuel de l'homme au hibou, au rez-de-chaussée du Toggenbourg, il y avait une mercerie où l'on vendait de la laine, du fil, des aiguilles, des boutons, à côté un kiosque biplace, qui abritait autrefois un petit atelier où l'on réparait les parapluies. Juste à côté, mais pas contigu, l'abattoir, qui se présentait sur le devant sous les espèces d'une boucherie-charcuterie.

Derrière l'abattoir l'entrepôt frigorifique.

Entre boucherie et kiosque s'ouvrait une ruelle en pente : la rue de l'Ange.

Pratiquement il pleuvait tout le temps dans la rue de l'Ange, le ruisseau soutenait tes flots de larmes, la Thur emportait tes larmes dans une mer de tristesse ; celle-là, nous la supposions tout de suite en aval de Lichtensteig.

Quand la mer eut déjà avancé jusqu'à la place du village, tu pris par la main l'Etrusque que je croyais être, pour laquelle tu me prenais, avec qui tu habitais au 5a de la rue de l'Ange. Où voulions-nous aller ?

Toi en Egypte.

Il pleuvait à torrents.

Tu ouvris un parapluie noir, des camions grimpaient poussivement la rue de l'Ange jusqu'à l'entrepôt frigorifique.

Porte du frigo à demi ouverte. Une haleine froide en sortait, qui rôdait ou refluait et nous montrait le chemin du Nil.

Nous nous glissâmes à l'intérieur.

Une haleine froide éventa des boucles noires ou rousses.

A l'arrière la lourde porte de métal ouverte.

Appareillages.

Automatiquement tout blanc.

Un ventilateur.

Derrière des grilles, denrées blanc sortilège.

Pluie gelée.

Poussière de dieux gelée.

Bout du monde gelé.

Frérot et sœurette gelés à côté des quartiers de viande.

Le lendemain, trempés comme des soupes, nous frappâmes au portail de l'église.

Bong.

La cloche du quart nous donna double réponse :

« Le ciel n'est fait que de quarts d'heure.

Le ciel n'est que décibels. »

Le cri du coq-girouette se noyait dans la pluviasse.

Comme une Etrusque ne peut pas attendre grand-chose d'un dieu et que toi, tu voulais fondamentalement continuer ton chemin, nous pataugeâmes jusqu'à la grand-rue, là c'était la haute mer.

Vents cinglants.

Trafic.

Gaz.

L'autre bout du monde.

Hurlements.

Glapissements.

Bêlements.

Le hibou sur la margelle de la fontaine, tout ébouriffé, parlait quelque peu ma langue maternelle, il me donna à entendre en me lorgnant de ses yeux jaunes :

Les eaux montent.

Les vagues se brisent au bord de la rue.

Ressac.

Le teinturier avait peine à tenir la position, des toiles flaquaient au vent comme des voiles.

Malgré tout il se planta, tout noir, devant nous :

« A la maison et que ça saute. »

Où es-tu drossé ?

A la maison.

Tu te terres sous le toit.

Tu commences à t'intéresser au téléviseur.

Puis les jours commencent à se ressembler: lundi comme dimanche, mon Vendredi.

C'est ainsi que tu ne deviens pas quelque vagabond sauvage, mais un animal domestique apprivoisé et complaisant.

Plus tard seulement tu voulus être loup noir en peau noire de brebis.

Aiguisas griffes et dents à tout ce que tu trouvais.

Fis des dictées sans fautes.

Devins bon au saut en longueur.

Sautas plus loin que le but.

Chaussons-Souillons

Le premier avril mil neuf cent septante-cinq, jour de mon cinquième anniversaire, alors que l'eau monte chez nous jusqu'à la fenêtre de la chambre, qu'il nous pousse branchies et palmures, que nous ne circulons plus dans notre chambre qu'en chaussons, que nous nous préparons à sauter par la fenêtre dans la fin de tout et à faire le plongeon, qu'à tous les toits collent des anges noirs si ruisselants qu'ils ne peuvent plus prendre leur vol, ma mère déclare résolument:

« Les enfants, vous avez besoin de groles. Pas étonnant que tu sois taiseux, mon Augustule, si t'as pas de chaussures convenables. »

Elle fourre une chose qui gigote sans arrêt dans une salopette, toi, elle t'enfile dans une salopette, tous les deux dans nos chaussons, nous nous prenons par la main, ensemble nous nous mettons en route, à travers une mer de sentiments, maman en tête. Toi pleurnichant, mais pas parce qu'il faut te traîner.

La voiture d'enfant vert pastel, mollement suspendue, où l'on aurait pu te transporter sans larmes et sans problèmes, on la laisse à la maison parce qu'on est maintenant pour des valeurs stables.

Le clapotis de la fontaine ne fait que te tirer plus de larmes encore. Parce que nous ne portons pas de vraies chaussures, mais seulement de bons chaussons zippés, parce que tu pleurniches sans discontinuer et qu'il faut te traîner, parce que les corneilles accompagnent ou poursuivent obstinément leurs nourriciers, les gens que nous croisons pensent en voyant notre mère qui trotticotte devant en femme moyenâgée et salue poliment de côté et d'autre :

Elle faisait bien son travail au kiosque, elle a de beaux cheveux dorés et des yeux bleus de ciel, elle s'habille et se maquille pas trop mal, ça oui, mais c'est une marâtre.

La mer se révéla nettement plus petite que prévu : dès la rue d'en bas plus que de la boue.

Avril.

Eclaircies.

Premières touffes vertes luxuriantes dans l'herbe brune au bord de la Thur.

La Thur ivre et froide.

D'en haut l'eau de fonte dégorge à gros bouillons.

Les arbres, érables, hêtres, tilleuls, Freitag, qui bordent la Thur à intervalles bien réguliers, pointent sur nous trois, chacun pour son compte, leurs bourgeons turgescents. Par-dessus un lambeau de ciel.

Tantôt pluie, tantôt bleu soleil.

Vent.

A la hauteur de la Volkshaus nous franchissons toutes les eaux courantes de cette terre à quoi, dès le début, tu n'arrivas guère à prendre intérêt.

La Thur au travail sans se perdre en discours.

Du parc de la Thur tout droit jusqu'à la gare.

Démoli le petit édicule de maman, le kiosque logé dans la nouvelle aile du buffet de la gare.

La rue traversée, elle entre avec nous dans un royaume englouti. Comme d'habitude les gens se précipitent sur toi.

On te submerge de sentiments.

Pitié, à tiédeur de sein, apitoiement sur soi, pas vrai ?

« Regardez le petit négrillon », entend-on dire, « ils sont si mignons, petits. Et ces frisons. Comme un petit agneau. Et comme il pleure, le pauvre », entends-je dire encore aujourd'hui.

Tu présentais ta tête sans bouger.

Peut-être les mains caressantes et les mots tendres avaient-ils vraiment de quoi te consoler un peu.

Maman Ute : « Ah, vous savez, j'aimerais bien retravailler.

Je ne sais pas si je pourrais me faire à tout ce neuf. C'est qu'y a que du neuf ici. Peut-être bien, quand les gosses iront à l'école... »

Mais celui qui avait son anniversaire prit la poudre d'escampette.

Il ne se passait pas grand-chose à la gare.

Le passage souterrain.

La voiture postale.

Les pigeons connaissent tous les enfants.

Il s'assit sur les escaliers devant la gare, dézippa des chaussons bruns.

Voulut prendre racine.

Résolument.

Racines pivotantes.

Des souillons d'oiseaux se posèrent dans mes cheveux.

La circulation imperturbable.

Barouf de bulldozers de l'autre côté de la rue.

Mais l'air intime : Va, va.
Le ciel : Va toujours.
Le soleil : A la lumière.
Le train.
Portières ouvertes.
Je pris le train.
M'assis côté fenêtre.
Vis une tête, d'or couronnée, donner le signal.

Les colonnes, l'horloge, les maisons, les prairies, la Thur, buildings, Churfirsten, et ainsi de suite et toujours plus loin :

Le train disparaît dans le tunnel.

Entre Wattwil et Kaltbrunn
Y a un tunnel
On y entre il fait nuit
On en sort il fait jour.

« Te voilà, garnement, et moi qui pensais que t'étais monté dans le train.

Viens, tu vas avoir tes chaussures neuves. »

Toi, ta mère te portait sur le bras, mais elle aurait mieux aimé porter comme naguère la responsabilité des événements de l'actualité.

Moi, elle me prit par la main, on traversa la rue direction Migros, d'en haut tu vis près de l'entrée, à l'étalage, des tartes aux fraises, des tranches au moka, chapardeurs, ménagères faisaient la queue.

Les bottes rouges

Les matinées appartenaient à l'armée des ménagères.

Bien coiffées, mistifrisées, circulant en général individuellement, convertissant des modèles publicitaires, décidant de la demande, elles examinaient l'offre, prenaient note des offres spéciales, convertissaient en substance les habitudes alimentaires masculines, rendues inventives par la nécessité, leurs époux pour la plupart ne desserrant pas volontiers la filoche, organisaient des conciliabules entre les rayons ou bien s'évitaient, te faisaient par milliers des mamours quand, tout pleurant, tu échouais parmi elles.

Je me dérobais à toute tendresse.

Passais devant les rayonnages, soupçonnant que la disposition des articles obéissait à un principe et servait à séduire l'acheteur.

Me laissai séduire, c'était mon anniversaire.

Etablissais des relations.

Rattachais çà et là.
Les Etrusques sont attachées aux faits.

Offre et demande coïncidaient.

Chewing-gum.
Crayons de couleur.
Neocolor.
Cordes à linge.
Ficelle de chanvre.
Chemisettes.

Et voilà que mes yeux tombent sur des bottes de caoutchouc rouges, comme celles que l'homme de la lune a déposées dans ma chambre, pas d'hésitation, ainsi chaussé, on n'est plus jamais à côté de ses pompes.

« Te voilà, t'as déjà choisi tes chaussures, bon, alors à toi aussi on va acheter de belles chaussures, Freitag, regarde donc», dit ta mère d'emprunt, essayant de te distraire de différentes choses.

Et toi, toujours: «Veux des palmes.»

Vu l'absence de palmes et de tuba, tu te décidas pour des chaussures de gymnastique, blanches avec deux raies bleues, elles avaient bien deux pointures de trop («on y mettra du papier journal»), t'obligeaient à marcher comme un pingouin, cependant elles te réconfortèrent, t'emplirent d'une fierté indicible, réussirent à te convaincre de cesser les grands larmoiements, mais, sans que tu t'en aperçoives, avant même que tu aies pris pied, dérobèrent le sol sous tes pas – car, au Toggenbourg, les moutons noirs à semelles élastiques ne peuvent pas prendre racine – et, au fond, te tracèrent ton chemin jusqu'au bout.

Plus tard tu adoptas les démarches autochtones, commenças à être pressé, et ainsi de suite.

A la caisse la binoclée aux verres épais enregistre sueur, bottes, chaussures de gymnastique, pendant que ton frère de hasard se faufile devant la caisse et attend près des fleurs.

Là on m'attrape sans douceur par le bras.

«Dis donc, jeune homme, montre un peu ce que tu as caché dans tes poches.»

Et, tandis que la poigne se faisait étau, sortirent serviettes hygiéniques, coton, caramels, chewing-gum, crayons de couleur, chocolat et surtout ficelle: toutes sortes de ficelles, fil rouge, fil nylon, ficelles de chanvre de toutes dimensions.

Les fleurs près de la vitrine baissaient la tête, crachaient le sang.

Tout le monde transpirait.

Tous les hommes étaient en blanc.

Tous les hommes sont des vendeurs.

Ta mère sanglotait:

« Lui, il parle même pas, il mange même pas correctement, rien que des bâtonnets de poisson et du chocolat, et l'autre, il arrête pas de pleurer, ils me font que des ennuis, j'y peux pourtant rien, j'ai arrêté pour eux de travailler, et ne dites rien à mon mari, s'il savait, j'y peux pourtant rien... »

Le langage des cloches

Au retour elle tient ferme en laisse ses deux animaux domestiques, ôte les épingles qui arriment le vertical édifice de ses cheveux et barricade un visage rougi par les larmes derrière franges ou frisons.

Ute pour la première fois à côté de la mode.

Tes hips et sniffs déjà pour le sport, un peu de routine et plus que de pure forme, ses sanglots bien élevés, menus et cachés, toi glottant gloussant, elle sanglotant.

Tu te taris peu à peu.

A la hauteur de la poste nous aperçûmes, de l'autre côté de la rue, Melchior Abderhalden au travail. Au milieu d'écoliers, ménagères et retraités, il s'activait autour d'un couvercle de puits, le peuple fut remis à sa place.

Un homme à la grosse moustache grise de phoque était de la partie, son nom était Bleiker, mais on l'appelait Nietzsche et il avait le droit de brailler ou yodler pendant le travail.

Un autre, Schomatter, portait été comme hiver des chaussures de l'armée. On disait qu'il ne s'était jamais coupé les ongles des pieds et que sa sœur qui vivait comme une ombre dans la maison parentale, avec lui, quelques chiens et quelques chats, chaussait du quarante-cinq, ne portait également que des chaussures de l'armée et, quand elle voulait acheter des souliers, devait aller exprès à l'étranger.

J'aurais bien regardé dans le trou autour duquel les collaborateurs de ton père montaient la garde, j'aurais bien voulu voir la profondeur, j'essayai de me faire remarquer en agitant la main, en sifflant aussi – car, si je ne parlais pas, je sus bientôt siffler et dans toutes les langues, siffler, chanter ou fredonner, tout cela je le faisais très bien.

Mais maman me tenait serré. « Ne me fatigue pas, toi. » Et elle ne fit pas mine d'envoyer un baiser de l'autre côté de la rue.

Jamais Melchior n'a eu vent de mes passions secrètes, plus tard seulement quand la police et ainsi de suite.

J'ai toujours pris ce qui me revenait.

Ai toujours mis la main sur toutes les choses indicibles qui pour toi étaient jeux d'enfant.

Et ainsi nous disparûmes tandis que du clocher,

disparûmes tandis que du clocher blanc,

disparûmes tandis que du clocher blanc au cadran bleu ciel,

disparûmes tandis que du clocher blanc au cadran bleu ciel et aux aiguilles dorées,

disparûmes tandis que du clocher blanc au cadran bleu ciel et aux aiguilles dorées dont la plus grande indiquait la pointe du clocher,

disparûmes tandis que du clocher blanc au cadran bleu ciel et aux aiguilles dorées dont la plus grande indiquait la pointe du clocher sur laquelle il y avait une boule dorée,

disparûmes tandis que du clocher blanc au cadran bleu ciel et aux aiguilles dorées dont la plus grande indiquait la pointe du clocher sur laquelle il y avait une boule dorée sur laquelle s'érigeait une croix noire ornée de feuillages dorés,

disparûmes tandis que du clocher blanc au cadran

bleu ciel et aux aiguilles dorées dont la plus grande indiquait la pointe du clocher sur laquelle il y avait une boule dorée sur laquelle s'érigeait une croix noire ornée de feuillages dorés, sur laquelle était posé un gros coq doré,

disparûmes tandis que du clocher blanc au cadran bleu ciel et aux aiguilles dorées dont la plus grande indiquait la pointe du clocher sur laquelle il y avait une boule dorée, sur laquelle s'érigeait une croix noire, ornée de feuillages dorés, sur laquelle était posé un gros coq doré, de confession protestante, à ce que tout le monde croyait, mais en réalité foncièrement païen, qui, depuis que la nouvelle église catholique avait été construite derrière la poste, n'était plus seul à donner le ton,

disparûmes tandis que du clocher blanc au cadran bleu ciel et aux aiguilles dorées dont la plus grande indiquait la pointe du clocher sur laquelle il y avait une boule dorée, sur laquelle s'érigeait une croix noire ornée de feuillages dorés, sur laquelle était posé un gros coq doré qui un jour prit son vol et fut remplacé par une girouette paritaire et prête aux compromis, le gros coq fier que j'ai toujours considéré comme le coq tempérique, omniscient, maître des vents, qui donnait des ailes à toutes les imaginations, dont je croyais qu'il avait pondu l'œuf doré, l'œuf tempérique que je soupçonnais de contenir le savoir du temps – je serais bien allé le chercher pour le gober –,

disparûmes tandis que du clocher protestant onze coups sonnent avec force et que, d'un ciel badonguant de cloches, le réconfort tombe comme un baume doré, pour toujours, derrière des façades à l'ombre, dans une mer de serviettes hygiéniques, de bâtonnets de poisson, de bottes rouges, de chaussures de gymnastique, de Mary Long, de Lego, de Sugus, de chocolat noir, de salopettes, de champignons, de couinements d'abattoir, d'anges noirs ruisselants.

Rivière

Tempête.

Nuits de tempête.

Alerte.

Le grondement.

C'était à moi qu'on en avait.

Fus tiré du sommeil, empoigné, tu continuais à dormir, tu aurais pris tout cela pour un rêve si tu t'étais éveillé, mais moi, en vêtement de nuit, je me glissai dans l'escalier, descendis, enfilai mes bottes, consolai Peng, pris la clé de la maison au râtelier, ouvris la porte, sortis de mes gonds. Le vent me reçoit sans aménité et sur le ton du commandement, me bat chaud aux oreilles, dit des choses pleines d'audace.

La langue était du pur étrusque.

Je me laissai tourner et retourner.

On envoya la pluie contre moi, je pris le bain de pluie.

Pure intempérie.

Fureur, chaude.

Lambeaux.

Des cloches s'enrageaient, parlaient du jour dernier.

Celui-là, je voulais le voir.

Personne ne savait où m'emportaient ces nuits de tempêtes, quand je poussais vers la Thur, parvenais jusqu'à elle.

Les flots.

Des digues se rompaient, j'étais entraîné, charrié, je plongeais.

Je trouvais.

Patrie.
Délivrance.
L'océan dans mes oreilles.
Moi-même je ne savais pas ce qui m'arrivait quand je laissais la Thur me passer par la tête, me perdais en elle, me dissolvais en ondées, en prenais pour la vie.
Me liquéfiais.
Fondais.

Quand Ana fit son entrée dans la vallée de la Thur, le veau de lune cassa sa corde, les gigantesques montagnes se désencroûtèrent, des tertres entrèrent en érection, la vallée de la Thur se révéla une femme somnolente, le dieu étranger fut saisi de convoitises irrésistibles, connut l'infini dans son corps, et la Thur entra dans le flot narratif.

La Thur, en me passant par la tête, raconte qu'Ana, dans la vallée de la Thur, a arrangé le temps, apprivoisé, peigné et caressé les vents, bien pesé les nuages, renoué la grande voûte céleste aux deux bouts avec des cordes de chanvre, judicieusement conservé à la Thur sa sauvagerie de sorte qu'à tout moment elle pût passer les bornes et emporter ce qui s'était roidi et durci.

La Thur, en murmurant, me raconte qu'Ana a versé en elle des flots de mots, dictons, formules, chansons, qu'elle l'a amenée à marmonner, murmurer, gourgonner, brodouiller, balbuter et à prendre langue.

La Thur apportait les eaux de fonte, les eaux de pluie, brunâtres, verdâtres.

La Thur raconte que derrière, près du ruisseau, Anna s'était construit une cabane et qu'elle y avait deux licornes en guise d'animaux domestiques.

La Thur, me grondant aux oreilles, raconte qu'Ana, prétendait-on, nourrissait la Faramine Bête de la Thur qui, quand elle sortait de l'eau, répandait épidémies et mauvaises récoltes à travers la vallée, de têtes de moutons, de têtes de chèvres, de têtes d'enfants.

Dans la Thur nageaient truites de ruisseau et de rivière, et, tant qu'Ana vécut, des saumons.

Plus tard on y a mis des truites arc-en-ciel canadiennes.

La Thur dit toujours toujours.

La Thur coule entre les doigts.

La Thur coule à travers la cave.

La Thur raconte que d'Ana on ne sait rien de précis.

La Thur me raconte, coulant d'une oreille à l'autre, que, furieuse contre le sexe masculin qui, sur une légère éminence, construisit l'église Saint-André, et, au lieu d'elle, y plaça Eve et Marie, Ana concocta une médecine tempérique, fielleuse à vomir, mélange de pomme épineuse, d'ergot de blé, de jaunes d'œufs, de testicules de putois, de sel et de pisse, qui aurait attiré le vent du sud, lequel, traçant au ciel de ténus et délicats dessins, répandit le parfum enveloppé de mystère et chaud comme pas permis du monde étrusque, arabe, hellénique, s'abattit sur des âmes chrétiennes de bonne foi, souffla son haleine de ce monde dans des têtes toutes tournées vers l'autre, leur ôta le sommeil, y prit plaisir:

Foehn.

Encore aujourd'hui, Ute, tu es payée pour le savoir, il frappe les pays alpins avec une irrégularité bien régulière, souffle clair et venimeux, nous apporte des jours de canicule, sème la pagaille, peut à la légère, quand il déjante et effervesce à travers les greniers à foin, allumer des incendies, devenir irascible, aboyer, se mettre en boule et s'enfler tout à fait selon le Principe de plaisir, puis crever en tempête et culbuter alors des vallées entières, surtout dans les cantons primitifs.

La Thur apportait de la boue.

La Thur apportait des veaux boursouflés aux yeux grands comme des œufs d'oie.

A la Thur je raconte que, dans toute la vallée, sur des cônes alluviaux ou de petites éminences à l'abri de ses dévastations, on construisit des églises où un dieu parlant latin, bredouillant et odoriférant, semait dans le monde et en chassait doute et confusion, qu'autour de ces églises s'assemblaient des groupes espacés de fermes et métairies, des villages-amas, comme on dit.

A vous, Ute et Melchior, qu'on ne voyait dans la blanche église réformée que pour les mariages, les baptêmes et les enterrements, je dis que le dieu latin était en fait un Hébreu-Babylonien-Egyptien qui avait été traduit et accommodé selon les rapports de forces du moment, qui, vu qu'on pouvait mettre dans sa bouche aux dimensions planétaires les choses les plus différentes, épousait tous les terrains. C'était en fait un dieu du désert et il ne souffrait aucune femme à ses côtés, surtout pas une faiseuse de temps. Le coin qu'Ana, après de longues réflexions et tergiversations, enfonça dans le grès juste derrière l'église Saint-André, et qui lui permit d'assécher la plaine et de la rendre cultivable, fut recouvert de poix, la plaine redevint marécage: fièvres, insectes. Le long de l'inapaisable Thur on éleva des digues dans lesquelles, au nom de Dieu, on mura les sept plus belles vierges.

La Thur libéra les sept vierges, défonça les digues, déborda au passage.

La Thur passe son temps à passer le Temps.

La Thur en moi raconte qu'Ana avait pu transmettre à ses filles quelques restes de son savoir, avant de se confier elle-même à la Thur, car la Thur se jetait dans le Rhin, mais ses filles furent chassées, durent végéter côté ombre parmi les sceptiques, les indécis, les ermites, les ours mal léchés, les éternels célibataires, côté ombre vinrent au monde des veaux à deux têtes, des chiens aux yeux porcins, des enfants à pattes d'oie qui furent enfouis dans la forêt, les filles d'Ana inscrivirent les derniers restes de leur savoir derrière les oreilles des sourds, sur la bosse des bossus, les gravèrent sur des parchemins de miel et des écorces, le donnèrent à sucer aux enfants, les fourrèrent au-dessus des linteaux, les bourrèrent derrière des bardeaux.

La Thur en moi raconte que la dernière fille d'Ana aurait été rissolée sur un bûcher devant l'église Saint-André après qu'on lui eut coulé du plomb dans les oreilles, la Thur en moi raconte que la dernière faiseuse de temps aurait pris racine en un endroit bien déterminé où roc et terre fraternisent, qu'elle serait devenue un sapin tempérique sur lequel un ciel détraqué, désordonné, incohérent, pouvait déverser son ire, la Thur en moi raconte à grand bruit que les dernières faiseuses de temps n'auraient plus fait que jurer et pester, qu'elles auraient aujourd'hui encore des descendants qui, jurant, blasphémant, crachant les derniers morceaux de l'ancien savoir tempérique, dans lesquels les connaisseurs percevraient des réminiscences étrusques, errent encore par les toisons forestières du côté ombre, ce qui serait une des raisons pour lesquelles il pleut si souvent dans la vallée de la Thur: les vents d'ouest sont retenus devant le massif de l'Alpstein comme par une main invisible, les nuages se heurtent à la Muraille de Chine qui barre l'horizon, la vallée de la Thur a le plus haut niveau de précipitations de l'hémisphère nord.

Une main invisible retient les masses de brouillard en plusieurs endroits.

Une main invisible transforme massivement le brouillard en silence.

Une main invisible glisse les masses de brouillard dans la vallée de la Thur.

Une main invisible, dans les nuits claires, joue au ciel du xylophone.

La Thur apportait des cendres, emportait des cendres.

La Thur apportait des assassinés.

La Thur élimine sans problème les enfants à problèmes et tous les soucis. Les bises se sentent attirées.

La Thur apporte des seringues, emporte des seringues usagées.

La Thur est pure drogue.

La Thur est ma drogue.

La Thur sait me raconter que d'autres restes du grand savoir tempérique furent consignés en vers au couvent de Pfanneregg, recopiés en lettres d'or, moulés sur des faïences et peints sur des vitres en culs-de-bouteilles, avant que celui-ci ne fût pillé et brûlé.

La Thur apportait des sapins entiers, la Thur apportait des maisons entières.

La Thur apportait de la crotte qui remontait à la surface.

Au bord de la Thur le sang coula plusieurs fois

La Thur boit de la colère.

La Thur emporte du ciel liquide.

La Thur charrie sentiment sur sentiment, les emporte au fil de l'eau.

Dans la Thur flotte le pur amour.

La Thur apporte le repos.

La Thur dit la même chose dans toutes les langues.

La Thur dit qu'on peut le dire autrement.

En passant, la Thur dit que tout coule.

A la Thur je raconte que j'ai cherché asile dans la vallée de la Thur, que j'ai mon refuge à la cave, la table est ma chasse gardée.

A la Thur je raconte qu'Ana, la faiseuse de temps, m'anime et me donne de l'esprit, là où les esprits divergent.

Quand Ana se fut éteinte, on entreprit de défricher et d'essarter à partir du dos des montagnes et du fond de la vallée, le territoire réclamait une appellation, l'Alpstein fut subdivisé, les Churfirsten furent isolés, le javelot fut mis à contribution pour de viriles projections, mais entre fond de vallée et croupes collineuses une ceinture de forêts demeura vierge, par taches, touffes, houpes :

La toison forestière.

On peut, mes chéris, y trouver des champignons.

Capitonnés, luisants-gluants, du lie de vin jusqu'au rouge sang, flasques et puissamment glaireux, arrondis en fermes massues, déchirés en lobes, pulpeux et stratifiés, aqueux-gélatineux, finement verruqueux, enfilés dans une blanche gaine, pieds-bots, recouverts de voiles ténus comme des toiles d'araignée, légèrement argileux, floconneux, douceâtres au nez, à chapeau retourné, jaune soufre, saignant noir, tous ces champignons et bien d'autres choses, je voudrais les faire sentir à mon pur amour.

La Thur coulait à travers un pays qui, quand l'homme y mit la main, devint paysage.

Au bord de la Thur se rassemblèrent, au cours du temps, différentes armées : Glaronnais, Suisses des cantons primitifs, Zurichois, Bernois, Français, Russes.

Au bord de la Thur se tenaient les votations.

La Thur emportait tanin d'écorce de chêne, acide tannique, décapants, graisses.

L'industrie apparut au bord des eaux courantes.

Dans la Thur coulait l'eau des pompes à incendie.

Au bord de la Thur on tâta au dix-huitième siècle de la pomme de terre sud-américaine : elle évinça le chanvre et le lin, réduisit l'humeur morfondante et permit de conjurer plusieurs famines.

Les immondices de plusieurs générations furent, en période de crue, jetées dans la Thur.

La Thur débarrassait les caves.

La Thur s'adjugeait les récoltes des champs, mouillait

la paille des greniers, arrachait aux valets les veaux qu'ils tenaient encordés, quand, lors des crues, ils sortaient à grand risque le bétail des étables, arrachait des bras des mères les nouveau-nés.

Des associations de citoyens virent dans les fréquentes inondations un danger pour la santé et les biens des riverains.

La Société du dimanche et de lecture intervint énergiquement pour la correction du cours de la Thur.

Grâce à l'électricité devenue bon marché, l'industrie textile put se passer de l'énergie hydraulique.

Des hommes forts, à la tête de l'industrie, réalisèrent des rêves.

L'industrie textile réclama la régularisation de la construction, une saine croissance de la localité, de meilleures voies de communication qu'elle fit dépendre de la correction de la Thur.

Avec de meilleures voies de communication, le flux touristique qui se déversait dans les vallées des Alpes, s'orienterait aussi plus abondamment vers le Toggenbourg.

La Thur normalisée créait d'autres sources de profit.

Avec la canalisation fut aussi corrigé le niveau de la nappe phréatique.

Une Thur normalisée était la base du développement ultérieur de toute la région.

La Thur corrigée restituait du terrain à bâtir.

La Thur se débina dans la normalité.

Dans la Thur on peut trouver des bicyclettes volées.

La Thur emporte les engrais artificiels.

La Thur évacue les eaux de lessive du textile.

La Thur traverse de nombreuses stations d'épuration ainsi que des réserves naturelles.

La Thur en moi alluvionne et crée des terres nouvelles.

La Thur, avec son clapotis, m'appelle.
La Thur sait mon nom.

Au plus tard à Lichtensteig, elle me recracha.
Tu es décisif, m'entendis-je dire.
Prends patience.

Mais toi, Freitag, qui avais entendu raison, qui n'avais jamais vraiment frayé avec la rivière, tu ne pouvais pas savoir où tu t'embarquais en cette nuit d'août mil neuf cent quatre-vingt-cinq, quand tu pris congé de la Suisse américaine.

3

Au point du jour

La table est mon métier à tisser

Epuisement après avoir amorcé le grand flot narratif, être devenu flot moi-même, m'être laissé dériver à travers les époques, maintenant que le grand bruissement se calme peu à peu, épuisement, je me suis assuré de mes origines de faiseur de temps, j'ai en partie cardé le passé, en partie désenchevelé les préalables de nos lamentables existences, posé des fondements jusqu'à la fin de tout monde, tendu mes propres fils, y ai ourdi les bribes de ma propre histoire, j'ai lancé la navette à travers des mers de fiches, déplacé beaucoup d'air:

Je remonte à la surface.

Suis couché là, épave apportée par les eaux, engravée, derrière moi le clapotis.

Ressac.

Suintements.

Où ai-je échoué?

A la table.

Comment non?

La table fournit le cadre.
Suis devenu tisseur à domicile.
Tisseur en cave.
Tisseur de nuit.
Celui qui parle de soi, mon amour, doit se fabriquer son métier à tisser.
Mais qu'y a-t-il de changé ?
Pas grand-chose.
On a jeté du lest.

Diverses lettres en liasses bien propres ou soigneusement éparpillées par terre selon leur contenu.
Ecrites à la main, écrites à la machine.
La bougie de cire d'abeille de quelques doigts plus courte, mais non moins aromatique.

Mais ?

Les fils cassés.
Le tissu effiloché.

Et suis-je maintenant plus près de toi, amour ?

Me voilà plutôt coincé là-dedans.
Enferré.
Ensiégé.
M'ôte la cire des oreilles.

Disparu le royaume des sons et des échos, envolée toute la caisse de résonance.
On s'acagnarde dans l'oreille moyenne.
La cave sourde.
Calfeutrage.

Alors, à la lumière vacillante de la bougie, je vois que

nous sommes en présence d'une tout autre puissance, la table et moi, l'inquiétante puissance des pères qui dresse devant nous sa masse gigantesque.

Montagnes de passé.

De solidifié.

De définitif.

Monceaux d'actes et d'œuvres, de nos pères et des pères de nos pères.

Irrévocablement présents, accumulés au cours des siècles. Refroidis et figés.

Des masses et des masses d'actes et de faits par quoi je me vois emmuré, où je nous vois incarcérés.

Empreintes.

Comportements.

Façons de parler.

Et voilà que les murs de la cave qui m'obéissaient au doigt et à l'œil, semblent eux aussi se soumettre à la dictée du traditionnel, de l'établi, du déjà vu, veulent m'acculer, et même le plafond où je laissais s'ébattre mes pensées naissantes, à ma guise les rassemblais, les brassais, les faisais descendre ou monter à l'infini, menace de s'écrouler sur ma tête, de tout son poids.

Pressurage.

Ma patiente table gémit sous des tonnes de matériaux en attente.

Pays des pères.

Lourdes basses.

Ce chuchotement.

Comment veut-on que le faiseur de temps, qui vient juste de refaire surface, en vienne à bout?

Il prit la fuite.
Contourna les piles en attente.
Laissa la table à elle-même.
La bougie brûler symboliquement.

Une grande respiration était nécessaire.
De nouveau.
Sortit.

Respira à pleins poumons.

Respira du tourment.

Respira du silence.

La neige, tranquille, fidèle et dévouée.
Nuit claire.
Désencombrée, déboucaillée.
Les étoiles tintelantes.
Etait-ce l'étoile du matin qu'il voyait de la grand-rue au bout oriental du monde ?

Lueur comme une lame argentée à l'horizon : le point du jour. La nuit basculant par infimes étapes dans l'orient.
Lueur d'espoir.
Toujours.

Rentra dans la maison.
Qu'est-ce qu'il y avait à faire ?
Des montagnes à déblayer.
Des pays de pères à cerner et à réinvestir.
De grandes arches à jeter, des mégalomanies à circonscrire.

Du même à abolir avec du même.
Naturellement.

Montai les trois étages, entrai dans notre appartement. Le grincement du plancher que je cherchai à éviter bien qu'il ne fût plus désormais qu'une fâcheuse impertinence.

Plus de message.

J'allai voir dans le séjour:

Tu étais là, toi qui pour ce dimanche avais quitté ton chapeau et, avec ton chapeau, t'étais défait, pour le mettre à ma disposition, de tout ton savoir amassé, tu gisais dans l'ensemble canapé-fauteuils, à côté de ta femme, et tu me fournis mon motif.

Les ronflements du monarque

Tu naquis, Melchior, à Unterwasser, allas à l'école secondaire, travaillas comme postard, puis comme employé des chemins de fer, devins premier balai à la voirie de Wattwil, fus, avant que nous n'émigrions à Zurich, chauffeur de bus dans l'entreprise de transports de Lichtensteig-Wattwil-Ebnat-Kappel, pris, après que nous fûmes arrivés ici et que ta femme Ute qui était dame du kiosque, fut entrée comme auxiliaire dans les jeux électroniques, un travail à l'enregistrement des bagages de la gare principale, et de là, à force de zèle et d'ambition bien dirigée, t'élevas au poste de préposé fédéral à l'information.

Ce qui te permit de réaliser un rêve d'enfant.

Tu es le roi couronné de la Suisse, le souverain absolu de vingt-six cantons, ta parole fait loi, ta volonté est faite, tu es empereur de tout le réel, serais en vérité Toggenbourgeois, mais te sentis toujours plutôt Saint-Gallois, voulus absolument devenir un bon Suisse et y réussis, tu es aujourd'hui le premier Suisse, l'unique monarque de ce pays, on ne le dirait pas à te voir.

Tu t'éveillas en sursaut d'une grise somnolence, tandis qu'à pas de loup je fouinais dans ton passé, tu avais aux joues un début de barbe gris terne et le vin italien bon marché ; en bon Suisse tu essayas de t'orienter, grognas, te tournas, donnas finalement du coude dans les côtes de ta femme :

« Viens, on va au lit. »

Sur quoi Ute se tourna et se retourna dans une grise somnolence tourneboulée, le point du jour qui était entré par la fenêtre du séjour se blottit dans le coin, bête livide, sans yeux.

Tu te mis debout à grand ahan, je me cachai dans la cuisine et t'observai qui, tout embrumé de sommeil, savatais vers la chambre.

Quelques instants plus tard ta femme te suivit, traînant derrière elle le point du jour sur un pâle voile, finement tissé de soupirs et de songes.

Vous voulez dormir, vous voulez le lendemain vous lever de bonne heure pour aller au Toggenbourg rendre visite à de vieux amis.

Quand je m'avançai sur le seuil de la chambre, tu étais couché en tricot de corps dans le lit conjugal, cuvant bruyamment le vin italien bon marché qui t'étais monté au visage, tu dormais, mains jointes sur le ventre, du sommeil du juste ou de l'indifférent, tandis que ta femme, qui s'était étendue à côté de tes extensifs ronflements, ne cherchait nullement à se blottir contre toi, Melchior, qui es de mèche avec les pères et les pays des pères, de connivence avec la Suisse sous la couverture remontée sur ton ventre.

Alors sans façons le point du jour se posa sur le visage de ta femme, le point du jour, Ute l'eut soudain sur les yeux – c'est alors que je vis se former des millions de petites pattes d'oie, le point du jour aux griffes fines comme des aiguilles – et elle sombra dans des rêves sybillins, tandis que ne montaient de ton visage que des ronflements repus, satisfaits, gorgés d'oubli.

Mains

Tes mains, Melchior, qui reposent, très infatuées d'elles-mêmes, sur le ventre de l'oubli : elles me racontent des choses qui ne sont écrites sur aucun de tes visages.

Les pouces plats, grossiers, fortement enracinés dans la paume, les ongles à la corne épaisse, plutôt des ongles de pied, poussant de travers, le lit abîmé par le travail, les petites peaux usées : ce sont des pouces de paysan des Alpes, obstinés, ils incarnent ta ténacité, ton endurance.

Je te vois devant moi tel que tu es à la gare principale, fidèle au poste sous le tableau d'affichage qui s'effeuille sans fin, répondant aux passants et passagers d'une voix forcipressée.

Ce spectacle qui se répète jour par jour, année par année :

Masses de banlieusards, affluant le matin par des canaux, en rangs, muets, tendus, unanimes, se volatilisant le soir par les mêmes canaux, loquaces, détendus et déboutonnés. Passants, passagers dont le nombre, quand approche l'heure pleine, se multiplie par deux, par onze, par cent, jusqu'à qu'il n'y ait plus qu'une seule bouillie où plus personne ne peut faire un pas. Mais toi, je te vois inébranlable au milieu de tout cela. Tout passe devant toi qui, uniformé, constitues le milieu de toutes choses ; même les quatre saisons, timides d'ordinaire, te font la révérence avec tout leur cortège : au début de l'été les voyageurs pour le sud, masse qui chaque année, en peu de jours, entre en ébullition, te rendent hommage, le plein été, rebondi, lascif, t'envoie chaque jour des flots de chair dévoilée aux roulis aguichants. Variables, le vêtement et la coiffure, quand octobre joue à avril, ténues étoffes estivales alternant avec habits de pluie ou choses d'hiver. En novembre, les rescapés du brouillard, gourds et accablés, qui te présentent la fin de l'automne, jaune, bientôt brune. L'hiver t'amène des skieurs de toutes les couleurs criardes. Des exaltés, au printemps. Toi, tu es toujours planté là, obstiné, et est-ce que je me figure seulement que, dans les rares moments de répit, ton appareil articulatoire qui a réponse à tout, plante ses dents dans les ongles de tes pouces, pour n'en plus démordre et tout mettre en question ?

Il t'est poussé ce long index qui s'incurve vers le médius, indiquant ambition et persévérance. Cette sorte d'index qui pointe sur les erreurs dans les comptes postaux, donne négligemment le signal du départ aux trains de marchandises, dirige un groupe d'employés de la voirie vêtus d'orange, au volant de la coccinelle bleu ciel stigmatise la débilité mentale, cette sorte d'index donc qui possède sur le bout du doigt la gestuelle des automobilistes individuels, tient le micro dans le bus entre Lichtensteig et Ebnat-Kappel pour raconter des blagues facilement interchangeables, cette sorte d'index qui, le soir, commande la télécommande, et donc ne s'érige guère en éducateur pour menacer ou exhorter, cette sorte d'index qui, pointé dans l'indicateur, confond quiconque ose mettre en doute la mémoire de l'instance compétente.

Les longs médius, noueux : ils indiquent le calme qui doit émaner de toi, quand, au point nodal, tu entretiens le courant d'information, une bonne grosse pondération bien emballée, confédéralement trilingue.

Tes annulaires révèlent des dispositions au silence et au repli sur soi, et c'est vrai, Melchior, que l'alliance ne s'enfonce pas, bien repue, dans la chair, réclamant en secret son plein de vie conjugale. Elle ne glisserait plus sans douleur sur les nodosités nerveuses qu'on remarque aux annulaires.

Pour finir les petits doigts, trop courts, tordus, s'incurvant comme les index vers le milieu de la main, les petits doigts qui terminent énergiquement main et caractère.

C'étaient tes mains qui, chez Ute, avaient fait pencher la balance, car tu avais des mains chaudes, douillettement capitonnées, revêtues au dedans d'un coriace cuir-velours, des mains à l'étreinte réchauffante, protégées du côté exposé aux intempéries par une peau ridée, érodée, des mains paternellement chaudes qui auraient pu raconter une longue histoire, l'histoire des pères. Elle qui, au Toggenbourg, avait toujours les doigts gelés et qui, pour cette raison peut-être, peut-être aussi pour d'autres, commença à peindre ses ongles comme ses lèvres en rouge sémaphore, ces mains ne pouvaient la laisser froide.

Quand vous vous prîtes la première fois par la main, tu dus avoir le sentiment de prendre l'avenir en main et tu ne voulus plus le lâcher, et pour Ute ce dut être comme de glisser ses doigts dans des gants préchauffés, doublés de fourrure, et qu'aurais-tu pu lui offrir d'autre, et qu'aurait-elle pu demander d'autre ?

Indécis, je furetai encore un bon moment dans l'appartement, ne trouvai pas d'autres indices, ce fut plutôt la certitude d'une aube de grande envergure qui me fit prendre courage.

Badai dans le vide.

Et peut-être que, à mon insu, le point du jour livide, sans yeux, m'avait aussi sauté au visage, car d'un instant à l'autre je fus envahi par une blême clarté flottante, nanti de perspective, et à l'improviste un spectacle singulier se présenta à mes yeux :

Main dans la main, avide de la première lueur virginale, l'armée des pères fit son entrée dans le séjour et s'apprêta à la danse.

Alors je les vis devant moi, Melchior, inondés d'une lumière crue : ces frères tapageurs qui instinctivement s'assemblaient, s'alignaient les uns derrière les autres, se posaient les mains sur les épaules.

Pères : violentant les matries, y fabriquant des patries, cimentant le Temps et l'avenir, sécrétant des mythes, martelant dieux et faux dieux. Pères : imperturbables faiseurs de souche, transmetteurs de nom, de semence.

Pères : auteurs-fauteurs.

Marquant les époques de leur griffe.

Ils arboraient cravates et principes, se groupaient en choeurs masculins, chantaient leurs chansons à plusieurs voix, hymnaient leur autocélébration, beuglaient, bientôt balbutiaient, fraternisaient sans fraternité, avaient leur dénominateur commun dans la culotte, se déculottaient, s'érigeaient, durcissaient leurs positions, n'en déviaient plus, appelaient cela responsabilité, dansaient la millénaire danse de la bandaison, se poussaient mutuellement vers les hauteurs, durcissaient, mûrissaient, se raidissaient sur le faisable et l'humainement possible, enfants du soleil qu'ils sont, et les voilà qui giclent de tout leur or et de tous leurs diamants facettés dans la première lumière, qui s'effondrent et se dégonflent.

La nuit environne ces gamins en rut, avides de lumière, qui gisent anéantis à terre, frères tapageurs, éternels fils.

Au kiosque

Troublé, excité mais conforté, après avoir secoué les chimères lumineuses, je me risquai à redescendre à la cave, j'en fis mon bunker, des montagnes avaient été mises en perce, la cave était un peu déblayée, on pouvait de nouveau respirer.

Sur la table il y avait maintenant un bourrillon gros comme une tête, un écheveau de nœuds et de nodules qui se terminait en un tissu aux mailles serrées.

C'était le raccord qui manquait.

Le raccord entre la gare et le Toggenbourg,

Le raccord entre la maison du Toggenbourg et le building.

Le raccord entre la Suisse étrusque et la Suisse américaine.

Le raccord entre les pères et toi, Freitag Melchior, qui mis tes pas dans leurs pas.

Ce fut la langue du père que, instinctivement, tu fis tienne, Freitag, tu pris à ton compte, sans qu'on te l'ait demandé, parce que c'était une nécessité, des expériences transmises à travers des générations, extorquées au paysage, aux conditions sociales, des attitudes de vie, des façons entières de voir la vie ; par ta bouche parlaient des siècles révolus, dans l'intonation de ta voix j'entendais parler des ancêtres de tes parents adoptifs, kyrielles de proverbes, maximes rabâchées, tout cela on pouvait l'entendre de ta bouche, le grand chuchotement s'y entendait aussi, toujours le même ; tu appris la langue des sédentaires et des indigènes, non la langue de ceux qui s'en vont, qui veulent s'en aller, alors que je restai fidèle à ma langue maternelle :

C'était l'étrusque.

C'est ainsi que je n'arrivai jamais à m'articuler.

C'était un kiosque biplace, dans le champ visuel de l'homme noir immobile sur la margelle de la fontaine et du hibou noir posé à ses pieds, avec son regard aveugle fixé au lointain.

Comme tous deux nous ne faisions chacun qu'une demi-portion, moi gardant tout pour moi, toi parlant pour ton frère, et que nous ne pouvions passer pour part entière qu'ensemble, nous trouvâmes à nous loger à trois derrière le comptoir quand maman Ute prit en charge le kiosque et put appeler le tout, à deux pas de chez nous, jouer sur son terrain.

Depuis que tu portais des chaussures de gymnastique, tu avais effectivement cessé tes pleurs – ou du moins les avais-tu intériorisés –, tu avais décidé de les exprimer autrement :

Tu commenças à prendre les choses par leur nom.

Parler, parler, parler.

Tu voulais le dire.

La mer s'écoulait peu à peu à travers tes vastes flots de paroles.

Depuis qu'il s'était remis à fumer, papa aussi faisait partie de notre clientèle régulière : Mary Long.

Tout au fond à droite, vu de l'intérieur, juste au-dessus des Snickers et des Mars : les brochures porno.

A côté les capotes anglaises.

Quand nous n'avions pas de clients, maman Ute nous faisait la lecture.

A toi l'impatient, elle apprenait à lire.

Tu appris vite parce que tu étais un gamin éveillé d'un sommeil millénaire.

Accroissement de la circulation motorisée dans les années septante.

Quand il pleuvait, Ute couvrait le comptoir d'une bâche.

Vilaines giclures grises rejaillissant de la rue.

Frissons d'averse dans la grotte.

Elèves du primaire, du secondaire faisaient chez nous le plein de sucreries, nous admiraient ou nous plaignaient, jalonnaient le chemin de l'école de petits papiers et de chewing-gums écrasés.

Tu voulais aller à l'école secondaire.

Chaque semaine Nietzsche arrivait, traînant la grolle, avec son balai de ramilles, saluait notre mère, parlait avec elle du temps, lequel, depuis que tu prenais les choses par leur nom et m'emboquais le monde à haute dose, s'était dans l'ensemble amélioré.

Il mâchait du tabac, fumait des cigares tordus, crachait par terre de temps en temps un magma aux filaments brunâtres qu'il balayait ric-rac. Avec sa pelle, il grattait les galettes de chewing-gum, se les fourrait dans la poche quand personne ne regardait, en remplissait chez lui des cochons-tirelires de plastique qu'Eduard lui rapportait de la Banque cantonale. Nietzsche accumula sans doute au cours des années une richesse incalculable, il chantait toujours la même chanson, tu t'en souviendrais :

«La braguette déboutonnée
Tout un soir on a liché
On s'est tant emboissonnés
Qu'on est tombés dans le fossé
On s'y est trouvé un gazier
La braguette déboutonnée
Et si fort emboissonné

Qu'il nous a baratiné :
La braguette déboutonnée… »

D'abord bégayant, mais avec énergie, tu lus des histoires d'amour, des pages d'éducation sexuelle, bientôt tu nous lus le programme de la télévision pour toutes les chaînes, rendis compte du sport avec une sobre neutralité, à ta mère tu posais toujours la même question : « Qu'est-ce que ça veut dire ? »

A toute ta famille, quasi exclusivement occupée à accumuler choses et objets, tu inculquas le vrai savoir, car telle était bien ta croyance intime :

Ce qui a été dit et articulé est aussi surmonté et maîtrisé.

On te laissait le croire.

Ute était seule à répondre à toutes les questions.

Quelle était la capitale du Toggenbourg, que sont les chevaux-vapeur, qu'est-ce qu'une pute, qu'est-ce qu'un nègre, où est l'Afrique, à qui appartient la grand-rue, qu'est-ce que l'Etat ?

A chaque question grand-mère dégainait sa Bible.

Qu'est-ce qu'un vélo demi-course, comment fonctionne un changement de vitesse, qu'est-ce que le petting, que veut dire amour, qu'est-ce que l'alcool ?

Melchior réglait le téléviseur.

Aujourd'hui il saurait, au moins pour les questions concrètes de son domaine, un certain nombre de choses.

A Eduard tu ne poses pas de questions.

C'est aussi qu'il n'y a pas de questions à poser.

Tous les dimanches on partait à la gribouillette.

Année par année.

Qu'est-ce que c'était, cette gribouillette ? Elle avait immanquablement l'odeur douceâtre du petit arbre magique et parfumé, couleur bleu vert, que papa Melchior avait suspendu au rétroviseur de la VW.

Ta parenté se démenait sauvagement quand il s'agissait de prendre place dans la coccinelle. Dès que j'étais casé sur le siège arrière, le grigri odorant me coupait net le souffle.

Elle sentait douceâtre, la gribouillette, et dans le souvenir elle est liée à la troupe clairsemée, mais suavement étirée en longueur des fidèles qui, dans un grand diguedon de cloches, remontaient péniblement la grand-rue, tandis que nous débouchions avec la coccinelle entre kiosque et boucherie.

Papa au volant.

Sa femme à côté de lui.

Toi avec tes mignonnes bouclettes derrière ta mère.

Mutisme chambouligué à côté de toi.

Essayait de se distraire avec du chocolat.

La gribouillette : rien que des virages.

L'arbre odorant qui bringuebalait.

Dehors, outre poteaux, forêts miraculeuses.

Qui allait à la gribouillette ?

Tous allaient à la gribouillette.

Des pères costauds, bien tournés, exploraient la gribouillette en famille et en station-wagon – Volvo, Ford – par hordes entières.

Des pères de famille se disséminaient à grande échelle, ensemencement qui allait de pair avec l'extension du réseau de canalisations.

Les garages sont les garants du Principe Espérance.

A l'arrivée nous étions accueillis et bécotés par des gens qui se disaient famille, on nous asseyait à une table et on nous servait une soupe aigre, du rôti aigre, des pommes de terre aigres.

De la tarte sous crème aigre.

Je mangeais le chocolat que je me décortiquais sous la table.

Déjà tu parles pour deux, te laisses entraîner à singer les inepties des autres, quand tes parents ne savent plus que faire parce que, à l'obstiné taiseux, le rôti aigre reste en travers du gosier, à la demande tu parles haut allemand, donnes lecture du journal et n'impressionnes pas seulement les éducateurs.

« Çui-là, c'est un enfant de rétameurs ou d'aiguiseurs, ils se grimpent dessus comme des lapins », entendais-je dire.

Et ma mère de répondre :

« Il est noué, mais il finira bien par se dénouer. »

Au retour, ton père au volant, saturé.

Maman à côté, perdue dans ses pensées.

Toi derrière ta mère.

Silence à côté, silence aigre-doux, tirant des fils.

Virages.

Le ciel en fermentation.

Silence couvert, jaune.

Les poteaux n'ont plus égard à aucun silence.

L'arbre parfumé devient plante grimpante, envahit le silence, se fraye son chemin dans le silence.

L'air gavé.

Je n'avais plus qu'une seule pensée : comment faire pour exterminer tous les Suisses orientaux de cette terre ?

Entre Bazenheid et Lütisburg entre Nesslau et Krummenau sur la Wasserfluh entre bâtiments polyvalents et installations plurifonctionnelles juste à côté des poteaux noirs et blancs devant des maisonnettes Biedermeier vert jaune cuirassées d'éternit nichées dans un paysage vert poison, juste avant que ne crève un ciel purulent, tu t'écries :

« Sto-o-p. »

On me tirait de la voiture.

On me mettait au pied du mur.

Je rendais mon royaume.

Me débarrassais de choses indicibles.

Chocolat suisse.

Pour finir, bile.

Plus tard, alors que tu dormais déjà, Melchior en tricot de corps s'approchait de mon lit, il sentait le gorgeon. Je faisais semblant de dormir, ce qui contribuait à enlever à ton père ses complexes. Outre le courage il avait puisé dans la bouteille la béatitude, il essayait de m'expliquer beaucoup de choses, mais quand il commençait à parler, sa voix s'ensargassait, marigotait bientôt entre béatitude et chagrin d'ivrogne, il disait seulement :

« Tu es un bon gars, nous, on est tous des bons gars, moi, je suis un pauvre type, tous sont des pauvres types, toi, tu es un pauvre type, mais tu es un bon gars. »

Quels étaient les fils auxquels nous fûmes accrochés quand nous échouâmes dans cette contrée ?

Foi-et-croyance occidentale

L'histoire des pères est une histoire de mains et de mainmise. Ce furent des mains qui tordirent les fils auxquels nous fûmes accrochés et qui te donnèrent, à toi, tant de fil à retordre.

Pères, mains, c'était ce que je maniais.

Les pères de tes pères, Freitag Melchior, étaient avec persistance originaires du Toggenbourg. Déjà de lointains ancêtres, premiers colons alémaniques, mâtinés de celte et de rhéto-roman, influencés ou rapicolés par l'étrusque, étaient dotés de certaines caractéristiques d'importance vitale pour les Toggenbourgeois, traits qui par la suite devinrent typiques des confédérés helvétiques, nuance saint-galloise. Ils avaient des mains de nature différente :

Une main droite large et une main gauche étroite.

Sous la férule de la foi-et-croyance occidentale qui, dans la vallée de la Steinach, s'était implantée dans l'épineuse brousse païenne sous forme d'un ermitage de caractère irlandais, lequel reçut l'immédiateté dès les Carolingiens, se développa et, devenu monastère de Saint-Gall, connut une singulière efflorescence culturelle, les pères de tes pères vécurent dans la vallée moyenne de la Thur, côté ombre, mirent la main aux champs, bois et prairies, s'activèrent dans les maisons qui étaient aussi étables et se groupèrent avec les bestiaux les plus divers autour du foyer pratiqué au centre de la maison.

Sous la férule de la foi-et-croyance occidentale qui, venue d'Irlande, après tours et détours, par chemins de pénitents et de pélerins sans compter les chemins qui ne mènent à rien, se retrouva dans la vallée de la Steinach, crût et multiplia, devint un monastère qui cultivait et répandait l'écriture, diffusait dans le pays les modes de vie ci-dedans consignés et était administré par un abbé, lequel, sur les terres appartenant au monastère, exerçait les droits d'un prince régnant, les pères de tes pères vécurent dispersés sur un versant à l'ombre, apprirent à porter dans leur cœur, au lieu d'Ana, Eve et Marie, et sous un toit alourdi de pierres, à croire en Dieu et à payer tribut à l'ordre voulu par lui (sous forme de thalers et de batzens, parfois aussi en endossant l'uniforme). A l'ombre de l'efflorescence culturelle que connaissait foi-croyance-science-élevage-et-pâturage occidental dans le monastère, la ville de Saint-Gall se développa et, en l'an mil trois cent cinquante, quand les fleurs de la civilisation monastique commencèrent à se faner, put se libérer de la proliférante emprise abbatiale, devint bientôt ville libre d'Empire et centre du commerce de la toile, car la culture du chanvre et du lin, avec la production de ficelles, cordes et toile qui en dérivait, était depuis les temps les plus anciens largement répandue dans la région du lac de Constance par suite d'une suffisante humidité.

Les pères de tes pères rentraient la tête, courbaient le dos, avaient des nuques épaisses, des crânes durs, des gosiers rauques, avaient beaucoup à faire, peu à dire, les enfants mouraient comme des mouches. Chaque dimanche on pouvait les voir, femmes, valets, servantes et toute la progéniture en remorque, descendre dans la vallée, où, sur le cône de déjections, à la place de l'église Saint-André, s'élevait l'église Saints Félix et Régula.

Tous les gens de la toile affluaient. Du couvent de Pfanneregg les religieuses les rejoignaient, processionnant en bon ordre derrière la sainte croix. Les cloches de l'église de Wattenweil grandiloquaient à tout va, portant jusqu'au plus lointain, au plus reculé de la vallée l'inscription coulée dans le métal :

« Dieu aidant, je briserai les autans. »

Assis à la table, aux premières lueurs du jour, je te raconte que, lorsque Rome eut sombré et que la foi-et-croyance occidentale s'apprêta à s'installer pour deux mille ans, les écrits de l'Antiquité furent mis au rancart, cachés, anéantis comme ouvrages hérétiques ou refoulés en Orient car, dans ces écrits il y avait debout, assis, accroupi et aux aguets, un savoir qui marchait la tête haute.

Les Arabes se frottèrent les mains.

Les érudits arabes traduisirent et étudièrent les écrivains anciens.

Réhydraté à l'arabe, le savoir occidental désséché s'épanouit à nouveau en arabe, continua à mûrir en arabe, en arabe passa les siècles.

Les Arabes étaient les meilleurs médecins, les médecins arabes étaient chirurgiens, les Arabes sondèrent les arcanes de l'algèbre, et aussi du zéro, les Arabes reprirent les chiffres indiens d'où se formèrent les chiffres occidentaux, les Arabes n'adoraient pas plusieurs dieux, mais un seul, le logos, aux Arabes la discussion était permise avec d'autres religions monothéistes, les Arabes apprirent des Chinois à fabriquer le papier, l'arabe devint la langue scientifique la plus importante, c'est l'arabe que je voudrais parler avec toi, Melchior, bien des choses aujourd'hui m'apparaissent arabes, à côté de l'étrusque l'arabe est une des langues qui conviennent au faiseur de temps.

Les arabesques sont missives tempériques.

La civilisation arabe puisa son savoir dans la civilisation égyptienne, perse, mongole.

Arabes, Berbères, Perses, Tartares, Noirs d'Afrique, Grands Grecs, Lombards, Juifs se bousculaient au dixième siècle dans la ville arabe de Palerme.

Alors que l'Occident se noyait dans la boue et les marécages et que, dans l'actuel Toggenbourg, la forêt pluviale chassait le Temps, les villes arabes disposaient d'écoles publiques, d'universités, de grandes bibliothèques, d'établissements d'hygiène publique avec eau courante.

L'Espagne et la Sicile furent les portes par lesquelles s'engouffra la culture orientale, celle-ci commença sa victorieuse campagne à travers la botte, se cristallisa en Toscane, envoya ses rayons cristallins par-dessus la chaîne des Alpes, se cristallisa de nouveau dans le crâne de Zwingli, rayonne, tranchante comme une lame, par-dessus l'horizon, me nantit d'espoir, se cristallise de nouveau à la cave, tombe sur un brasier vigilant et des restes de flair étrusque, le jour point dans les grandes largeurs.

Orient.

Bientôt.

La lanterne de Zwingli

Il se peut que Huldrych Zwingli ait trouvé chez les écrivains réchauffés de l'Antiquité le même brouet brûlant que moi, quand je tombai sur Ana, n'empêche qu'il n'était pas faiseur de temps quand, en mil cinq cent dixneuf, il fut appelé au Grossmünster et commença à mettre le monde sens dessus dessous, la ville comptait à l'époque un peu plus de sept mille habitants.

A ses oreilles les anges chantaient toujours, mais à ses yeux, mœurs, droit et ordre périclitaient.

Il remplaça le sermon par l'interprétation permanente de l'Evangile, soutenu par le conseil et le chapitre, il entreprit par étapes de transformer Zurich. Il mit fin au mercenariat, abolit la règle du jeûne, combattit pour le mariage des prêtres, épousa une riche veuve et procréa énergiquement. Avec une grande force rhétorique – sa langue râpeuse, Melchior, sa voix âpre, pressée par le pouvoir, qu'il savait transformer en chant angélique, son dialecte plein de sève, l'habile alternance des tons et des registres, de la naïveté paysanne à l'assurance de celui qui sait, de l'humble murmure à l'éloquence enflammée – il réussit à s'imposer quand, en présence de tous les cantons confédérés et de l'évêque de Constance, fut décidé quelle religion était la bonne. Zwingli supprima messe, confession, processions, vida les églises de leur bric-à-brac, ôta des rues croix et crucifix, plus de vingt monastères furent sécularisés, les biens ecclésiastiques étatisés, les trésors d'argent et d'or des couvents convertis en thalers. Zwingli autorisa ses chrétiens réformés à pratiquer le prêt d'argent – jusque-là condamné comme œuvre du diable et réservé aux juifs – chassa de la ville les juifs qui ne voulaient pas se faire baptiser et fixa les taux d'intérêt: alors qu'auparavant des taux allant jusqu'à cinquante pour cent étaient monnaie courante, tout intérêt dépassant cinq pour cent fut déclaré usuraire.

En outre il interdit théâtre et chants nocturnes, l'humour, là où il y en avait, fut confisqué, les orgues furent arrachées des églises et remplacées par la parole toute nue, partout furent clouées des paroles toutes nues. Zwingli obtint que les affaires d'argent ne se traitent plus que derrière des façades ou la main devant la bouche; charpentiers, forgerons, tanneurs furent chargés de fabriquer la force de frappe réformée, les anabaptistes qui réclamaient une mise en pratique plus radicale de la parole du Christ et donc l'abolition de tout pouvoir étatique, furent bannis ou noyés dans la Limmat.

Jamais il ne manquait, à l'aube, de parcourir la ville en personne, portant une lanterne, pour enflammer le zèle de ses ouailles assoupies :

« Réveille-toi, chrétienté
Le jour point
le soleil se lève
le monde est prêt à agir ! »

La lueur de sa lanterne éclaira d'autres parties du pays, le Toggenbourg suivit son exemple, la ville de Saint-Gall, les Grisons qu'il avait coutume d'appeler le pays des cent cinquante Toggenbourgeois, les villes de Berne et de Lucerne. Zwingli rêvait de proclamer le pur et pieux Etat de Dieu des confédérés sous la bannière à croix blanche, d'élargir formidablement l'étroit Toggenbourg, aurait-il dit, de réaliser une sorte de Grand-Toggenbourg, car toute sa vie, et en cela, Melchior, vous n'êtes nullement différents, à l'horizon étroit, comme marqué au fer, que les montagnes du Haut-Toggenbourg avaient imposé à son enfance, il essaya d'opposer l'humainement possible.

Zwingli ne s'élevait donc pas seulement contre les autorités spirituelles qui renâclaient à accepter son image de l'homme, mais aussi, et tout autant contre les pentes abruptes du Haut-Toggenbourg, ces montagnes qui sauvagement faisaient le temps, encerclaient toute raison, mixaient parfois d'enlugubrantes pluies, s'habillaient parfois de neige virginale, découvraient parfois le plus haut des cieux, toujours se coltinaient la grande voûte sur le dos, et auxquelles tout ce qui était humain était soumis.

Zwingli voulait briser ce cercle ensorcelé qui obombrait son âme, le plier à la mesure du chrétiennement possible, et sans aucun doute il aurait réussi – ce que tu as réussi, Melchior : n'as-tu pas mis toute la Suisse sous le même chapeau ? – sans aucun doute il serait parvenu à unir toute la Confédération sous la même bannière si les vieux croyants des cantons primitifs n'avaient défoncé son crâne toggenbourgeois à la seconde bataille de Kappel, si les gens d'Uri, de Schwyz, d'Unterwalden et Obwalden, une fois démontré qu'il était déjà mort, ne lui avaient, à grands cris, coupé la langue dans la bouche, ne l'avaient partagée en deux, n'en avaient donné une partie aux cochons et jeté l'autre dans les gorges des Schoellenen, ne lui avaient broyé le crâne, la base du crâne, le cerveau, le cervelet, l'écorce et les lobes cérébraux – et donc évidemment le centre du langage – à coups de roches primitives, piétinant consciencieusement de leurs chaussures à clous les sèves cérébrales qui s'en échappaient en gémissant, afin d'anéantir les dernières pensées perverses, s'ils n'avaient coupé en quatre le reste du corps inanimé et embroché les quartiers sur la pointe des clochers d'Altdorf, Schwyz, Stans et Sarnen, pour apaiser leur dieu gras, mais irrité, donc sorti de son assiette, mais qui n'en était pas moins le Bon Dieu.

Il faut bien se rendre compte de ce qui aurait pu arriver si la vision zwinglienne d'un Grand-Toggenbourg confédéré avait triomphé.

Le Toggenbourg aurait joui du douteux privilège d'être considéré comme le pays d'origine de la nouvelle Confédération arabo-réformée, le Toggenbourg aurait dû se mettre en quête d'une sorte de Tell et d'une sorte d'Helvetia qu'on aurait trouvés, après de longues et patientes recherches, en la personne du douanier Watto et de sa femme Ana, la faiseuse de temps. Certes Watto n'avait jamais embroché de Habsbourg, mais son javelot hardi avait tout de même divisé les esprits, on pourrait le voir sur piédestal à la place de Tell et, à la place de mère Helvetia, Ana, la faiseuse de temps. A leurs pieds s'étendrait un monde d'hommes, frères tapageurs, fils éternels, et surtout on aurait pu m'enlever bien du travail, créer un service fédéral pour les phénomènes atmosphériques, tout cela, il faut pourtant bien s'en rendre compte, Melch.

La vallée de douze heures de long

Les écrits de Zwingli suscitèrent un courage qui se transforma en énergie.

Enflammés, furieux et sans trop de solennité, les pères de tes pères levèrent la main. L'une s'appuyait sur l'Evangile, l'autre montrait le poing à l'abbé, aux cantons primitifs, à Rome, parce que cela promettait la liberté. Les deux mains se joignaient pour la prière. Au Landsgemeinde de Wattwil l'âge d'or fut proclamé. Le Haut et Moyen-Toggenbourg devint majoritairement arabo-réformé, tandis que le Bas-Toggenbourg resta catholique romain et ne fut plus appelé par tes ancêtres que la Terre Sainte.

Alt St. Johann, et avec lui Unterwasser restèrent, catholiques romains, Melchior, et toi aussi, tu aurais grandi dans la religion catholique romaine si les pères de tes pères n'étaient pas issus du Moyen-Toggenbourg arabo-réformé.

On peut se demander, si, élevé dans la religion catholique romaine, tu serais de la même façon parti dans le monde pour finir préposé fédéral à l'information, donc doté d'autorité, on peut se demander si tu n'aurais pas été un rien plus modeste, si tu ne serais pas devenu tout au plus facteur et resté fidèle au Haut-Toggenbourg, si tu n'aurais pas simplement conçu moins d'ambition, si par exemple, élevé dans la religion catholique-romaine, tu ne te serais pas éperdument moqué d'être mauvais skieur et en conséquence jamais cette idée fixe de devenir speaker ou général ne te serait venue, jamais tu n'aurais connu Ute, tes mains chaudes ne se seraient jamais disjointes pour de grandes actions, tu aurais épousé une fille du Vorarlberg et élevé des lapins derrière la maison, mis au monde quelques enfants qui seraient devenus champions suisses, et de nous, de Freitag et de moi, il n'aurait pas été question.

Peut-être bien aurais-tu encore aujourd'hui ta coccinelle bleu ciel.

Mais les pères de tes pères se déclarèrent prêts à se battre pour l'idéologie arabo-réformée qui peut-être se démarquait de la foi-et-croyance occidentale en cela qu'elle était un ne-croire-que-ce-qu'on-voit, un s'assurer-et-agir-en- conséquence.

Manipulant l'Evangile adapté à leur situation et accommodé dans leur idiome, les pères de tes pères trouvèrent dans leur petit lobe de terre natale le terrain propice à une raison pratique qui donc n'était pas manchote

Avec le Temps qui allait encore à pied, ils avaient appris à diriger d'une main vigoureuse maison et famille dans les années maigres, et de plus, à entrer en action: ils avaient commencé à peigner, rouir, broyer, teiller chanvre et lin qu'ils cultivaient de leurs mains, avaient commencé à tortiller, filocher, pitrogner, rifler, tordillonner, torsader, toronner, ourdir, emmélimêler, nouer, mailler, bistanclaquer – ce faisant on pouvait raconter toutes sortes d'histoires –, ils commencèrent à la cave, où l'humidité convenait parfaitement au traitement des matériaux, à filer, à dévider du fil, mais aussi des histoires alambiquées, à fabriquer cordes et ficelles, à tricoter et tisser.

Fils.

Plus tard, quand après d'assez longs tiraillements, deux idéologies finirent par se tolérer dans la contrée, se frottèrent l'une à l'autre, que certains conflits furent résolus ou mis de côté et d'autres ajournés, plus tard, alors que l'église de Wattwil fut animée et épousée par deux sortes de chrétiens, bientôt et plus tard, lorsque, pour des raisons de piété, un nombre croissant d'esprits libres, de baptistes et de pénitents chercha asile au Toggenbourg, quand le prince-abbé étendit de nouveau la main sur le Toggenbourg à demi perdu et fit construire des églises catholiques romaines qui dépassaient de beaucoup en hauteur les arabo-réformées, plus tard les pères de tes pères, pour trouver un langage contre le pouce du prince-abbé, commencèrent à s'instruire mutuellement, commencèrent à feuilleter des écrits, mais surtout l'Ecriture. Imaginations égyptiennes, babyloniennes, sagesse juive, et image de l'homme quasi antique, tout cela, ils se l'approprièrent une fois qu'ils surent lire.

Ils tricotèrent des maisons dans lesquelles ils tressèrent leur image du monde, lancèrent des navettes à travers des mers d'étoffe, passèrent des nuits à la cave, travaillèrent de plus en plus le coton quand la pomme de terre remplaça le chanvre et le lin, plus tard la soie, brochèrent le monde dans la toile, affinèrent les techniques, s'attelèrent à des machines plus raffinées, constructions métalliques venues de France ou d'Angleterre.

Peu après que le Franzos eut culbuté l'ancien Temps, ils tissèrent en large et en couleur, les pères de tes pères, s'emmaillèrent dans les lames et les affaires à échelle mondiale, se tendirent entre chaîne et trame, se défilèrent, se dispersèrent et s'effiloquèrent avec le Temps qui allait encore à pied dans la vallée de douze heures de long, Freitag Melchior, sans qu'il en soit résulté une lignée paternelle bien claire.

Le marmonnement païen

Un dimanche, c'était un dimanche sans voitures, nous fûmes déposés par grand-mère, qui dans la vallée, assistait à tous les offices protestants ou chrétiens libres, à l'école du village.

Ecole du dimanche.

Avant même que madame Kalberer eut pris la parole – elle n'était pas seulement responsable de l'école du dimanche, mais présidait aussi la ligue protestante du Moyen-Toggenbourg, dirigeait la chorale féminine senior de la Thur et siégeait à l'église à côté de grand-mère, là où l'on chantait le plus fort et souvent à plusieurs voix –, tu posas des questions intéressées :

Qu'est-ce que c'est catholique, qu'est-ce que c'est la stéréo, où c'est l'Egypte, qu'est-ce que c'est les païens, où c'est les païens ?

Les païens, apprîmes-nous, ne sont ni catholiques, ni réformés, vivent dans les forêts, ne font que marmotter, parlent par bribes et morceaux incompréhensibles, boivent du sang, adorent plusieurs dieux à la fois.

Tu m'ouvris la voie des toilettes, je disparus pour toujours.

Les rues sans voitures.

Tout automobiliste individuel qui trafiquait tout de même le faisait la mine pétrifiée et pour une mission d'importance, ou pour des raisons d'intérêt public. Des pères de famille promenaient leurs couvées dans la grand-rue, des écoliers slalomaient à deux ou trois vitesses entre les bandes blanches, des paroles s'échangeaient aussi.

Vibrantes, les cloches de l'église arabo-réformée, je me fis empaumer.

M'assis au dernier rang.

L'église pleine à un quart comme toujours.

Puis l'orgue démarra, d'abord pinailleur et décousu, puis massif et polychrome.

Un boucan de païens.

Je fus saisi.

Décollai.

Un tapis d'orgue déchaîné, toujours obliquement posé dans les airs, m'emporta au plafond coffré de bois, derrière je soupçonnais de gracieux ornements de plâtre, le plâtre floribondait dans l'église d'une sobriété voulue, orchidées, fougères, diverses variétés de choux montaient en graine, l'orgue parlait du commencement du monde et de la forêt vierge, cantiquait la jungle, distorsion des commissures dans l'assemblée.

Les tuyaux d'orgues bouillaient, la vapeur s'échappait, une pure rumeur emplissait l'église, la sève sourdait des tuyaux, j'étais sûr qu'il y avait là un païen à l'œuvre, ce sont les Etrusques, pensai-je soudain, seuls des Etrusques peuvent produire ce boucan de païens, je battais des mains, je voulais rester arabo-réformé.

Quand la vapeur retomba, tandis que des nappes flottaient dans l'air, que bientôt seuls des soupirs, exhalaisons du silence, sillonnèrent l'église, que s'imposa un silence lourd de substance, le pasteur ressuscita, rayonnant, des bourbiers et margouillis, se débarrassa des fougères, commença à parler, bellement, simplement et bien intelligiblement.

Sans discontinuer.

Tout vrai.

Les vieilles gens opinaient

Sénace tenante je sortis de l'église arabo-réformée.

Grand-mère, avant que nous ne dormions et à ta requête, nous en dit plus long sur les païens: sur les catholiques par exemple, zélés dévideurs de patenôtres, génufléchisseurs soumis, béni-oui-oui dont les murmures pieusards ressemblaient au marmonnement des païens.

Je fis donc un essai à l'église catholique romaine, elle était pleine à ras bord.

Senteurs, comme de résine.

Je vis des arbres, conformément à mon désir, l'assemblée se leva quand j'entrai – beaucoup d'Italiens, beaucoup d'enfants – je pris la tangente; unanimes et comme d'une seule bouche, pères, enfants, grands-pères et grand-mères disaient le Notre-Père, je le tenais, le marmonnement des païens, à son début, marmottis, chuchotis, les voix se fondaient en une seule bouche énorme, une bouche à l'image de Dieu qui s'adressait à moi directement, pénétrait les couches de graisse et m'allait jusqu'aux os. Dieu parla ainsi: «Tu me crois maintenant ou tu ne me crois pas?»

Je croyais.

Et ma langue prit son indépendance, je vis une vive clarté, je pus faire chorus, j'eus voix au chapitre, vous, hommes et femmes, êtes mon peuple d'Etrusques, c'est vous que je cherche depuis des années, je me levai, somnambulai le long des murs, titubai, des forces indicibles me tiraient en avant, ma langue jargouillante. Dieu m'éperonnait: «Parle, mais parle donc, tu vas le dire.» Du beurre me coulait de la langue, du beurre brûlant dégoulinait sur mes lèvres, j'écumai, crachai, poussai des cris convulsifs, puis frétillai tout juste, fis sensation et tombai.

Sur la joue.

En silence je fus transporté au-dehors, il y fallut deux enfants de chœur, l'orgue attaqua, lissa les plis soucieux, le curé se mit à parler, bellement, simplement et bien intelligiblement, tout vrai, la porte derrière moi se ferma et désormais me resterait fermée, on m'étendit sur un banc, on m'éventa.

Quand je m'éveillai: murmures, murmures grands comme ça.

Vrais murmures.

Je vis que c'était la Thur.

Je fis de la rivière ma religion.

A la maison tu thésais sur des parties du Nouveau Testament.

La coupe de deux millimètres

Tu m'aidas, au fond, près de la cascade, à creuser les fondations. Le temple, je le bâtis seul. J'ajustai le silence au silence, enclouai le mutisme de mutisme. Edifiai de pures sonorités, peignis de tonalités chromatiques. Me fis un enclos de secret. Passionnément je me cherchai de belles cloches dans les magasins spécialisés.

Cloches à vaches, cloches à chèvres, cloches à païens.

Les cloches devinrent mes idoles.

Devins païen-rivière, païen-ruisseau, païen-pluie.

Installai ma collection dans le temple.

Stockai des sucreries.

Me bâtis ma mer privée, toute de son et d'images, car je ne collectionnais pas seulement des cloches, mais aussi des décalques de sportifs, des posters qui étaient joints aux petites brochures, des jeux de famille, des revues porno aussi.

J'épinglais des femmes nues.

Je collectionnais les vêtements de fille.

Evoluais entre renards et lièvres.

Etais nu ou portais des jupes.

Examinais devant le miroir la fente météorologique.

Le sang qui sortait, je le recueillais dans des pots de yaourt, j'en barbouillais les murs, le donnais en pâture à la cascade, nourrissais une fureur indicible.

Décidai de rester où j'étais, pour toujours.

M'implantai.

Pris racine.

Me mitai.

Quand la rage sévit – selon un de ces articles dont tu donnais désormais lecture dans le style précis d'un présentateur de journal télévisé, elle avait été fabriquée artificiellement dans un laboratoire de l'Est, dès avant la Seconde Guerre mondiale, et inoculée à une puce rouge à laquelle un agent russe aurait fait passer le rideau de fer dans sa tignasse suiffeuse pour la mettre à l'oreille du capital, sur quoi l'agent lui-même fut piqué par la puce, devint enragé, attaqua les douaniers à Vienne, leur mordit les mollets, ravagea toute l'Europe, l'écume aux lèvres, mordant vaches, renards, paysans, jusqu'à ce qu'il pût être abattu à Gênes par les services de sécurité, au moment où il s'apprêtait à s'embarquer pour l'Amérique – il fut défendu d'aller seul dans la forêt.

A toi je le dis, quand tu viens me chercher dans le temple, que tu me délivres des lichens, par une énergique poignée de main :

La Thur est la mère de toutes choses.

La lune a deux faces.

La forêt est mon kiosque.

Le kiosque est mon téléviseur.

A l'époque où j'ai un carillon de belles boucles de fille, où mes dents de lait noircissent et ne sont plus que chicots, des choses singulières se passent sur mon visage.

Je suis marqué.

De grands rapports s'inscrivent sur mon visage.

« Regarde, le voilà qui prend des taches de rousseur ! » dit ta mère Ute.

Mais toi, tu savais de quoi il retournait.

« Non, ce sont des lentilles ! »

La requête rédigée par ta mère en bonne et due forme, paraphée par ton père d'une plume aussi dynamique que consciente de sa responsabilité, demandant à l'administration scolaire d'admettre ensemble au jardin d'enfants, en vue d'une scolarisation commune, son fils cadet Freitag, garçon éveillé, avide d'apprendre, sachant déjà lire et écrire, et son fils aîné August, lequel, à son avis, ne s'était pas encore dénoué, reçut un accueil favorable

Un samedi matin, conduits par Melchior, nous traversons la place du village pour aller chez le coiffeur.

Il fallut y laisser des plumes.

« Après il y aura du Toblerone », cria du kiosque la voix de Ute.

Circulation.

L'homme noir, imperturbable.

Le hibou aveugle, les yeux crevés.

Moi sur un siège que je remplissais complètement, toi sur l'autre. Papa près des revues.

« De si belles boucles rousses, tant de cheveux, c'est la première fois que tu vas chez le coiffeur ? Et comment tu t'appelles ? »

Réponse de ta part : « August Abraham. »

« Et tu as quel âge, tu es dans quelle classe, Gusti ? »

« Nous entrons au jardin d'enfants, le jardin d'enfants est à côté de l'école primaire, après l'école primaire j'irai à l'école secondaire ! »

« Lourd comme tu es, tu n'es pas encore au jardin d'enfants, Gusti ? Et ce buisson sur ta tête, un vrai fourré, voyons voir ce qu'il y a là-dedans, mésanges, pois de senteur, salamandres, bohémiens, Indiens et des nœuds, rien que des nœuds, je m'en vais couper tout ça, on va faire court, très court, on ne sait pas si tu es fille ou garçon, je vais faire de toi un vrai gars… »

Lotions, sent-bon, eaux capillaires.

Me vois dans le miroir.

Pour la première fois, en fait.

Tiquetures.

Par millions.

Les yeux.

Bonimenteurs.

Ce va et vient.

Les joues.

Le bedon.

Bien capitonné.

La bouche.

Le clapet.

Clos.

Trait.

Les lèvres.

Mal visibles.

Ouvre.

Sombre.

Les dents.

Marron.

Le gosier.

La langue.

Je tire la langue.

Balourde.

Et rebondie.

Chair.

Irriguée de sang.

« Tu me tires la langue, petit, c'est du joli, fais attention, sinon je te coupe aussi les oreilles ! »

Je mords le bout de viande bien irrigué.

Ça fait du bien, le sang, le goût de sang.

Une bonne fois.

«Voilà que tu t'es mordu la langue de peur, allons, allons...» dit le coiffeur en me mettant des mouchoirs dans la bouche.

Et toi?

Le ver en toi.

Comme tu te tortillais dans le fauteuil.

Il m'a tondu une moitié, je regarde comment il va attaquer l'autre, la gauche de mon point de vue, et voilà qu'à ce moment il me tape sur les nerfs.

Me touche au vif.

Je me défends, me lève d'un bond.

Il faut me rattraper, des hommes non coiffés, non rasés, prêtent main forte.

Je gigote.

«Tiens-toi tranquille, chenapan!»

J'attrape les ciseaux, les plante dans des mains, crève tous les yeux, bleus ou bruns, que je trouve.

On m'assomme de coups ou l'on me laisse courir et l'on passe à toi. Contraste: le calme attentif, intéressé, avec lequel tu présentais ta tête, te laissais rogner, jusqu'à la peau du crâne, même avec le petit appareil.

Tout enlevé.

La coupe de deux millimètres.

Crêpelures noires par terre à côté de boucles rousses.

Mais l'apprenti coiffeur, un Italien méridional du Bas-Toggenbourg qui, le soir, passait le balai, fut si fortement impressionné par cette splendeur chue et tout ce qu'elle recélait de pensées qu'il ramassa avec des pincettes un frison roux et un frison noir, les déposa dans un coffret à bijoux qu'il fit sceller, plus tard, lorsqu'il reprit la boutique, il les inclut dans une masse transparente qu'il plaça dans la vitrine devant des affiches montrant les coiffures courtes, blond oxygéné, devenues à la mode, on pourrait encore les voir aujourd'hui.

Tu me tondis l'autre côté avant que nous n'allions au jardin d'enfants comparaître devant la société. Dès le premier jour, parce que je portais des bottes rouges, on m'appela Chat-Botté et jamais je n'appris à nouer des lacets.

Pour plusieurs raisons le Chat-Botté décomposait sagement tout assemblage en pièces détachées, crachait les comprimés de fluor qu'on lui mettait sur la langue, mais distribuait des bonbons, pour plusieurs raisons il édifiait des tours de cubes jusqu'au ras du plafond, dérobait l'oie alors que tous étaient gentiment assis en rond, parce qu'en vérité il était renard, enragé de surcroît, avait dans la forêt sa propre renardière où il s'aménageait son propre jardin d'enfants. Le Chat-Botté avalait de la craie pour bien chanter et parler Dieu sait comme, ce à quoi pour plusieurs raisons il ne parvenait pas, savait bien siffler, jouait tous les jours à un jeu, le jeu, c'était greli-grelo grenouille, je t'embrouille, qui dit tout ne dit pas beaucoup, s'employait à coucher sur papier Dieu et son poulailler de girouettes, quand tu me fis savoir :

« Moi, maintenant, je vais à l'école.

Toi, tu restes ici, à ce qu'ils ont dit ».

C'est alors que je te perdis.

Par la suite je me traînai derrière toi quand tu émigras à l'école primaire. On me prit en patience dans ton école, car je pouvais accompagner les chants de vos voix claires d'un fredon sonore et sombre, je savais dessiner l'histoire biblique, tout écrit était pour moi un jeu d'enfant : je savais copier proprement et sans faute.

Tu étais un foudre d'intelligence.

Moi, le tonnerre.

« Tu ne te feras pas d'image de Dieu et qu'est-ce que c'est que ces bestiaux ! » disait ton maître en déchirant mes feuilles avec l'autorité d'un pasteur.

Plioirs, boîtes de craie, règles, crayons, tubes de colle allaient alimenter la Thur qui était vorace.

A côté de l'école les premières foudres tombèrent.

Beaucoup d'orages à cette époque au Moyen-Toggenbourg.

« Rien à craindre de la foudre », dit le maître, « nous avons sur l'école des paratonnerres, nous pouvons calculer à quelle distance de nous est le foyer de l'orage, par seconde cela fait environ trois cent trente mètres. »

Tu comptas sept secondes à voix haute, tout en sachant bien que foudre et tonnerre étaient assis côte à côte. Ce que je ne te disais pas, c'était que le foyer de l'orage était un simple feu avec une marmite noire, où les lièvres cuisaient la soupe tempérique.

Solidification ou durcissement de tes traits, comme cela t'était déjà arrivé lors de l'achat des chaussures de gymnastique. Tu plastronnais parce que tu étais entré à l'école primaire – c'est pourquoi, sans que cela te soit jamais revenu aux oreilles, on t'a appelé chef de tribu, chef de tribu nègre.

Je me tenais derrière toi.

Je sortais de mes gonds à ta place.

Tonnais.

Me faisais comprendre.

Sans erreur possible.

Fulminais.

Voulais voir du sang.

Endommageais des testicules normalement constitués.

Devenais enragé.
Cassais de secondes dentitions.
Avais des arguments frappants.
Coupais des doigts d'un coup de dents.
Brisais des vitres.
Détruisis mon temple, jetai les brochures porno en pâture à la Thur, la forêt brûlait, les écoles brûlaient, les pompiers de tout le canton n'arrêtaient pas d'intervenir.

L'âge d'or

Mais te souviens-tu de l'âge d'or?

Eduard fumait beaucoup et devint le meilleur client de notre kiosque.

Devant nos yeux il posait de l'argent: il achetait des chewing-gums juteurs, les donnait à Peng, qui les mastiquait, puis les crachait, bien mous, dans la grand-rue. Où un camion ne tardait pas à les laminer.

Ces galettes de chewing-gum, il les appelait écus juteux.

Quand les élèves de l'école de tissage baptisaient les bizuts dans la fontaine, nous avions le droit – parce que le président de l'association, bien élevé et cravaté, faisait à notre mère une cour appuyée – d'écrire au bizut quelque chose derrière les oreilles, au feutre indélébile à l'eau. Nous le faisions consciencieusement et de la main gauche, écrivions en miroir et en hiéroglyphes des sentences que personne ne comprenait et qui disaient tout, produisaient chez le mâchuré un effet mi-figue mi-raisin et qu'aujourd'hui, dans la perspective actuelle, je pourrais qualifier de sentences tempériques.

Eduard au kiosque, avec Peng et son vélo de l'armée: s'achète des cigarettes, nous achète du chocolat, et, déjà en selle, avec un clin d'œil à notre adresse:

« On va au bistrot ? »

Nous enthousiastes.

Moi derrière, sur le porte-bagages, toi devant, sur le guidon, nez au vent, Peng à côté, aboyant. Nous partons pour une tournée bistroquière. D'abord au Toggenbourg, Eduard nous apprend le yass, puis on continue en direction du Soleil, du Soleil on passe au buffet de la gare, puis à l'Aigle, puis au Schützenhaus, de là retour au Toggenbourg.

Ou bien nous faisons un tour de ville à Lichtensteig, pêchons clandestinement dans les petits affluents de la Thur, gagnons au match de loto la corbeille de fruits, au tournoi amateur, nous à côté du but, Eduard dans la cage, Peng, mascotte cravatée, derrière lui. Quand il encaisse un tir dans l'angle de la cage, il présente le ballon à Peng qui le déchire à belles dents et bousille le jeu, Peng sur les tables au milieu des rires dans la tente de foire, avec chapeau, cravate et lunettes de soleil, Eduard qui découpe les saucisses en dixièmes ou douzièmes, Peng qui les consomme avec serviette, couteau et fourchette. Rires où qu'on aille.

Et n'était-ce pas Eduard qui nous faisait yasser contre des tape-carton chevronnés à la table des habitués ? Et n'était-ce pas Eduard qui nous fit cadeau de nos premiers skis, tu te souviens : les chaussures à lacets. Les fixations à bec. Le revêtement noir. Les carres vissées. Le fart argenté. Et n'était-ce pas lui qui nous apprit le virage stemmé, nous montra comment stemmer à travers l'obscurité, comment descendre en godille dans la vallée, le long des piquets, quand on en a plein la lampe ? Et c'était Eduard qui chassait les clients indésirables en commandant à Peng de sauter sur la table et en le faisant boire dans les verres.

Et c'était Eduard qui disait :

« Je ne veux pas devenir vieux. »

Cela t'a fait impression.

A répétition et la plupart du temps au retour du bistrot et quand Ute travaillait au kiosque : les accès correctifs et éducateurs de Melchior. D'honorables et naturels chefs de famille avaient, j'imagine, autour d'un verre, étalé les affaires familiales, exhibé des fils qui jouaient au football ou écrivaient de bonnes dictées, sans doute que la fierté paternelle avait fait tache d'huile, et comme Melchior, pour des raisons totalement inexplicables, ne pouvait exhiber aucun fils de sa chair, comme papa Melchior ne pouvait ni trouver des raisons de fierté, ni faire chorus d'un cœur serein, mais qu'il lui fallait se taire et que cela lui donnait soif, il se tenait des discours sur le chemin du retour. Il s'était pourpensé son discours sur le sens et le but d'une éducation stricte. « Auguscht Abraham ! » entendait-on dès l'escalier, je ne prenais pas la fuite.

« Maintenant ça va changer, et par exemple... ». commençait-il, et, comme je prenais les changements – ceci dit dans la perspective d'aujourd'hui – pour d'ambitieux projets et ne faisais ni oui ni non, je me voyais dispenser l'éducation sous forme de taloches mal dosées, maladroitement ciblées, d'abord furieuses, bientôt moins convaincues. Pour ma part, je me serais accommodé de cette forme de relation si frère Freitag, dans son inquiétude, n'avait toujours voulu s'interposer. Bientôt les idées reçues du dehors s'envolaient en fumée, l'ambition faisait place à la consternation et l'on passait une main timide sur ce qui me restait de cheveux.

C'était ensuite Peng qui s'en mêlait, sautait sur ton père, lui faisait fête, léchait les doigts de la main qui s'était oubliée.

Eduard surgissait du néant, portant chapeau de cuir

de vache et lunettes en culs de bouteille, il avait une canne de saucisson et comme toujours une réponse simple aux situations grippées :

«Je m'en vas skier, les gars, vous venez… ?»

Et à l'instant il y avait dehors un tapis de neige, plus d'un mètre de poudreuse, dans mon souvenir cette neige était dorée, nous préparions nos sacs à dos, nous mettions en route, traversions le village et suivions la Thur avec les peaux de phoque, Peng zigzaguant à côté. Puis de l'autre côté de la montagne-ventre, à travers des forêts vêtues d'or, laissant derrière nous des fermes disséminées sur tout l'arrondi des ventres, où Peng s'accouplait frénétiquement avec des chiennes qui, à la renarde, voulaient nous attaquer par-derrière, nous arrivions à une cabane où nous jouions au yass des nuits entières, tandis qu'Eduard buvait du vin et fumait.

C'est alors que je devins accro à ce paysage.

Nous buvions du paysage.

Nous, ivres, dans les hauteurs au coucher du soleil.

Au-dessus de la mer de brouillard.

Toi aussi, Freitag, tu devins accro à cette sorte de bonheur : or, or liquide.

Chaînes de collines badigeonnées de bonheur.

Les montagnes vitrifiées de bonheur.

Un seul cercle de bonheur.

Pure sonorité.

Le ciel béat.

Et sans fin.

Eduard nous expliquait à quoi cela ressemblait au-dessous de la mer de brouillard :

Le lac de froidure.

Lunettes de plongée et palmes.

Les gens qui plongeaient dans la mer de brouillard disparaissaient pour toujours.

Tous deux, Freitag, elle nous a intrigués, cette autre forme de bonheur, là-dessous.

Pas une fois Eduard n'a demandé pourquoi de mon côté il n'y avait rien à ajouter.

Parce qu'il savait.

Parce qu'il connaissait la face cachée de la lune.

Son: «Regardez, voilà la lune», quand la lune se levait.

Aujourd'hui j'aimerais bien lui demander si les liquides dont il s'abreuvait copieusement au verre ou à la bouteille, n'étaient pas faits de soupe tempérique.

Sa bière, cela le regardait.

Mais, après nous avoir livrés à domicile, Eduard et Peng ne rentraient pas au logis, mais visitaient quelque autre caboulot.

Peng prenait un oncle en laisse quand celui-ci ne trouvait plus le chemin du retour, le ramenait au bercail par la grand-rue en suivant la ligne de sécurité, ouvrait des portes toujours ouvertes, le mettait au lit.

Pour toi, toutes les portes étaient ouvertes, Eduard, tu avais la clé de chaque porte et tu nous en ouvris beaucoup.

De préférence, la nuit, tu rasais les murs.

Puisque tu connaissais par cœur tous les coins de cette vallée, jusqu'aux plus reculés, que tu savais tout des gens et que le reste, tu pouvais te l'imaginer, il était important pour toi, le soir, de perdre le nord.

Tu savais voir derrière les gens, tes bons mots mettaient dans le mille, tu pouvais briller au yass, penser vite et faire le magicien, et, parce que tu pouvais penser vite et faire le magicien, tu ne savais jamais comment chaque fois tu étais arrivé chez toi.

Tu étais natif de cette vallée, jamais tu n'en es vraiment sorti, une fois seulement – pour des raisons professionnelles – tu t'étais risqué à Berne, Bâle ou Genève pour y suivre des cours, dans cet exil tu aurais en peu de semaines sombré corps et biens, si au bout de trois jours, Melchior et Ute ne t'eussent rapatrié en coccinelle.

Qu'y avait-il au fond de toi, dans tes tréfonds ?
Quelles étaient tes fêtes ?
A quoi remédiais-tu par l'ivresse ?

Abraham

Il y a bel et bien deux cents ans de cela, Abraham Abderhalden émergea du fouillis de bobines et d'étoffes, de la vieille marmelasse d'épidémies, pénuries, famines, gelées et inondations, du tourbillon des droits et des devoirs, de la brouillasse de sentiments, de la grêle de faits, du funeste coude à coude de deux Notre-Père, de toute cette indicible bourrasque, et d'un esprit libre décida de prendre en main les fils de son destin.

Abraham Abderhalden vint au monde dans les années soixante du dix-huitième siècle, dans la vallée moyenne de la Thur, côté ombre, sur un versant, dans la maison parentale, à la cave, entre des métiers à tisser de bois, et put tout de suite être couché dans du tissé maison. La cave à tisser devint sa chambre d'enfant.

Contre la volonté de ses parents, un matin d'hiver, il quitta à douze ans la maison écrasée sous sa charge de neige, descendit à lourdes foulées dans la vallée à travers des forêts de neige et apprit auprès du pasteur arabo-réformé, honorablement et de la main droite, à bien écrire et chanter les psaumes, à lire et proclamer les quatre Evangiles, à calculer par écrit au-delà des dix doigts, fut autorisé à réciter les midi la prière à la table pastorale, à manger la soupe pastorale où il émiettait du pain rassis qu'il devait apporter lui-même. Les après-midi il tissait à domicile. Avant même sa confirmation, ses travaux se distinguaient par leur sobre régularité et le diligent serré de la texture, et en conséquence s'écoulaient facilement. Le soir, sans doute contaminé, en bas, dans la vallée, par une sorte de nervosité qui interdisait à ses doigts, surtout ceux de la main gauche, de rester tranquilles, recommandé par le pasteur qui lui voulait du bien, il s'initiait, auprès de son pieux voisin Giezendanner, dans la chambre sous le toit, à l'art du positif. Pieds nus, il allait, depuis qu'il était confirmé, jouer de ferme en ferme. Cependant, à l'approche de l'âge viril, il devint de plus en plus rare qu'une main gauche cavalant des arpèges rapides s'accordât avec une main droite un peu lourdaude, mais à l'attaque énergique, pour produire ce jeu désincarné, cette texture pleine de grâce susceptible de combler l'écoute fervente des auditeurs. Aussi Abraham dont filages et tissages prenaient une forme de plus en plus individuelle et, bien que jouissant de la faveur pleine et entière des sœurs, ne pouvaient plus satisfaire aux exigences du marché, lequel se comportait déjà à l'époque en mécanismes, décida d'entreprendre quelque chose de son propre chef. Au cours de ses harmonieuses pérégrinations qui l'avaient fait connaître dans de vastes milieux, il se rendait dans des fermes éloignées et énumérait aux familles Ambüel, Anderegg, Hilpetshuser, Hartmann, Kläger, Brunner, Hinterberger, les avantages qu'il y aurait à ce que lui, Abraham Abderhalden, qui, par la grâce de Dieu, disposait de bonnes jambes et de bonnes chaussures, se chargeât à l'avenir de la marchandise pour la transporter de ses propres mains à son lieu de destination, lequel, selon le produit et la sorte, pouvait s'appeler Lichtensteig, Wil, Saint-Gall ou Glaris.

En un tournemain, manœuvrant à bon escient les doigts de sa main gauche, plus minces et nerveusement folâtres, y associant ceux plus épais de la main droite, combinant et variant selon son gré et système, il se serait livré, si j'en crois sa renommée dont l'écho est parvenu jusqu'à moi, sous les yeux de ses connaissances, devenues bientôt clients fidèles lui faisant aveuglément confiance, à des calculs précis et de longue portée, n'aurait jamais essuyé de mécomptes dans la guerre des corporations et des états, aurait trouvé son compte dans le chaos monétaire non encore unifié et profondément attaché au système féodal des cantons primitifs, et acquis sans doute, dès la fin du dix-huitième siècle, alors que la liberté d'entreprise n'était pas encore proclamée et que le doigt centraliste du Franzos ne s'en était pas encore mêlé, cette durable réputation de commerçant honnête et confiant en Dieu dont l'écho arriva bientôt dans la vallée moyenne.

Les résultats, il les consignait de la main gauche, en pattes de mouche un peu tremblées, mais bien nerveuses, dans un carnet qu'il portait toujours sur lui dans sa poche de poitrine.

De stature, notre aïeul était petit, avait les jambes en manches de veste, les épaules larges, de bonnes dents, ce qui était rare au Toggenbourg par suite de la malnutrition et resta rare jusqu'au milieu de ce siècle, un front superbe, c'est pourquoi il fut chauve de bonne heure, et, été comme hiver, couvrait sa calvitie d'un bonnet à pointe. Sous le sourcil broussailleux, une moustache, foisonnant autour des grasses ailes du nez, ornait le visage maigre, anguleux, à la peau rude ou cachait des lèvres minces qui pouvaient avoir un sourire sinon gauche, sournois ou perfide, du moins droit, sec et plein d'arrière-pensées. Rarement un sourire amusé. A la sage moustache s'associèrent, dès que le ciel eut béni son union, de larges favoris conscients de leur responsabilité qui, au cours du temps, progressèrent jusqu'au menton. Les vêtements à l'étoffe épaisse ne trahissaient rien de la minceur de l'épiderme qu'ils recouvraient. Comme il n'avait pas le cuir épais, il avait le cœur grand. Un grand cœur dont la pompe irriguait généreusement le crâne, ce pourquoi il n'avait pas de rouge que les joues. Quand la tension montait, il s'appliquait sur la nuque de ces sangsues qui peuplaient toutes les mares. Ses bonnes chaussures, soigneusement entretenues, et sa corpulence croissante témoignèrent bientôt qu'on pouvait faire son chemin seul, que les affaires marchaient bien et que, quand on voyageait pour affaires, on se nourrissait aussi comme il faut. Au Bunt près de Wattwil il s'acheta une maison et peu de temps après épousa la fille d'un marchand de bestiaux et aubergiste de Herisau, laquelle lui avait donné dans l'œil lors d'une de ses courses, tous deux étaient d'assez bons partis. C'était une petite femme des Rhodes-Extérieures, mince, avec d'épais cheveux noirs toujours attachés en chignon.

Regard provocant, d'un noir venu d'ailleurs, qui se prit dans les broussailles abderhaldiennes et devint pour Abraham pays d'ici.

Nez subtilement effilé devant un menton énergique.

Joli cou, colleté de blanc le dimanche.

Les jours de fête, dentelles.

Mais entre des lèvres également minces, Frieda Abderhalden dissimulait une languette appenzelloise bien appendue qui à l'occasion savait riposter et dont elle fit si habilement usage dans la maison de commerce visant à l'équilibre et à la persistance, qu'elle devint bientôt la languette de la balance.

Il la connut et elle lui enfanta fils et filles. Quand c'était une fille, il noyait son dépit d'un coup de schnaps, quand c'était un fils, il hissait la bannière du libre pays du Toggenbourg : le taureau sur fond de vert pré à l'infini, ce qui signifiait que le pays se fécondait lui-même, plus tard, sous l'autorité de Saint-Gall, canton fabriqué de bric et de broc, le taureau toggenbourgeois fut remplacé par le blason familial des comtes de Toggenbourg, depuis longtemps disparus du pays : noir, queue au vent, le chien de meute, sur fond jaune. Pas un jaune de lune.

Depuis le fond de la vallée, la maison Abderhalden employait des familles entières qui travaillaient à domicile, dispersées dans le paysage, on put créer au rez-de-chaussée un magasin d'étoffes et de drap, on ne se déplaçait plus soi-même et à pied, mais on faisait courir les autres. Abraham hébergea gratuitement des compagnons teinturiers du sud de l'Allemagne qui, en échange, l'initièrent à leurs techniques, se fit construire derrière la maison, au bord du ruisseau, un petit appentis où il mit deux chèvres et quelques poules, et commença à expérimenter avec de chétifs moyens chimiques, pour, dit-on, teindre durablement le fil blanc. « J'y suis », se serait-il exclamé un dimanche matin ; il se leva d'un bond, fit le même jour ajouter un bâtiment et embaucha parmi sa famille et ses connaissances des tisseurs compétents. Il réussit à produire un fil d'un beau rouge et d'un bleu profond, résistant à l'épreuve des intempéries, par la suite on se spécialisa dans la fabrication de drapeaux tricolores qui, une fois les bons débouchés trouvés, se vendirent comme des petits pains.

Plus tard, quand il devint de bon ton pour une famille de commerçants de se réclamer d'une tradition, une imposante peinture à l'huile s'étala dans la salle à manger de la maison-mère Abderhalden, laquelle, encadrée de rinceaux dorés, montrait l'aïeul Abraham 1er, encore jeune, mais déjà bien établi dans la vie, debout, à la pointe de l'aube, devant son appentis, bannière au taureau et tricolore flottant au-dessus de lui, yeux brillants, bonnet à pointe en tête, joues rouges encadrées de puissants favoris, la main gauche tenant sur son cœur bien empaqueté de bon drap cossu le petit carnet, la main droite dans la poche du pantalon où logeait aussi le Temps au bout d'une chaîne d'argent finement travaillée, vert pré et forêt à l'arrière-plan, et au-dessus des cimes, l'aurore, rouge et or, ce qui en effet devait signifier l'âge d'or.

On ne le mentionnait ou ne l'évoquait plus que dans un registre sublimé, quand des questions de légitimation ou de conscience menaçaient de faire obstacle à une affaire prometteuse, on lui prêtait des paroles prophétiques, il aurait eu coutume de dire :

« Là où il y a de l'argent, il y a le diable.
Là où il n'y en a pas, il y en a deux. »

Et :

« Si on le fait pas, les autres le feront. »

Et :

« Celui qui est fort peut aider.
Celui qui entreprend crée des emplois. »

La liberté, le progrès

Abraham 1er emporta dans le nouveau siècle une maison de commerce avec annexe et appentis fumant, ensemble qu'on ne pouvait encore appeler fabrique, fut épargné par le Français qui appréciait les services en campagne de ses petites étoffes, et put, quand sa femme Frieda fut morte de consomption, transmettre à son fils aîné, Abraham II, la production, à son second fils William, le commerce de drap et d'étoffe qui, bientôt, fut transféré au centre de Wattwil, et par la suite, passablement étoffé, à Saint-Gall où, sous le nom de « Commerce de drap et d'étoffe W. Abderhalden », William ne pouvant ou ne voulant pas trouver femme, fournit aussi l'étoffe des conversations.

Il aurait, dit-on, mal tourné.

Les filles moururent de consomption, quittèrent la maison pour se marier ou émigrèrent à Zurich, Bâle, en Amérique, Afrique du Sud ou Australie.

Abraham II épousa la fille d'un filateur de Flawil, Bas-Toggenbourg, la connut moultes fois, et elle lui enfanta des fils qui reçurent les noms d'Abraham, Kaspar et Melchior. Mais le vieil Abraham 1er ne faisait pas mine de mourir et se retira côté ombre, avec ses chèvres et ses poules, dans la maison parentale qu'exploitait son frère cadet Jakob, se logea dans la mansarde, ne se nourrit plus que de lait et de fromage de chèvre, passa son temps devant la maison, assis sur un banc, bonnet à pointe en tête, badant devant la vallée à ses pieds et se faisant des idées, les résultats, il les consignait dans son carnet. Ce carnet, après avoir essuyé pluie et beau temps sur le petit banc, fut conservé aux archives locales derrière des portes d'acier à l'épreuve du feu. Plus tard quand tous les descendants furent passés à l'industrie, la maison de vos grands-parents se dégrada à vue d'œil, le terrain fut vendu à la commune, aujourd'hui, à l'endroit où Abraham 1er vit le jour, se dresse l'antenne collective.

Abraham II se spécialisa dans la fabrication de drapeaux et de foulards aux armes des différents cantons et surtout dans le drapeau suisse à croix blanche sur fond rouge, lequel s'arrachait dans les cantons les plus divers ; il hissait les couleurs suisses au-dessus de celles de Saint-Gall, quand lui naissait un fils, fonda le Libre Parti Démocratique du Toggenbourg, devint commandant de la cavalerie saint-galloise des champs, des bois et des campagnes, contribua activement à fonder au Toggenbourg un journal qui, selon lui, aurait dû s'appeler L'Appel de la Liberté, Le Réveil ou Le Progrès, puis, pour faire plaisir à tout le monde, fut baptisé Le Courrier du Toggenbourg, lequel publiait toutes les semaines une colonne d'intérêt général, s'occupa de fonder la Confédération, de questions de formation, d'éducation, de confession, milita pour la construction d'une nouvelle église paritaire à Wattwil, fit édifier à ses frais au Bunt une nouvelle école arabo-réformée que ses fils fréquentèrent, mit bientôt et timidement sur le tapis la nécessité d'une extension des voies de communication toggenbourgeoises, mit en discussion les chemins de fer, exigea bientôt avec détermination l'amélioration et la simplification du trafic marchandises et voyageurs, des unions monétaires et tarifaires, voulut savoir le Toggenbourg au plus vite relié au monde, menaça d'installer ailleurs ses lieux de production, rencontra l'approbation des industriels et fonctionnaires, essuya le refus catégorique des entrepreneurs de transports, cochers de diligence, paysans des pentes, bigots, fondamentalistes de la pénitence et de la prière, fut cependant élu chaque année, à une honnête majorité, président de la Société du dimanche et de lecture, fut inspecteur général de l'enseignement, conseiller cantonal, conseiller national, noua amitié avec Alfred Escher, ton père spirituel, Melchior, qui avait suivi les traces de Zwingli et était alors président du conseil cantonal, conseiller à l'éducation, aux églises et aux banques de Zurich et premier président du conseil national de la nouvelle Confédération helvétique.

Abraham II fonda l'association pour la construction du chemin de fer du Toggenbourg, collecta de l'argent, négocia avec Berne et Saint-Gall, ajouta de sa poche peu avant de mourir les derniers cent mille francs qui manquaient.

Abraham III étudia à Cologne les sciences techniques, continua l'entreprise paternelle et épousa la fille de l'ancien compagnon teinturier Heberlein qui, avant de se rendre indépendant, avait un certain temps habité une petite chambre dans la maison Abderhalden. Son frère Kaspar apprit le négoce à Genève, Paris et Londres. Melchior, à côté de gros pouces paysans, avait de longs doigts fins, il hérita de la montre d'argent de son grand-père, se fit remettre sa part d'héritage et fila à Zurich où il logea dans les meilleurs hôtels. En peu de temps il eut mangé tout son avoir, partit pour Winterthour et vivota comme organiste indépendant.

Soixante-trois terrains durent être expropriés, différents tracés étaient en projet.

Abraham III et Kaspar, une fois que le chemin de fer fut construit et que le franc suisse simplifia les transactions commerciales, exportèrent des tissus de couleur jusqu'en Inde, firent fabriquer par des ouvriers à domicile des pagnes (Afrique) et des foulards de tête (Amérique du Sud) payés au mètre.

Quand à plusieurs reprises, Anglais et Français inondèrent le marché de fil à machine et de nouveaux textiles, de couleur et élastiques, Kaspar se jeta sous le train entre Wattwil et Lichtensteig. Abraham III ferma les portes de sa fabrique et la vendit à son beau-frère Heberlein, se sépara de sa femme et émigra au Canada.

Le fils de Melchior, nommé Melchior, devint compositeur, répartit équitablement la semence abderhaldienne parmi les cueilleuses de fruits de Thurgovie, engrossa cantatrices et paysannes sur toute l'étendue du même canton où, depuis, on trouve des doigts longs, épousa à

Frauenfeld une institutrice avec laquelle il engendra un fils, du nom de Melchior, qui devint ton grand-père, travailla trente ans durant à son œuvre musicale qui avait pour titre La Roue et traitait de tout, des questions fondamentales de l'existence humaine, des composantes fondamentales de la nature humaine, des fondements de l'évolution humaine, et dont des extraits furent exécutés peu avant sa mort à l'asile devant les pensionnaires.

Ton grand-père Melchior Abderhalden refit surface au Moyen-Toggenbourg, à l'époque où l'on entreprit la correction de la Thur et la construction de la ligne Lac de Constance-Toggenbourg, donc des tunnels de Ricken et de la Wasserfluh, prétendit avoir légitimement droit à la firme Heberlein, entendit le prouver par une montre d'argent qui portait ciselé au revers le nom de son aïeul, épousa, après avoir été débouté ou dédommagé, la veuve d'un tunnelier qui avait péri dans les travaux du Ricken.

Elle s'appelait Elsa, était fille de paysans, avait les mains rugueuses, ensemble ils tinrent au Bleiken une pension pour travailleurs étrangers.

Selon tes explications qui, la journée de travail terminée, prenaient leur indépendance, ton grand-père ne se serait pas accointé avec Elsa, la paysanne aux mains rêches et au grand cœur, mais avec une Italienne dont le mari avait péri enseveli au cours de travaux de remblai, pour, dès l'achèvement de la ligne Lac de Constance-Toggenbourg, sauter avec elle dans le premier train à destination de Kaltbrunnen, Rapperswil, Arth-Goldau, Milano.

Elsa et Melchior Abderhalden engendrèrent au Bleiken, alors que la pension pour travailleurs étrangers s'était depuis longtemps transformée en gargote, ton père et mon grand-père Melchior Abderhalden. Celui-ci fréquenta sans succès les écoles arabo-réformées de Wattwil, tâta du bâtiment, comme manœuvre chez

Heberlein, finalement, après la disparition de ses parents morts la même année de consomption, se fit aubergiste, mais vendit le bistrot, laissa derrière lui le Moyen-Toggenbourg, trouva du travail à Wildhaus comme maître laboureur.

Le matin, en hiver, quand la nuit avait entassé la neige à hauteur de ventre, il attelait des chevaux, au besoin des vaches, à la charrue, descendait côté vallée du Rhin et disparaissait dans la forêt, mais un soir, quand il réapparut, le visage vermeil, il avait à côté de lui une femme de la vallée du Rhin, qui était également fille d'aubergiste et avait une petite dot.

Ensemble ils achetèrent à Unterwasser une maison flanquée d'une écurie et un camion Saurer, et ouvrirent une pension.

Un soir mon père rentra à la maison, apporta de la neige, un chapeau et un panache suisse.

Peu après je lui dérobai le Temps sous la forme de sa montre d'argent.

J'aurais bien voulu en être

J'aurais bien voulu en être, ce jeudi vingt-trois juin mil huit cent septante, où le ciel se montrait propice, le soleil dardant bénissait à tout rompre, les cloches sonnaient dans toute la vallée, mêlant salut et victoire, où, au milieu des décorations, des ornements, des cris de joie, des mots pompeux, entre des mers de fleurs et de drapeaux, entre des raies tirées au cordeau, des moustaches élégamment torsadées, des favoris, parmi un peuple exalté, franc et méfiant, mais attifé en dimanche, on se chauffait le four, quand à Wil, canton de Saint-Gall, juste en dehors du Toggenbourg, pour la première fois, ce fut le diable et son train.

Chœurs d'hommes, associations du dimanche, sociétés de lecture, sociétés morales ne pouvaient pas manquer. La famille Abderhalden, alcoolisée, s'était mêlée au peuple.

Si j'en avais été, ce jeudi-là, j'aurais volontiers vu quelques petits nuages au ciel serein, j'aurais eu du mal à me retenir, j'aurais suscité du noir, du lourd, de l'indicible, transformé le jour de Jupiter en véritable jour de foudre et de tonnerre, si j'en avais été, en ce jour honoré par confédération et canton, conseillers nationaux, conseillers aux Etats et conseil gouvernemental, en ce jour où charrons, tourneurs, selliers, chapeliers, chantourneurs, lingères, horlogers, vanniers, paysans de la vallée, paysans des pentes, paysans des coins perdus, fabricants de bardeaux, pâtissiers, aiguiseurs de faux, tricoteurs, bonnetières, artistes capillaires se donnèrent rendez-vous, les mains dans les poches ou non, où sous un bleu sans mélange on nourrissait des sentiments mêlés, où industrie et artisanat se pressaient au coude à coude, où différentes opinions s'effaçaient devant la cause commune, ou, spontanément ou non, on entonnait des chants œcuméniques.

Les scribouillards de la presse étaient en effervescence.

L'euphorie fut communiquée par télégramme au monde entier quand le chemin de fer du Toggenbourg, pour la première fois, passant ponts de pierre et ponts métalliques, traversant prairies, forêts, rocs et nagelfluh, assura la liaison avec Ebnat, par Bazenheid, Lütisbourg, Bütschwil, Dietfurt, Lichtensteig, Wattwil, quand la noire locomotive, piaffante de vapeur, entra en gare avec ses wagonnets, quand le curé catholique-romain de Bütschwil salua le train grinçant, sifflant, barattant, presque impossible à freiner, d'un discours bien approprié, prophétisant, avec l'arrivée du chemin de fer, le prompt avènement du bien et l'expulsion accélérée du mal.

Dans toute la Suisse commençait ce temps nouveau qu'on se plaît aujourd'hui à appeler le bon vieux temps, où le progrès, sorti de la maison Krauss & Co. de Münich, fit son entrée à trente ou quarante kilomètres-heure dans la vallée parée comme une fiancée, où la contrée fut raccordée au monde, où les choses, même sans roues, se mirent à tourner rond, où l'on commença à aller droit et à ne plus suivre la Thur et où pratiquement tout entra en effervescence.

Cerfs-volants

Eduard Abderhalden était à l'hôpital et ne voulait voir personne.

« Cancer », disait-on.

« La cigarette. »

« Avec la vie qu'il menait. »

Quand tout de même nous lui rendîmes visite, nous lui apportâmes des fleurs pour lesquelles nos parents avaient longuement fait la queue dans le hall d'entrée, le cancer hantait les lieux.

Près de la fenêtre Ute les met dans le vase.

Le visage d'Eduard n'était plus que pommettes osseuses.

Tête et bras chauves.

Plus de sourcils.

Une chambre individuelle.

« Pas de tamtam », dit-il, « surtout pas de tamtam. »

Melchior et Ute :

« On te fera de la langue de veau, du rôti haché, quand tu sortiras, ou ce que tu voudras, et tu verras, ça ira mieux... »

Mais depuis longtemps Eduard n'avait plus d'appétit.

« Amenez les gosses près du lit. »

Pendant que nous étions assis à côté de lui qui retombait toujours dans l'engourdissement, se secouait, retombait et ainsi de suite, Ute pleurait à la fenêtre à côté des fleurs.

Comme il n'y avait rien à dire, j'étais le mieux placé.

Melchior : « Je vais faire chauffeur de bus. »

Eduard : « Une chance que je me sois pas marié... »

Toi, cela t'avait fait impression, cette retraite furtive par étapes.

« Ça fait mal ? » ta question.

« Non, ça fait plus mal.

La chimiothérapie c'est fini, ils me bourrent de morphine, m'ont rendu toxico.

Et ça ne durera plus très longtemps.

Vous cassez pas la tête. »

Et tranquillement, sans que nos parents puissent entendre, à nous ou à lui-même :

« Pas devenir vieux. »

A l'aveuglette il nous caresse la tête avant que nous ne prenions congé.

Et impérieux :

« Pas chougner... »

Le regard par-dessus nos têtes, destiné aux adultes, mais qui se grava en moi :

Comme au burin.

Et n'avait-il pas eu encore un clin d'œil pour nous deux, une dernière fois, quand l'infirmière du service des tumeurs ferma sans bruit la porte derrière elle ?

Divers parents furent récoltés dans le couloir par le personnel soignant.

Figés, glacés quand nous vîmes papa Melchior pleurer.

Comme s'il avait le rhume.

Tandis que mes condisciples, filles et garçons, fabriquaient des cerfs-volants standard, je bricolai un vrai monstre, un dragon terrestre ou atmosphérique, avec appareil buccal, système digestif et queue hirsute de deux mètres de long, je lui écrivis mon langage sur le poil, le garnis de points d'interrogation.

J'avais des questions à poser aux airs.

L'automne était venu, nous nous rendîmes en colonnes par deux au terrain de football, il fallut m'aider pour le transport.

De la ficelle, j'en avais apporté en suffisance, fil à pêche, fil nylon, des centaines de mètres.

Automne.

Le vent au rendez-vous.

Il emporte gentiment vos bricoles, mais le cœur n'y est pas.

Vents bruns, gris.

Etouffés.

Qu'est-ce qu'ils me disent ?

C'est de moi qu'ils me parlent.

Suis comme sourd.

Le froid dans le dos.

Plus qu'un frisson.

Electricité.

Tension.

Octobre.

Les arbres sur le chemin de la Thur, vieillis.

Les feuilles : chuchotantes.

La Thur : chuchotante.

Mon engin décolle tout seul, monte, jette de l'ombre dans la lumière changeante.

Monte et monte.

Mises en garde avalées par le vent.

Il monte, monte, je donne de la ficelle, donne, donne.

Le vent soutient mes harcèlements.

Cette indicible mixture là-haut, crachouille et cramouille.

Un corridor s'ouvre, la ligne de partage, le vagin tempérique, une cheminée de beau temps où mon dragon s'engouffre.

Il monte, monte, de la ficelle, de la ficelle.

Au-dessus, du bleu.

Du bleu doré.

Ça brille.

De la ficelle, de la ficelle.

Presque intenable.

Cette traction.

Puis chats et poissons tombent du ciel.

Puis chaussures de gymnastique tombent du ciel, revers de bottes, culottes de soie.

Les premiers nuages crèvent.

Grosses gouttes grasses, cambouis.

Yeux et oreilles tombent du ciel.

Plumages.

De la ficelle, de la ficelle.

Je veux plus haut, je veux plus loin, je veux plus.

Mettais le paquet.

Me heurtai en haut.

Ça n'allait pas plus loin.

Fourgonnai là-haut.

Y allai tant que je pouvais.

Qu'adviendra-t-il de moi ?

Par où dois-je passer ?

Dois-je le dire ?

Alors tu pousses un cri :
« Attention.
La foudre. »
En effet.

Suis branché.
Volté à vif.
La foudre le long de la ficelle.
La réponse.
Frappé.
Me mords la langue avec des chicots de dents de lait.
Bec cloué.
Comme foudroyé je me coupai la langue avec les dents.
Lâchai.
Laissai aller.
Saignais, saignais.
Puis le tonnerre, le tonnerre.
De la ficelle, de la ficelle.
Le tonnerre, le tonnerre.

Revins à moi un jeudi à l'hôpital.
La tête bandée.
Pansement dans la bouche.
Pansé entre les jambes.
Le vagin tempérique forcé.
Alors je sus que je n'avais rien à raconter, c'est alors qu'on m'abandonna, on abandonna l'espoir.
Au moins on me laissa en paix :
« Il s'est coupé la langue, c'est pour ça qu'il ne parle pas. Pour écrire, ça va à peu près. »
Je restai en rade.
N'étais plus dans le coup quand vous parliez.
De films par exemple.
Je ne pouvais plus dire mon mot.

Mais toi, tu n'étais plus dans le coup avec les autres.

Tu commenças à être pressé, et ainsi de suite.

Le plus clair se fana dans les années qui suivirent, quand le soleil régna sans partage, ce fut août, le temps allait plus vite, je poussai en hauteur, m'étirai en longueur, tu sautas une classe, l'école secondaire, le lycée, et ainsi de suite.

Tu étais vraiment pressé.

Bombes

Grand-mère restait jour et nuit assise à côté d'Eduard qui n'avait que la peau sur les os et n'était presque plus conscient.

Priait.

Deux heures à peine après qu'Eduard fut mort, elle mourut de chagrin. Les médecins ne croyaient pas à ce chagrin, ils la firent autopsier, et qu'est-ce qu'on trouva, Freitag :

Le cancer.

La mort arriva par téléphone.
Papa était devant la télévision.
Maman ne tricotait plus.

Les cloches.
Noires, bombastiques, imposantes.
Prenant de grands élans, requérantes, impératives.
Autorité.
Escorte.

Peng : ces glapissements, ces pleurs, déchirants, point sans ressemblance, Freitag, avec les pleurs de tes premières années.

Pluie noire, filandreuse, visqueuse.

Parapluies noirs.

Toi habillé en écolier modèle.

Ute tout en noir.

Melchior, bien qu'il plût noir, portait ses lunettes de soleil qu'en qualité de chauffeur de bus il ne quittait pas et appelait lunettes de pilote.

Nous allâmes directement à la morgue, Hembergerstrasse, en passant devant l'église.

Peng au bout d'une longue laisse qu'il laissait traîner.

Toi devant moi.

Ce fut alors, je crois, que je vis le coq-girouette s'envoler et plonger dans les noires nuées sonores.

Regards mouillés, pluvieux, posés sur nous quand, passant devant le village – on faisait la haie des deux côtés –, nous nous rendîmes en bon ordre à la morgue, Melchior en tête.

Râclements de gorge.

Le conseil municipal.

Le club de football.

La communauté chrischona.

L'harmonie municipale.

L'association mycologique.

Le corps des pompiers bénévoles.

Le secrétaire de mairie.

La majorité silencieuse des automobilistes, spectateurs de télévision, amateurs de sport, survoleurs de quotidiens.

Le club de ski.

Le corps enseignant.

La banque cantonale.

Le restaurant Toggenbourg.

Le Soleil.

Le Jakobshof.

Le Schützenhaus.

Comme la pluie passait toutes les bornes, que déjà le ruisseau débordait et que la Thur menaçait de faire un malheur, les pompiers, après avoir défilé en uniforme devant les deux cadavres, se retirèrent sobrement et sans offenser l'affliction générale.

Quand les cloches eurent fini leur bombardement, on n'entendit plus que la pluie et les glapissements de Peng.

Bien des gens trouvaient cela triste.

On sanglotait.

Ta mère faisait bonne contenance, ton père se montrait vaillant.

Serrements de mains: « Mes condoléances, nos condoléances », caresses sur nos têtes.

Diverses personnes, dont des tantes, voulurent nous prendre par la main.

Mais nous deux, nous voulions voir deux cadavres.

Juste avant que les deux cercueils ne soient cloués et emportés sur les épaules des gymnastes, nous nous glissâmes à l'intérieur de la morgue.

Grand-mère morte de chagrin.

Le chignon noué avec un soin qu'on pourrait dire religieux.

Les mains arrangées avec un soin qu'on pourrait dire religieux.

Eduard consumé.

Tu voulus absolument toucher le corps d'Eduard et il me sembla qu'au contact tu tressaillis:

La hâte avait passé en toi.

Alors je vois, et je ne sais si tu le vis aussi, Freitag, ça grouillait dans les cercueils, ça dégrouillait des cercueils, le sol de la morgue était plein de ce grouillement, ça sortait aussi des fentes des murs, et quand nous fûmes de nouveau dehors, je vis que le grouillement sourdait aussi de la bouche d'égout et des puits ouverts, dévalait les pentes, descendait des forêts, sortait des portières et des coffres de voitures ouverts, tandis que tombait une pluie noire, visqueuse, ça grouillait autour de chaussures noires, et se pouvait-il que personne ne l'entendît, ce crissement, ces soupirs jaunes et suintants, quand le cortège funèbre, gymnastes et pasteur en tête, se fraya un passage à travers le grouillement, piétina le grouillement fouisseur et fossoyeur, le grouillement aux yeux en tête d'épingle, le grouillement sans paupières, le grouillement cuirassé de velours, le grouillement gauchement cylindrique, foula aux pieds ces crissements d'ailes atrophiées.

Les deux cercueils furent descendus à la mécanique, les marronniers du cimetière s'inclinèrent mélancoliquement devant le destin, on nous tendit des bouquets de fleurs que nous jetâmes dans les tombes.

Aussi sur les cercueils:

Cancer.

Crabes de terre.

Nous sous les parapluies, le pasteur avec quelques paroles:

«Tout a son temps, la vie a son temps, l'amour a son temps, la souffrance a son temps, la mort a son temps, tout a son temps.»

Deux croix de bois abondamment couronnées:

«Johanna Abderhalden, 1909-1979»

«Eduard Abderhalden, 1935-1979»

«C'était un bon gymnaste», disait-on.

«Il a toujours été correct.

Jamais il ne s'est fait avoir, même un verre dans le nez.

Il était foncièrement honnête.

Il était bien avec tout le monde.

Au yass il nous battait tous.

Il savait par cœur toutes les cartes qui sortaient.

Pour calculer de tête y en avait pas deux comme lui.

On s'est toujours amusé avec lui, toujours.

Il était toujours le dernier à rentrer.

Tout le monde le connaissait.

On pouvait toujours s'adresser à lui, pour n'importe quoi.

C'est toujours ceux qu'y faudrait pas qui s'en vont. »

Et : « C'était une brave femme, et pieuse. »

Puis Peng échappa aux tantes, sauta dans la fosse et, du fond, commença ses hurlements de loup.

Les gymnastes durent soutenir nos parents. Le ruisseau coulait devant l'église, coulait autour des chevilles de l'assistance et dans les tombes, n'apportait pas que de l'eau sale, mais aussi des branches, des brindilles, des graviers, des gadins, du nagelfluh.

Peng dans la boue.

Nous gelions.

Pluie incessante, pluie acide, pluie amère.

Puis la parentèle s'enfonça et dut être évacuée par le club de gymnastique.

Le pasteur soutenu par ses acolytes.

Sur un ordre venu d'on ne sait où, les cloches – avant que ne bascule le fier clocher découronné de son coq – se remirent en branle, auraient dû chasser un grand vilain temps, ne firent qu'inciter un grand vilain temps à se faire encore plus grand et plus vilain.

Bombes.

Les derniers jours du village.

Divers bistrots, boutiques, des rues entières furent sinistrés et jamais plus reconstruits.

Notre maison aussi fut touchée.

La Thur transportait des troncs d'arbres jusqu'à la rue de la Gare.

Cratères.

Boue, sourde et lourde.

Nous n'allâmes pas à l'église, une tante nous ramena à la maison avec Peng.

Après le service funèbre, le repas de funérailles au Toggenbourg qui se termina en beuverie.

Le village sous la table.

«Il l'aurait voulu comme ça», put-on entendre longtemps après et aujourd'hui on parle encore de toi, Eduard, tu as ouvert des portes à tout le monde, tu as été le premier à partir par les portes ouvertes.

Mais la pluie ne voulait plus cesser, le bon vieux temps nous inondait une dernière fois, mais personne ne survécut dans cette mer de bon vieux temps.

Affaire de point de vue

Masses d'eau, masses d'eau, des masses d'eau qui recouvriront tous les Toggenbourgs, des vents qui veulent ma peau fouettent les nuages que je cultive non sans mal dans mon estomac, les poussent vers le Ricken et par-dessus le mur, les ruisseaux s'enfleront en un seul fleuve puissant, le Toggenbourg est terre de fleuve, terre de pluie, le Toggenbourg est terre alluviale, Freitag, notion flottante:

Pure affaire de point de vue.

Vu de Saint-Gall, le Toggenbourg se compose de quatre districts:

Le Bas-Toggenbourg, le Vieux-Toggenbourg, le Nouveau-Toggenbourg, le Haut-Toggenbourg.

Vu d'au-delà du Ricken, le Toggenbourg est généralement considéré comme la vallée de la Thur.

La vallée de la Thur est la vallée principale.

Vu de la table, le Toggenbourg se situe entre l'Afrique et l'Amérique.

Vu du Haut-Toggenbourg, le Toggenbourg s'arrête au plus tard après Lichtensteig.

Vu de la vallée de la Thur, le Toggenbourg ne comprend que la vallée de la Thur.

Vu de la vallée du Necker, le Toggenbourg s'étend entre le monde de collines paritaires qui (vues de la vallée de la Thur), s'élançant sans discontinuer vers le levant, s'étirant sans discontinuer vers l'orient, faisant le gros dos, se cabrant, passant les limites de l'imagination, capricieusement tachetées de forêts ou empâturées, habitées jusque dans les recoins les plus reculés, dégringolant côté ombre par Krummbach et Heiterswil dans la vallée du Necker, monde qui autrefois, au monastère de Saint-Gall, fut désigné comme un monde contenant tous les mondes étant donné que celui qui le traverse voit s'ouvrir monde après monde, car c'était une contrée qui avait pris des formes inexprimablement multiples, avait présenté, après qu'Alamans et chrétiens eurent taillé à coups de hache leurs conceptions du monde dans la forêt, divers petits mondes clos sur eux-mêmes où tous les caprices de la nature humaine pouvaient trouver leur niche, où tout excès de la nature humaine pouvait se sentir chez soi, se charpenter un chez-soi, le côté soleil de la nature humaine se trouvait côté soleil du monde de collines de la vallée de la Thur, le côté ombre de la nature humaine s'établissait côté ombre du monde de collines de la vallée de la Thur, ou inversement, vu de la vallée du Necker, le Toggenbourg s'étend entre le monde de collines paritaires du côté oriental de la vallée de la Thur, lequel, vu à grosses tranches, n'est qu'un seul bloc, parcouru autrefois par des pieds de pélerins venant du Ricken, aujourd'hui traversé de cols, de routes cantonales, de routes communales qui bien évidemment ne suivent plus l'ancien tracé de chemins et de haies, mais furent en partie percés dans le grès et le nagelfluh, ce pourquoi beaucoup de vieilles maisons ne se trouvent plus au bord de la route, ce pourquoi le vieux filigrane des lieux-dits ne correspond plus à la réalité, car, pensé du point de vue de l'auto, tout paysage se voit attribuer de nouvelles mesures, un monde en effet qui représentait un quart d'heure pour le piéton et méritait donc un nom à soi, l'automobiliste le traverse en quelques secondes, le Toggenbourg s'est formé quand on allait à pied, tandis que le canton de Saint-Gall et la Suisse sont gouvernés à partir de l'automobile, Melchior, vu de la vallée du Necker, le Toggenbourg s'étend au milieu du monde paritaire des collines à l'est de la vallée de la Thur et du monde réformé des collines du demi-canton Appenzell-Rhodes-Extérieures, en partie encore au milieu du monde strictement catholique de montagnes et collines qui s'élève en sautillant jusqu'à l'Alpstein et forme le demi-canton Appenzell-Rhodes-Intérieures, comprend donc uniquement la vallée solitaire du Necker qui en partie prend sa source en pays appenzellois, se ronge, après le petit village ensoleillé de Hemberg, toujours sous influence appenzelloise, un défilé effilé, une gorge gouffre, puis, plus en aval, se ressaisit, transportant l'influence appenzelloise dans la vallée moyenne, s'engage, calme et soigné, dans la plaine étroite aux légers renflements qui, entretenue avec beaucoup de sentiment par l'industrie textile de Suisse orientale, autrefois florissante dans les vallées fluviales mais aujourd'hui presque complètement éteinte, est bien négligée par l'industrie moderne, qui donc aujourd'hui présente un peuplement clairsemé et frappe par ses constructions du siècle dernier, avant-dernier et avant-avant-dernier, où, le long de la rivière s'élèvent d'admirables maisons de bois, toutes construites en madriers horizontaux, aux caves et fondations de pierre, autrefois les chemins de pélerinage avaient aussi passé par la vallée du Necker, la ville de Saint-Gall n'était qu'à un jour de marche, le long de ces chemins se sont élevés des maisons jumelles, des maisons-tours, des auberges, des asiles pour pélerins, à part cela des maisons paysannes, on dit que d'innombrables petits charpentiers, gens simples venus d'Allemagne du Sud et du Vorarlberg y auraient travaillé, mes chéris, les caves voûtées indiquent une certaine aisance et permettent de supposer que plus d'un fondement remonte même au Moyen-Age, l'influence de l'orgueilleuse indépendance appenzelloise, du noble entêtement appenzellois se reconnaît dans mainte construction, sur mainte façade dans la vallée du Necker, certaines maisons présentent un visage peint, décoré, mais souvent copié sans trop de goût, un visage qui, me semble-t-il, accroche l'œil en coulisse de l'automobiliste couratier, capte le regard automobiliste du dimanche, il serait temps d'entreprendre des études sur les décalages du goût chez les automobilistes, suite au raccourcissement du temps de perception et à une dose accrue d'impressions visuelles,

alors que la maison toggenbourgeoise typique, si tant est que l'on puisse parler de maison toggenbourgeoise typique, est une maison plus pauvre, plus pauvresse, plus simple, plus retirée et plutôt humble qui présente au soleil un visage sans fard, en reçoit un hâle naturel, alors que la maison toggenbourgeoise montre souvent à nu des constructions en madriers, a une peau honnête, les propriétaires aisés pouvaient s'offrir un revêtement, autrefois de bardeaux, aujourd'hui d'éternit,

alors que la maison toggenbourgeoise, à l'instar de la maison des cantons primitifs, protège ses rangées de fenêtres par des auvents,

alors que la maison toggenbourgeoise habillait le monde entier: y compris le dieu étranger, les vents et marées, le pays et les gens,

alors que la maison toggenbourgeoise est orientée sur le soleil et la lune et a un côté exposé aux intempéries, alors que dans la maison toggenbourgeoise se reflètent les harmonies cosmiques,

alors que la maison toggenbourgeoise se reflète dans l'ordre cosmique,

alors que la maison toggenbourgeoise, intimement liée au paysage, est faite de bois, lequel provient du voisinage immédiat, pas d'acajou en tout cas,

alors que la maison toggenbourgeoise était entretenue plus mal que bien parce que l'étable avait priorité,

alors que la maison toggenbourgeoise perd la face devant une étable subventionnée et helvétiquement normalisée, correspondant aux prescriptions d'hygiène les plus modernes,

alors que la maison toggenbourgeoise n'est souvent pas raccordée au tout-à-l'égout,

alors que depuis peu l'antenne parabolique fait partie de la maison toggenbourgeoise, jusqu'à quarante émetteurs en altitude,

alors que le chien fait partie de la maison toggenbourgeoise,

alors que les chiens dispersés dans le paysage entretiennent un système d'alarme, aboyant de maison à maison, mes chéris,

alors que la maison toggenbourgeoise, au sens le plus large, est une maison étrusque,

dans la vallée du Necker les formes de la maison toggenbourgeoise et de la maison appenzelloise se recoupent et se mélangent, se fondent en un type de maison autonome; les deux maisons, en général, furent bâties sur la base des nouvelles ressources procurées par le filage à domicile, le bobinage à domicile, le tissage à domicile à l'apogée de la production textile de Suisse orientale qui, jusqu'au milieu du dix-neuvième siècle n'était pas une industrie à proprement parler, mais vivait du travail à domicile, lequel pouvait occuper des régions entières, grâce auquel tout un chacun pouvait construire, même dans les fonds de vallée les plus reculés, à l'époque où la cave à tisser était la seule base de l'existence, ce qui explique l'autonomie culturelle de l'époque ; les deux maisons, la toggenbourgeoise comme l'appenzelloise, portent en elles les traits stylistiques d'autres formes de maisons, de la maison des cantons primitifs et de la maison du Vorarlberg, mais aussi de la maison de ville, il y a deux cent cinquante ans, mes chers parents, le poids du monde était tout autrement réparti qu'aujourd'hui, la vallée du Rhin et le Vorarlberg étaient des mondes cousins du Toggenbourg et tournés vers lui, alors qu'aujourd'hui, Freitag, l'Afrique, l'Amérique, le Japon sont à bien des égards plus proches du Toggenbourg que le pays d'Appenzell et l'Autriche occidentale ; dans la vallée du Necker les formes de la maison toggenbourgeoise et de la maison appenzelloise se confondaient en une forme bien à soi, un créneau mixte, et ceci bien que Toggenbourgeois et Appenzellois – naturellement il faudrait distinguer plus finement entre les habitants des Rhodes-Intérieures strictement catholiques-romains et ceux, autrefois strictement arabo-réformés, aujourd'hui paritaires, des Rhodes-Extérieures – malgré la ressemblance de leur naturel et tout ce qu'il y a de comparable dans leurs conditions de vie, se fussent toujours évités, ce sont des races fondamentalement différentes, pour ne pas dire opposées, certes les différences sont de détail, certes il faudrait évoquer la ressemblance de leur parler – les deux langues sont taillées, disons : dans le même bois de sapin, de hêtre, de chêne – certes il faudrait signaler l'analogie des registres, car les deux races parlent en modes, les Appenzellois plus en roublards modes majeurs, tandis que les Toggenbourgeois sont gens du mineur : verts accords en mineur glissant jusqu'au vert sombre le plus lourd; certes il faudrait souligner la ressemblance de leurs modes de locomotion, les deux races ne se déplaçant plus à pied, mais en Yamaha et Subaru, cependant les Appenzellois jouirent de bonne heure de privilèges, surent se battre pour l'indépendance, alors que jusqu'à ce jour le Toggenbourg se trouve dans la sphère d'intérêts d'autres puissances, les Appenzellois prétendent que le canton de Saint-Gall, cousu de pièces et de morceaux par Paris autour du pays d'Appenzell il y a presque deux cents ans, est une bouse de vache où le pays d'Appenzell reluit comme une pièce de cinq francs; par là les Toggenbourgeois se voient fourrés dans le même sac que les Saint-Gallois, les pères de tes pères, Melchior qui n'ont jamais digéré que le Libre Etat du Toggenbourg qu'ils avaient créé, leur fût repris, juste avant que le Françouillon ne vînt tout culbuter; je les entends sourdement murmurer à mon oreille que le canton de Saint-Gall est une bouse de vache avec une pièce de cinq francs, mais qu'à côté il y a un écu d'or: le Toggenbourg, les Toggenbourgeois de vieille souche prétendent que les Appenzellois aiment mieux leurs vaches que leurs enfants, c'est pourquoi ils auraient annexé l'étable à la maison, certes il faudrait signaler la commune situation de base dans laquelle se trouvent les deux races, car en fait tous deux n'existent plus depuis longtemps, en fait ce sont des races éteintes, les Toggenbourgeois comme les Appenzellois, tous câblés, les Rhètes, mes chéris, furent les premiers à avoir sérieusement colonisé l'actuelle Suisse orientale, on suppose que, de l'actuelle Albanie, ils ont poussé jusqu'au monde alpin d'Europe Centrale, ils ne laissèrent de côté que la moyenne vallée de la Thur, ce qui fait que, quand les Rhètes furent romanisés, tout le pays alentour fut romanisé, mais point la moyenne vallée de la Thur, dans la vallée de la Thur les

Alamans tombèrent sur une terre vierge, dans la vallée de la Thur l'alémanique ne rencontra aucune résistance, ne fut pas empoissé d'accents du moyen-pays: sons rauques, gutturaux, brisés qui, ravivés à l'étrusque, s'adaptèrent avec le temps au terrain et se transformèrent en chant et tonalité, car il y avait autrefois une contrée qui n'était qu'une seule caisse de résonance; les comtes de Tockenburg imposèrent l'alémanique comme langue administrative dans leurs domaines, sans parler de l'influence étrusque sur le Toggenbourg, sans parler de l'influence étrusque sur les Rhètes et les Rhétoromans, on savait qu'on trouvait dans l'ancienne Rhétie des armes étrusques – s'agissait-il seulement d'objets volés? Les spécialistes en disputent encore aujourd'hui – en tout cas les trouvailles que j'ai faites au bord du ruisseau entre pleurottes à goulotte, girolles à vérole, oronges-sale-tronche, bolets-potron-minet, amanite tue-mouches remontent incontestablement aux Etrusques, à leur savoir, à leur raffinement, à leur délicatesse: parures d'or d'une finesse inexplicable, d'une petitesse inhumaine, d'un travail raffiné, minuscules perles d'or et d'argent, à peine visibles à l'œil nu, dont la fabrication demeure aussi énigmatique que celle des poteries noires, coupes, vases, pots, le pot noir dans lequel farfote la soupe tempérique, par exemple, même la technologie moderne ne peut rien produire de comparable, les Etrusques ne proposent que des énigmes, je suis pour vous une énigme, Ute, Melchior, je suis bâtard, il y a de tout en moi, rien de sans mélange, je ne suis pas un vrai Suisse, je suis de la graine de temps, je suis fleuve, en étroit rapport avec le passé, le passager, ce qu'on ne peut pas ne pas entendre, mes chéris, vu de la vallée du Necker, le Toggenbourg recouvre uniquement la vallée solitaire du Necker, lequel bientôt festonne son cours fort proprement à travers des fermes isolées avec ou sans étable subventionnée, festonne son cours au milieu d'un habitat dispersé, sans industrie ou presque, ou alors morte et romantiquement envahie de végétation, festonne son cours à travers un artisanat vigoureux, scieries, menuiseries, charpenteries, à travers des piles de planches, des tas de planches, des baraques de planches, festonne son cours devant des maisons individuelles et quelques rares colliers de maisons Biedermeier, festonne entre de petits bâtiments polyvalents et de petits centres scolaires, festonne sous des ponts de bois, sous des arches de fer, festonne devant des villages de caravanes, des résidences secondaires çà et là, peu de blocs sur ses rives, et toujours à l'ombre, il y a, dans la vallée du Necker, deux gares de la ligne Lac de Constance-Toggenbourg, mais les rapides passent en trombe à Mogelsberg et Brunnadern avant de disparaître dans le tunnel de la Wasserfluh, Ute, tu traversas en trombe la vallée du Necker, je ne sais où ton regard se perdit dans la vallée du Necker tandis que tu étais assise dans le compartiment de deuxième classe, sans doute regardais-tu fixement devant toi quand le train disparut dans le tunnel, et ce sont aussi les seuls bruits qu'on entend dans la vallée du Necker, on entend rarement le chemin de fer, on entend la route cantonale de Saint-Gall qui, descendant de la Wasserfluh, traverse la vallée du Necker, sinon on entend l'herbe pousser, on entend les sapins se taire, on entend l'air qui se tait, je sais voir entre l'air, on entend la majorité silencieuse qui se tait, on entend le soir bienveillant frayer avec le silence, on entend le Necker qui alimente infatigablement son pays silencieux, pays qui, comme je l'ai dit, de certains points de vue, est tout aussi bien appelé Toggenbourg que la vallée de la Thur, infatigablement le Necker alimente son pays qui compte parmi les plus beaux pays du monde, festonne son cours sous des rochers, se ferme au présent quel qu'il soit et bientôt, un peu plus en aval, près de Lütisbourg, avant le vieux pont de bois, se jette dans la Thur.

La Thur se jette dans le Rhin.

4

Aube, matinée et un peu au-delà

Dans le palais de verre

Il y a de l'eau à la cave, du bon vieux temps en plus du présent, j'étais soumis aux influences les plus diverses, alors une pensée me traversa :

Le chapeau.

J'avais failli oublier le chapeau.

Sortir.

Suivre mes traces, les seules traces dans la neige maintenant rougie, traverser la rue principale, prendre la Langstrasse, arriver aux voies ferrées, traverser les voies pour atteindre la gare, c'était urgent.

Le ciel en papier de soie.

Rose.

Parfum de fleurs fraîches.

Vibrations, froufrou ou doux crépitement, dans l'air flottaient des particules lumineuses, petites idées, encore mal mûres, noyaux de pensées, poussière lumineuse qui se prenait dans mes cheveux, se collait à mon blouson.

Pollen.

Proche, proche à la toucher, grosse de pressentiments, et rouge seulement de pudeur :

l'aube.

Elle semblait avoir son origine à l'intérieur de la gare.

Des pétales immenses, mais anémiques, enclosaient le

bâtiment de la gare, j'essayai de trouver une entrée, rencontrai peu d'ouverture.

Vulnérabilité.

Rosée.

Je secouai la tête, du pollen tomba de ma crêpelure, des pétales remuèrent, se fortifièrent à vue d'œil, se gonflèrent de sève et dégagèrent devant moi une ouverture.

Je pénétrai dans un fruit.

Dedans bourdonnement solennel, tension.

Lueurs vacillantes dans l'air.

Etait-ce de l'électricité ?

Eus le courage de descendre dans les profondeurs par du provisoire.

Allai chercher le chapeau mis au ban.

Sa force s'était affaiblie.

Il ne jetait plus qu'une lueur falote et languissante.

Mais au moment où je m'en coiffe, du singulier se produit :

Jaillissement d'étincelles, amadou dans l'air.

Lumière qui s'allume.

Je me hâte de remonter.

La Wannersche Halle.

Alors je vois :

C'est le soleil.

Sais-tu, Melchior, où le soleil se lève à Zurich ?

Personne ne le sait sauf nous deux : le soleil dort bel et bien dans la gare principale, dans la Wannersche Halle.

Il est couché tout nu.

Peinard et en veilleuse.

Le voilà qui s'éveille.

Il y met le temps, il prend de la température, s'enfièvre doucement, déploie petits bras, petites jambes, petits doigts, allume de petits couteaux, darde des languettes, commence à rayonner: un rayonnement frais, bien moral. L'interrègne rougit, la nuit grisaille, l'air devient rouge, luit, vibre de temps en temps, la nuit montre un visage, ferme ses mille oreilles blanches, l'air flotte rouge et tremblote, la nuit cligne de l'œil et crevote. Le soleil s'enflamme, le soleil flambe, la langue me brûle, le soleil lèche des murs échafaudés: alors un singulier clignotement court vers le haut du mur, sautille, traverse le plafond, décrit un arc, crée du verre. Tout se met instantanément à tinter, les intervalles sont mesurés, un son clair, unanime, rectiligne envahit l'espace, emplit tout le bâtiment d'espoir, parce que de perspective.

Ut majeur, pur.

Le soleil transforme la gare principale en palais de lumière.

On peut voir à travers ce qui est donné.

On pouvait voir l'ensemble des constructions.

Le bâti, le non bâti.
Plans.

Suis au musée de lumière.

Etais chantier.
Etais palais de verre.
Voyais tout.

Le chapeau était dans son élément, appariait information et lumière, illuminait le musée de lumière comme un projecteur, me faisait traverser les Temps, ramenait au jour du Temps mort:

Exposées, les choses commencèrent à parler pour elles.

Le nouveau centre ferroviaire de Zurich dont la Wannersche Halle est le milieu, marque le nouveau centre-ville. Dans ce nouveau centre ferroviaire de Zurich, l'ancienne vieille dame, morte de mauvaise vie, est entièrement vidée, embaumée, maquillée et empaillée. Dans le nouveau centre ferroviaire de Zurich la vieille dame retrouvera du mordant: on lui collera des dents en or et des yeux de verre, on lui ravalera la façade, elle fera bien la grimace et offrira de nouveaux espaces sous son squelette.

Dans le nouveau centre-ville des mesures spéciales devront être prises pour les renseignements, l'orientation et l'information. Le nouveau centre-ville exige une conception de l'information totalement nouvelle. Outre l'activité normale il y a en général trois cas où les voyageurs dans le nouveau centre-ville veulent être informés: retards, changements de voies, correspondances risquées. Le nouveau centre-ville ne pourra plus employer de préposés à l'information mobiles, parce qu'ils sont difficiles à câbler. Les préposés à l'information sont priés de se renseigner sans tarder sur les possibilités qui s'offrent à eux. Les préposés à l'information sont priés de se présenter au bureau central de la direction. Le bureau central de la direction peut par radio atteindre n'importe quelle locomotive et, en cas d'urgence, également les espaces-voyageurs. Les préposés à l'information sont exhortés à entrer toute leur capacité de mémoire dans le système central avant de rendre leur chapeau. Le nouveau centre ferroviaire s'élève dans le nouveau centre de Zurich. Le nouveau centre de Zurich est chantier. Le nouveau centre ferroviaire est au centre du Temps. Le nouveau centre du Temps est au centre de Zurich. Au centre de toute action humaine il y a en fin de compte le besoin de survivre.

J'étais donc à la gare principale, au centre du Temps, le soleil se levait à grand fracas et se transférait en se jouant du dedans au dehors.

Là s'étendait la ville qui commençait à ouvrir un œil.

Depuis que Zwingli a mis le pied à Zurich, Zurich s'éveille aux aurores.

Il n'y a pas de ville qui s'éveille plus tôt.

Zurich est la plus ambitieuse et la plus riche des villes arabo-réformées, les villes arabo-réformées se rencontrent dans l'hémisphère nord.

Flux et superflux
(avec les compliments de Zwingli et Escher)

Ce matin, mes chéris, peu après l'éveil du soleil, le bon vieux Zwingli descendit de son monument devant la Wasserkirche, l'église-du-bord-de-l'eau.

D'un revers de main il chassa poussière et autre particules de son vêtement, alluma la lanterne posée derrière le socle avec sa langue-flamme, tira l'épée et partit accomplir sa mission.

Lourdement chaussé, il campina le long de la Limmat, se fraya un passage à coup d'épée, estoqua râles et puanteurs, sépara inlassablement illusions et vérité et entonna vivement d'une voix claire et nette :

« Eveille-toi, chrétienté,
le jour point,
le soleil se lève,
le monde est prêt à l'action. »

Pas une âme sur le quai de la Limmat, sporadiquement balayé par le cône lumineux de phares automobiles : mais les chauffeurs de taxis connaissent la mission secrète de Zwingli, la respectent, le saluent avec compréhension, font des appels de phares, le laissent à son affaire. Zwingli explore avec sa lanterne le Central désert, brandit son arme véhémente, ne trouve rien de choquant, passe le pont désert, la Limmat agitée, irritée, crépelée, mais Zwingli n'y fait pas plus attention que cela, continue sa route vers la place de la gare sabrée de rues, de rails de trams et de sa prétention à la vérité. Devant le portail de la gare Zwingli tombe sur l'autre grand personnage de la ville : imposant, joufflu, drapé de dignité, appuyé sur la légalité, Alfred Escher se dresse sur un grand socle solide à plusieurs degrés ; Alfred Escher, premier roi de la Suisse moderne, descendant de Zwingli, prédécesseur de mon père Melchior, inventeur des chemins de fer et des grandes banques privées, immortel vainqueur du Gothard d'où les eaux se déversent dans toutes les quatre mers du monde : à son pas de parade succombèrent le Rhin, l'Inn, la Reuss et le Tessin.

A ses pieds, un petit jeu d'eau, qui représente le flux monétaire, dont Escher peut être considéré comme le grand canalisateur. Des deux côtés du socle, deux roquets-dragons, deux sous-chiens, crachent de l'eau gros comme le poing, alimentent de leurs grandes gueules deux bassins en coquille, qui débordent et indiquent que la mesure est comble :

L'abondance filamente au vent, il y a en Suisse de l'eau en abondance, la Suisse a l'eau la plus propre d'Europe, la Suisse dispose des meilleures stations d'épuration du monde et demande plus de fluidité dans le flot du trafic, il y a en Suisse des garages en abondance, des antennes en abondance, la Suisse est le château d'eau de l'Europe, en Suisse la plupart des centres villageois n'ont conflué en un tout homogène qu'au dix-neuvième siècle, en Suisse confluent Finlande et Sicile, France et Hongrie, en Suisse les voix des citoyens bien abreuvés dégoulinent de satiété, en Suisse le fromage tire les fils des subventions, la Suisse, avec toute son abondance, a deux étages de caves, à toute cette abondance s'ajoute en Suisse le flot des larmes, en Suisse les campagnes versent des ruisseaux de larmes. Je saurais vous parler d'une contrée où l'on pourrait prendre les gouttes de rosée pour des larmes, je connais des contrées où les maisons ont fraternisé avec le paysage, je pourrais vous en dire long sur une contrée devenue subaquatique, où il pousse aux gens palmures et branchies, je ne suis ni grenouille ni poisson, car la mesure est comble, l'eau déborde, filamente au vent, se rassemble au pied du socle en un bassin peu profond. Les pigeons s'y baignent.

Le voilà donc, Alfred Escher, coulé dans l'attitude de celui qui voit loin, mûri, verdi, depuis peu attaqué par les oxydes, il regarde crânement le progrès dans les yeux et pourrait bien avoir eu en vue la Bahnhofstrasse qui s'ouvre de bonne grâce à son regard perçant:

Ce fut lui qui, par la construction de la ligne secondaire Zurich-Zoug, relia la ville à l'axe Nord-Sud et plaça Zurich au cœur de l'Europe.

Les pigeons lui nichent dans l'oreille, couvent dans son gousset.

La Bahnhofstrasse déserte.

Les prix explosent à petit bruit dans la Bahnhofstrasse, elle lance des bras latéraux dans les zones adjacentes, dans le sous-sol on perçoit les booms sourds des prix, même aujourd'hui, dimanche matin, je les entends forer sans cesse, subtilement, ces boutefeux primés de la Bahnhofstrasse.

Zurich a une position centrale.

Le voilà donc, l'homme qui contribua de façon déterminante à ce que Zurich surpasse économiquement toutes les autres villes suisses.

Les pigeons fientent dessus.

« Eveille-toi, chrétienté… », entend-on devant la gare.

Le premier rayon le frappe, voilà Escher qui s'éveille, se décontenance, s'agenouille, un homme malade, au bout du rouleau.

Secoué par la toux.

Le bon vieux Zwingli se hisse sur le bord du bassin, tend la main à Escher, tous deux se bonjourent et échangent quelques mots.

Sur le temps qu'il fait.

L'habituel.

Ça s'améliore, c'est déjà mieux, toujours mieux.

Escher regagne son Olympe.

Mais Zwingli continue sa route.

Car cela continue, toujours et toujours et ainsi de suite.

Le jour point.

Irrésistible.

Comment le faiseur de temps but une heure de matin

Il se passe de l'indicible, ce matin, dans la gare principale de Zurich, quand le soleil s'apprête à se lever.

L'heure passe de l'hiver à l'été.

Je grimpai sur le toit – la gare tenant porte close –

par des échafaudages, poutrelles et entretoises, m'élançai jusqu'aux horloges, passai la main à travers le verre et, l'une après l'autre, les avançai d'une heure.

Bus une heure de matin.

En avril une heure dure une éternité.

En avril une heure dure dix secondes.

En avril il n'y a que des instants.

En avril j'ai piégé une grosse heure de temps.

En avril une heure de matin escamotée, avalée, bue.

J'avais de l'or en bouche, de l'or pur.

Passai ce temps tiré en longueur dans la charpente de la gare principale, dérangeai moineaux, pigeons, chauves-souris, me mis en travers des idées, conceptions et projets divers qui étaient dans l'air, m'exerçai dans les superstructures à une gymnastique au style incertain, mais bien coopérante, le chapeau m'allait comme un gant.

Je ne faisais aucune différence entre construit et à construire, fis la cloche dans l'entre-temps, suspendu à des entretoises à construire, carillonnai l'arrivée du matin, m'assis près du grand tableau indicateur bleu, encore aveugle, vis sous moi un royaume inanimé et ne pus me défendre de phantasmes d'omnipotence :

Le faiseur de temps August Abraham Abderhalden, né le premier avril mil neuf cent septante, parvenu après tours et détours au pays du Toggenbourg, implanté là sans avoir été consulté et dans toutes les règles de l'art, doté de plusieurs sexes et dépourvu d'instinct sexuel, doté de plusieurs sens et de toutes sortes de sentiments, décida en ce dimanche, premier avril mil neuf cent nonante, à l'occasion de son vingtième anniversaire, dans l'entre-Temps séparant heure d'hiver et heure d'été, quand à la première lueur du jour il eut tissé sa toile au centre du Temps et donc derrière le Temps, qu'il fut comme l'araignée guettant sa proie au cœur du réseau, décida que le pays du Toggenbourg, soumis depuis mémoire d'homme à la toute-puissance des quatre saisons et d'une voûte céleste qui va d'un bout à l'autre, régi par soleil et lune, remis d'aplomb par Ana, la faiseuse de temps, puis tombé sous la funeste influence de la foi-et-croyance occidentale qui le scinda en deux camps sans lui demander son avis, décida que le pays du Toggenbourg qui s'était émancipé en tissant et filant, décida que le pays du Toggenbourg, où à maintes reprises l'âge d'or avait été proclamé avant qu'il ne fût saint-gallisé et par conséquent de plus en plus ensuissé, décida que le pays du Toggenbourg qui, après la Seconde Guerre Mondiale, se laissa engraisser à l'excès par la Suisse noyée dans l'abondance, engraisser à l'excès par toutes sortes de nivellements, décida de dissoudre le pays du Toggenbourg, américanisé, japonisé, mais étrusquement requinqué, en eau et intempéries.

Puis, aux premières loges, je pus voir les pensées passer dans les faits :

Les phénomènes atmosphériques s'engouffrèrent à haute dose dans la gare principale, commencèrent à relever de toute fonction la puissante masse de ce toit du monde dont la charpente me servait d'asile.

Des vents diluèrent tout, au double, au décuple, au centuple du centuple.

Courant d'air.

L'air amollit poutrelles et entretoises.

L'air ouata les murs qui devinrent nuages.

Alors que tout faisait encore le gros dos sous la lourde charge, le vent rappliqua et vite fait bien fait, fissura le couvercle.

Lacéra littéralement tout ce qui était masse et bloc.

Le vent, le vent manie plusieurs ciseaux.

Ils coupachaient fissures, fentes, lézardes.

Coups de ciseaux dans le toit.

Le vent, tête baissée, décrispait la crampe céleste.

Des machines à vapeur furent remorquées, des locomotives à vapeur piaffent, des marteaux-pilons à vapeur martèlent des cocottes à vapeur, vapopignoufs envergurent en vapomagnats.

Intervalle, pas d'erreur.

Un bleu céleste s'insinua entre usures et déchirures, un bleu frais et luisant se posa entre gris et blanc, un bleu couleur des yeux bleux se pose sur gâchis et pagaille, le bleu ne se compose à partir d'aucune autre couleur fondamentale, de l'or ourla le bord des nuages, les houppes de nuages prirent plus de couleurs, le bleu devint prussien, s'éleva à une hauteur royale, les houppes se soutachèrent de blanc.

Avril.

Tout est soluble.

Passé et futur cousinaient, vérité et mensonge fraternisaient, le nom de la famille était gaîté.

C'était le soleil qui perçait l'existant.

Sans scrupules.

Les nuages passent.

Quant au faiseur de temps, tandis qu'il assistait à ces spectacles grandioses, les dits tempériques lui tombaient du ciel, de dit en dit il avançait en dansant sur poutrelles et entretoises :

Quelque chose est plus que tout.

Tout divisé par quelque chose donne quelque chose.

Le bruit divisé par le bruit donne le silence.

Le silence multiplié par le silence donne le bruit.

Les portes de la gare étaient ouvertes.

Par saccades le quotidien se faisait sa place :

Une humanité à l'afflux bien dosé, s'épaississant un peu à l'approche de l'heure pleine, se serrant, vermillant sur les quais, pour s'éclaircir à nouveau une fois l'heure sonnée.

Comme toujours.

Osmose.

L'intervalle resta brièvement ouvert, le vacarme du compresseur travailla bientôt à le combler, à la gare principale on travaille même le dimanche.

Les pigeons se posèrent sur des constructions de fer, parce qu'ils voient tout, entendent tout, les moineaux prirent place sur des miettes de bruit.

Le bruit est un mélange de vérité et de mensonge.

L'aveugle près de l'escalator vend déjà des roses.

Les journaux du dimanche s'achètent à l'aveuglette.

Les soiffards se rassemblaient au bar debout.

Un passager clandestin se fait pincer.

Deux dormeurs clandestins sont embarqués par la police.

Le train régional à la voie six entre en gare avec six minutes de retard.

Les rapides en général n'ont qu'un instant de répit à la gare principale.

Eveilleurs de printemps, lève-tôt, lectifuges séniles, propriétaires de chiens de race, chauffeurs de locomotive, contrôleurs, presque pas de banlieusards.

Ceux qui voyaient le faiseur de temps accroupetonné près du tableau indicateur le prenaient pour un drôle d'oiseau.

Pour une sorte de vautour.

Vautour-girouette.

Puis apparut le premier préposé régulier, qui prit son service réglementaire.

Au kiosque on accrochait les gros titres :

« Crue de la Thur. »

Qui regardait de plus près lisait :

« Par mesure de précaution l'alerte a été donnée cette nuit dans les territoires du cours moyen et inférieur de la Thur. A la suite de fortes précipitations des mesures d'urgence durent être prises.

En plusieurs endroits il fallut procéder à des évacuations. Par mesure de précaution tous les ponts sur la Thur ont été fermés à la circulation. »

Voilà, mon amour, qui remplit de satisfaction le faiseur de temps

Comment le monde eut la tête tournée

Je condescendis, crachai le temps que j'avais avalé, toute activité expira aussitôt.

Toute la conjoncture gelée.

L'humanité comme pétrifiée :

Voyageurs, employés, étrangers, Suisses, Archisuisses.

Figés.

Ces corps, ces visages.

J'errais entre des existences, mesurais la distance entre isolés et esseulés, piétinais les histoires que chacun traîne avec soi.

C'est ainsi que je me mêlai aux gens.

Un violoniste aveugle d'Europe de l'Est interprétait avec succès le silence près de l'escalator.

Le préposé à l'information pétrifié, je plongeai mon regard au fond de ses yeux écarquillés, ne vis que le réseau.

Paneuropéen.

Embrassant le globe.

Rarement je me sentis plus loin de toi, amour, qu'à ce moment, parmi les gens.

Puis je donnai le signal.

Irruption volatile par le toit ouvert :

Moineaux, pigeons, mouettes rieuses à la fiente imparable, mésanges, hiboux, bouvreuils, bergeronnettes, essaims d'hirondelles, le hochequeue, la cigogne et sa couvée, faucons, busards, l'albatros, le cacatois, canaris, perroquets, colibris, pélicans, un flamand, le marabout, le pic, le rossignol, le coucou :

Tous les oiseaux sont déjà là.

Aussi de drôles d'oiseaux.

Les pigeons tourlourants de la place Saint-Marc.

Aussi des poissons volants.

Toute la troupe plonge en piqué, s'abat, escadrille d'ailes vibrantes, fond en flèche, vise, cible l'humanité.

Plumes, couleurs bouffantes, le ciel envoie des messagers.

Becs friands, merle, grive, pinson et étourneau.

Les moineaux chipent toute chose comestible et réutilisable dans les mains et les sacs, picorent les provisions de salive au coin des lèvres, volent les croûtes de larmes au coin des yeux, extirpent la morve des sinus, tirent des raves des oreilles, becquètent la sueur rouillée des aisselles, les pies piquent des anneaux d'or aux doigts, la linotte escamote les aiguilles de toutes les horloges suisses.

Puis fini, les batifoleurs s'envolent.

Vents maintenant dans la ville et au-dessus : le sifflement horrifiant qui remplit l'oreille.

Vent d'avril, ascendant.

Susurrements.

Guimauve.

Aucun pronostic ne dit maintenant le tour que prendra le temps.

Premières poussées de printemps, tout au pluriel.

Prurit de dégel à la gare principale.

Les gens sortent de leur carcan figé.

Cela continue, mais ce n'est plus concevable.

Un vent fripon, capricant, bouscule d'une chiquenaude les chapeaux de toutes les têtes, le préposé à l'information perd contenance, les fonctionnaires perdent leur place, les dignitaires leur dignité, dans les coiffures de plusieurs élégantes le vent houspille la mode, l'humanité à genoux cherche ses chapeaux, une belle dame quitte son gant, allonge le bras, pince dans le vide avec des ongles peints, courtisés par la lime.

Là là, mais ça souffle et poustoufle, emportant l'élégant couvre-chef.

Galop derrière galure.

Le bugne s'esbigne.

Et encore, quand elle pense saisir :

Le vent, le vent.

Fureur couveuse.

Piaulis.

Bourgeons sous pression.

Puis arrive la bise.

Changement d'humeur.

Le pur contraire.

L'attaque.

Le soleil tout de suite derrière les barreaux.

Mines froides.

Le peuple porte des uniformes.

Tout autour, colonnes de glace.

Tout est clair.

La Suisse n'est-elle pas un grand parc ?

Je délivrai définitivement de grands tourments le préposé à l'information, pris son chapeau, le coiffai du mien, du chapeau d'information décanté.

Mais sens devant dimanche.

Ce qui était devant est derrière.

Ce n'est pas sans conséquences.

Les conséquences, c'est à peine si on peut les dire.

En son centre de rotation, le monde, quand cela continua, était sorti de ses gonds.

Qui demandait de l'information n'obtenait plus que des réponses biscornues.

Une grande partie de l'humanité s'embarqua dans le mauvais train, aurait tourné en rond à perpétuité dans les tunnels du Gothard.

Par la suite le trafic collapsa, pas seulement à Zurich.

Rafales jusque dans les derniers recoins.

Vagues de parfum.

Pullulement.

Bras qui tout embrassent.

Jeunes chiens dans le parc.

Truites arc-en-ciel dans toutes les mares.

Le plaisir boit l'écho.

Le soleil de toute façon.

Au comble de l'excitation, les restants arrachèrent leurs vêtements, s'interpénétrèrent sans façon, s'accouplèrent publiquement et sans pudeur.

Des femmes aimaient des femmes.

Pur plaisir accouplé à pur amour.

Bijoux et valeurs virvolaient dans l'air, il pleuvait du liquide.

Les délices pleuvaient de cieux nouveaux.

Les agents de sécurité se baignaient dans les délices.

Douches écossaises.

Plus tard l'armée, qui refroidit à la lance à eau un amas vilainement imbriqué, accula les nudistes.

Il y eut des blessés.

Ambulances sur la place de la Gare.

La gare, plus que façade.

Mais moi, j'avais enfin pris le large, me dispersais dans la lumière, me soustrayais à toute responsabilité.

Le tocsin sonnait aux clochers de toute confession.

Pure enfance.

La fontaine Escher crachait de l'argent fluide.

Escher au garde-à-vous sur le socle dans l'air tourbillonnant : un grand capitaine.

Le vent arracha son chapeau au faiseur de temps, l'emporta côté rivière : il s'y noya sans coup férir.

Les flots.

Débordants.

J'égratignai l'air de la ville qui crissa sous mon doigt, des façades se détachèrent, s'affaissèrent comme des draps, les gens basculèrent, seuls ou en couples, de leurs alvéoles, chambres, séjours, les biens meubles basculèrent dans les rues et ainsi de suite, là-bas la Limmat coulait, fémininement profonde, des mannequins furent arrachés des vitrines, des bennes à ordures emportées par les flots, la fontaine Escher crachait de l'or fluide.

Pluie d'or.

La ville déshabillée :

L'infrastructure à nu.

Noir le ciel, maintenant.

Pluie.

En fils noirs.

Du su.

Du haché.

Maintenant pluie de lait.

Les eaux montent.

On se laisse entraîner.

On est charrié de-ci de-là.

Mais le faiseur de temps marche sur les eaux.

Ces précipitations furent de courte durée, dès que je me fus éloigné de la gare, les mauvaises pensées partirent en fumée, les masses liquides refluèrent, je descendis de la vague qui m'avait porté loin, j'entrai dans une superbe phase de beau temps, c'était le matin.

Quand j'eus retrouvé l'asphalte, l'instinct ludique me titilla à nouveau.

Où le jeu m'emmenait-il ?

Je me laissai pousser jusqu'à la maison.

Un matin

Hier soir encore la Quartierstrasse était poudrée de blanc, pour toutes sortes de raisons la bourrasque de neige avait pris ses aises toute la durée de la soirée, la neige, épaisse au-delà des limites permises, s'en était donné à cœur joie. Empreintes de pas, estampées dans les deux directions, quand au point du jour les premiers véhicules ouvrirent des voies à deux ou quatre pistes dans la couverture de flocons. Sur le macadam froid la neige avait tenu à hauteur de cheville. Tout n'était pas parvenu jusqu'en bas, une bonne partie avait fondu sur les toits, était resté accrochée aux antennes.

Toits connectés, l'énergie circulait.

Alors entre gouttières dégouttantes d'un côté et gouttières dégouttantes de l'autre, tendu comme un écran, le ciel se mit à papilloter.

Le film noir et blanc.

Crépuscule.

Premières touches de couleur au ras de l'orient.

L'air froid battit en retraite.

Et avant même que le soleil ne se levât, le camion de la voirie cracha son sel et toute la neige capitula sans demander son reste.

Bientôt il n'y eut plus que marmelasse, bientôt plus que crache.

Comme le chauffeur du dit véhicule loue un garage non loin de chez nous, dans la rue latérale juste à côté du grand parking, il se permit un petit crochet, à usage privé, par la Quartierstrasse, n'ayant pas de pneus d'hiver pour sa Taunus.

C'est ainsi que nous autres, habitants de la Quartierstrasse, qui, à l'écart du grand trafic, pilotons nos existences côté ombre à travers le peu de jours qui nous restent, eûmes part, nous aussi, aux bienfaits et conquêtes de la haute civilisation moderne.

Nous : les ensevelis.

Derrière nos cloisons étanches.

Multiples.

Quotidiens.

Nous, les batraciens.

Un matin le soleil se leva en Occident et proclama :

Soit.

Alors le tout jeune matin se jeta contre la maison, s'élança avec une incroyable force de conviction entre routes principales, routes cantonales, routes secondaires, rues de quartiers, submergea la ville avec une folle violence, déroula du délice, souleva des vagues voluptueuses, tortilla des friselis lumineux, des spirales de lumière, laissa transparaître un cœur amoureux, mit à la ville une couronne d'or, parsemée d'étincelles.

Vociférations.

Tiripillages.

La nuit fut vite estoquée.

En un clin d'œil les scrupules s'envolèrent.

Un matin le soleil emplit la pièce d'assurance, couvrit toutes les surfaces et, de fond en comble, léchicota les murs, donna langue et détermination aux rangées de maison côté est, créa du sens, annonça salut et salubrité, divisa entre ombre et lumière, mit au clair.

Désinvolte, il défonça chiffons et planches qui obstruaient et barricadaient la fenêtre, bourrassa librement par la fenêtre ouverte et se posa nu sur la table.

La cave désenvoûtée.

Des bouffées de pathos flottaient çà et là.

La table, quand je revins, était recouverte ou revêtue de diverses textures, boutonnée jusqu'en haut, des guirlandes cachaient les pieds.

Surgeons.

Pousses.

Ma table s'était implantée, elle racinait déjà, du papier s'envolait par la fenêtre de la cave.

Lumière.

Charme.

Un monde intact.

L'intact, mon amour : pur ennui.

Que je lui eusse fait prendre des vessies pour des lanternes, point n'était besoin de le dire à la table, le soleil se lève à l'est, la fenêtre de la cave se trouve côté ombre ou ouest, mais, par les vitres de la façade d'en face – pluie d'or venue du haut – le soleil est défléchi, renvoyé en angle aigu, et peut, certes réfracté, mais néanmoins bien convaincu d'apporter le salut, s'employer pour elle. Le fourré qui foisonne devant la fenêtre de la cave et prend une considérable envergure, la régale d'une veinure d'ombre, tressée à la diable.

Je dégageai restes de papier et machinerie d'une bienheureuse étreinte, la table soupira de gratitude, j'abandonnai mon observatoire au provisoire, je montai, il faisait beau, je m'établis dans la cage d'escalier.

Dans notre appartement quelque chose remuait, des

choses comme « Tu es prêt? Tu as tout? Tu n'as rien oublié? Est-ce qu'on a tout pris... ? » se faisaient entendre, je montai, vis, arrivé au dernier étage, Melchior et Ute Abderhalden sortir de l'appartement, irrémédiablement en retard, pas de salut pour eux. Par la cage vitrée des escaliers j'avais le monde à l'œil.

Stationnement interdit

Une Toyota rouge – tandis que deux parents terriblement pressés dégringolaient l'escalier avec toute la vélocité qu'autorisaient âge, dimanche et endimanchement, que s'élevaient des accents tourmentés qui cependant se répartissaient bien régulièrement dans la cage d'escalier et que sur-le-champ des troupes de chats et de chattes rasèrent les murs – une Toyota rouge tourna de la rue principale dans la Quartierstrasse.

Rien à l'horizon.

De chétifs nuages clairsemés.

Nonchalante, l'auto roulait entre les enfilades de bâtiments longues comme des jours sans pain, la Quartierstrasse était encore en bonne partie humide. Tout l'étroit trottoir côté maison est sous la coupe d'un panneau d'interdiction de stationnement placé au début, près de la rue principale.

Le trottoir d'en face n'est que partiellement soumis aux panneaux rouges et bleus et, dans les zones insoumises, a son plein de voitures: les parcmètres indiquent le temps.

La Quartierstrasse est en travers de l'histoire du monde.

Construction d'entre deux guerres, cette cité.

Logements sociaux.

Le canal vitré au milieu de la maison, de la porte

d'entrée jusqu'au toit, se distingue à peine, vu de l'extérieur, du crépi : du quotidien s'y reflète.

Dans les années trente on pouvait voir le premier concierge parcourir la Quartierstrasse à pied ou à vélo, alors que son beau-frère, également concierge, mais vivant en Allemagne, pouvait s'offrir une TSF et la perspective d'une Volkswagen.

La lumière se fit rare dans la Quartierstrasse quand la cité qui formait la limite ouest de la ville se vit confrontée à une cité de même espèce.

Les couchers de soleil type moyen-pays – rouge brasier, inondé de gaz – n'eurent plus lieu désormais que dans les journaux intimes où les locataires consignaient leurs rêves.

Dans toutes les cuisines des mouches à viande au luisant bleuâtre, verdâtre, se prenaient, innombrables, au papier tue-mouches, bien qu'on ne vît plus l'abattoir.

Les bêtes, depuis des décennies, sont, chaque semaine, acheminées à l'abattoir dans des wagons de marchandises qui traversent la rue principale.

Les couinements.

Les rails.

Tralitrala, le soleil est là.

Frais, gai, franc, le soleil.

Grands et débordants, ses rayons.

Il semble tout étaler au grand jour.

Attente dans la Quartierstrasse.

Un représentant de la police municipale vagabondait le long du trottoir, venant de la rue latérale, se dirigeant droit vers la rue principale. C'était un remarquable spécimen, large carrure, blond. Sous la chemise d'uniforme bleu ciel il portait, réglementairement boutonné, un cœur ensoleillé.

Il promenait le pantalon courant, gris, coupé large, et

ses chaussures de service, grises, à la cheville, sur la tête il avait la casquette à petite visière.

Des pointes de moustache bien disciplinées, élégamment torsadées, révèlent un bon fond de caractère, un peu difficile sur la nourriture, mais sérieux.

Service dominical.

Le soleil escorte, magnifique.

La porte de la maison s'ouvre, à cet instant Ute et Melchior Abderhalden sortent de la maison, lui devant, elle à côté, tous deux encore imbus de sommeil, mais tant soit peu sur leur trente-et-un.

La police se trouve juste à la même hauteur et engage deux parents qui se sont mis en route avec de grands desseins, qui saluent poliment et avec une pointe de révérence, dans une conversation qui n'engage à rien.

Les voilà qui parlent du temps, la voix du pater nôtre, déjà bien pressée, donc presque collégiale, on décide d'un commun accord d'être de belle humeur, fondamentalement.

D'un geste exercé – «je vous en prie» – la police cède le passage, on continue à parler du temps, lequel, de l'avis du trio qui processionne en bon ordre, semble bien luné, et l'on se mêle pour une part officiellement – Volvo – pour deux parts usagèrement, au trafic.

Les klaxons.

A la hauteur de la maison numéro trois, maintenant que les officiels ont quitté la scène, le véhicule rouge change de file sans mettre son clignotant, vire et vient s'arrêter devant la maison.

Quatre jantes d'aluminium stationnent en oblique et en infraction.

La portière s'ouvre, de la voiture quelque chose dégambille houssé serré, le tissu: du jean.

«Prévisions pour la journée», entend-on sourdre de

l'intérieur du véhicule. « Après les abondantes chutes de neige d'hier soir, la situation, aujourd'hui dimanche, s'est dans une large mesure stabilisée. Les voies d'accès à tous les tunnels routiers et à toutes les gares d'embarquement des voitures sont réouvertes. On peut de nouveau se rendre à Saas Fee en voiture et à Zermatt par le train. Restent fermés jusqu'à nouvel ordre les cols de l'Albula, du Simplon et de Lukmanier, ainsi que ceux de Ricken, de Hulftegg et de la Wasserfluh. Les mesures d'urgence ordonnées dans le cours supérieur et moyen de la Thur sont pour le moment maintenues. »

D'une main preste la jeune personne claque la portière, traverse la Quartierstrasse et disparaît dans la maison d'en face.

On vironne la manivelle d'un volet roulant.

Grincements.

La Quartierstrasse ne veut pas se ressuyer et se plie aux immuables prohibitions de plusieurs panneaux.

En stationnement interdit il y a une voiture de sport japonaise, rouge, presque écarlate, spoiler profilé, amorce de vitres teintées à l'avant et à l'arrière, phares rétractables et remarquables qualités routières.

Les deux jardins à côté – parqués entre le mur de la maison, le trottoir de la Quartierstrasse et deux murets à hauteur de hanche – qui délimitent l'aire de la maison numéro trois, crevotent.

Jardin était, avant la guerre, le nom qu'on donnait à ces quelques mètres carrés de terre devant les immeubles locatifs, tribut à la paix sociale. Autrefois il y avait poussé des fleurs.

Les jardins ouvriers se trouvaient de l'autre côté de la Quartierstrasse, là où maintenant s'élève le complexe d'en face.

De l'imagination de Schreber, le pédagogue mondialement connu, sortirent non seulement des pouciers dissuasifs et des redresse-dos pour enfants, mais aussi ces jardins pour adultes qui portent son nom.

Pendant la guerre, les pommes de terre poussaient leurs tubercules devant la maison et sur tous les terrains de football de Suisse.

Après la guerre, un nouveau concierge, originaire des Grisons, planta des arbustes dans la terre épuisée. Végétation peu exigeante.

Le fourré devant le numéro trois poussa des branchages noueux, avides du peu de lumière qui chaque jour trouve le chemin de la maison.

Au cours des années, différentes choses, colocataires et colocatrices, se sont assuré une place à l'ombre devant la maison : trucs et muches, babioles, fumure, vermine, du mal digéré, du mis au rancart, du perdu :

Les choses chutent plus vite qu'on ne peut les énumérer.

Quand arrivèrent les nouvelles cuisines

Avec le soleil, colocataires et colocatrices, du passé refait surface, du passé par tranches :

Un beau matin d'août, l'année dernière, la femme du gardien d'immeuble, sortant de la maison avec ses deux chiens bergers, se trouva inopinément nez à nez avec un camion anonyme.

Bâches gris souris.

Elle venait juste, à grand jeu de guibolles, de se débarrasser de son époux, lequel aux premières heures du matin, s'empare d'elle, la tire de son léger rien de sommeil en la pitrognant de ses grosses pattes, et avant même qu'elle ait repris ses esprits, il lui a fourré sa verge mouillée entre les jambes, avec ça ses râles, l'odeur de sa bouche pas lavée.

Les deux parties du véhicule, camion et remorque, occupaient le trottoir sur une longueur de quasi douze mètres.

Différents usagers qui, ce matin-là, passaient par la Quartierstrasse pour s'égailler dans le monde du travail, se trouvèrent restreints dans leur liberté de mouvement et en partie contraints à de menues manœuvres.

Klaxons, également.

Cette chose, inquiétante dans le demi-jour et de plus en infraction, devait, à ce que supputèrent la plupart des automobilistes, qu'on peut en général assimiler aux spectateurs de télévision, ne fût-ce qu'en raison de sa plaque d'immatriculation crottée et totalement illisible, venir de l'est de l'Europe.

Le visage mal fichu du chauffeur rencontra le visage mal fichu de la femme du gardien d'immeuble, celle-ci lui enjoignit de sonner en haut et se lava les mains de l'affaire.

Quand retentit en haut la sonnerie, télévision et vidéo étaient en marche dans la chambre à coucher du couple gardienneur. Jurant et vêtu seulement d'un tricot de corps, l'homme alla à la fenêtre.

Deux minutes plus tard à peine, il était devant la maison et face au chauffeur, sans s'être lavé ni les dents ni les mains, le camion venait de Belgique, c'étaient les nouvelles cuisines.

La livraison n'était attendue que deux semaines plus tard, le chauffeur belge n'en voulait rien savoir, il parlait espagnol. Un doigt pointé sur le mince imprimé fit ressortir que la cargaison, outre des cuisines par éléments, comprenait des barres de fer et que le camion devait le même jour regagner la Belgique.

Commande et installation avaient été confiées par le nouveau propriétaire, téléphoniquement et contre grasse rétribution, au gardien d'immeuble, lequel s'était bricolé à la cave un atelier de plomberie. A peine une demi-heure après que le gardien d'immeuble, familier des voies tortueuses, fut parti avec son bus VW, il revint avec trois ouvriers qu'il avait embauchés un peu plus loin, près du pont.

Peu de temps après, on aurait pu voir les trois se caler les joues au bistrot du coin avec des croissants au beurre, béats et muets, buvant du café, disant « chef » au gardien d'immeuble qui n'y voyait pas d'inconvénient.

Le même jour le camion put reprendre la route.

Des jours après que le camion, une fois les nouvelles cuisines casées dans toute la maison, eut repris la route, ne transportant plus qu'une cargaison de fer mal arrimée, la boutiquière de l'angle remarqua soudain qu'à la fin de la semaine il restait toujours deux litres de lait en vrac qu'en femme de devoir elle consommait elle-même. Ce qu'il y avait là de remarquable, c'était que madame Eva Brechbühl, domiciliée au trois de la Quartierstrasse premier étage à droite, avec laquelle elle échangeait souvent quelques mots, aussi sur le temps, et pour laquelle surtout elle continuait à faire le lait en vrac – une affaire à manger de l'argent – non seulement ne se présentait plus avec son bidon à lait de fer-blanc, mais avait disparu, purement et simplement.

Dans le quartier on pouvait écouler par semaine dix à douze litres de lait en vrac. Le lundi et le mercredi un paysan de la périphérie remplit la cuve placée devant la boutique. La jeunesse du quartier, ou le peu qu'il en reste, prend plaisir les après-midi à uriner dans la cuve, quand il gèle, il faut casser la glace et en repêcher les morceaux avant de vendre. Un retraité d'en face aide quelquefois la boutiquière à trier les bouteilles, cela lui paie sa bière quotidienne, on boit surtout de la bière dans la Quartierstrasse, du vin aussi, en grandes bouteilles.

Lorsque, parvenu au Central, le chauffeur du camion en question fut avisé par le conducteur d'une voiture particulière, d'abord à coups de klaxon, puis par signes de l'index, qu'à l'arrière une barre de fer rouillée, tachée de sang, dépassait du chargement telle une lance qui aurait pu pulvériser le pare-brise du dit automobiliste et le blesser grièvement s'il n'avait expertement calé son moteur, le chauffeur déclina toute responsabilité, le chargement, cela ne relevait pas de sa compétence.

C'était un cinq-essieux.

Quand un porteur spécial à vélo-moteur aperçut l'après-midi une femme d'un certain âge, étendue, inanimée, en pleine Quartierstrasse, un bidon à lait à côté d'elle, il alerta la police par retour.

C'était un jour de grosse chaleur.

Le soleil aux commandes.

Peu avant que l'ambulance n'arrivât au lieu de l'accident autour duquel s'était entre temps formée une petite couronne de badauds que le porteur spécial en uniforme d'été, se trouvant seul fonctionnaire sur les lieux, tint consciencieusement en respect malgré l'urgence de sa mission, la voiture de police fit son entrée avec gyrophare bleu.

La police, forte de trois hommes, jaillit de la voiture, dispersa expertement les badauds, car si pour le moment on pouvait croire à un accident de circulation, l'hypothèse d'un crime n'était pas à exclure a priori.

Une fois la police maîtresse de la situation et tous les détails réglés à plusieurs mains, le porteur spécial fut tout prêt à se retirer dans la masse effarouchée.

Radio.

Palabres.

Le soleil bardant au ciel.

Flash cependant, pour les photographies.

L'ambulance stoppa net à côté d'Eva Brechbühl, les

roues avant s'immobilisèrent dans le sang qui lui coulait des oreilles, le soleil s'y reflétait, la chaleur augmentait, les fonctionnaires suaient.

Aux fenêtres des deux côtés, des femmes : Italiennes, Thaïlandaises, Grisonnes, Glaronnaises par exemple.

Resta, quand les appuis de fenêtre furent vides, l'ambulance étant partie et la police ayant dessiné les contours – que les enfants, au cours des jours suivants, multiplièrent à la craie – une flaque de sang, comme de la glace à la fraise fondue, qui ne voulait pas sécher et luisait encore quand les réverbères de la rue principale furent allumés.

Soleil, régnant sans partage

Le dernier reste de nuit incarcéré à la cave s'écoule maintenant par la fenêtre ouverte, prend son essor comme une hirondelle.

Le soleil perd la face, se fane.

La maison s'assoupit, dans la rue principale les feux demeurent au rouge, les trains qui veulent fuir la gare sans chef sont rattrapés par le sommeil, les avions restent accrochés au ciel de poix, fleurs et bourgeons se renfilent dans la verdure, les arbres laissent tomber les premières feuilles, les moineaux apportent de la pâture à moineaux, la déposent devant la maison dans l'entremêlis, et de la cave grimpe et se vrille un indicible fourré, noueux, hirsute et filandreux, dans les épines sont prises, outre une Toyota rouge, une table et une clé, brics et autres bracs sortis de la cave sont mis au jour, manchons, douilles, fil de fer, pots de terre, embouchures, transitions, cuvettes de WC, détails, liasses et récipients, plusieurs douilles et versions, crampons, cognons et frisons, lavures empoisonnées, brochures et revues spécialisées, bons de commande, bouteilles décapitées, vitres mortes de rire, poinçons, carafes, le vent souffle le présent par-dessus les toits, toupille dans toutes les pièces, emporte les liasses feuille par feuille. La porte de la maison disparaît sous les vrilles, dehors règne l'entre-temps pur, dedans règne le présent, personne n'échappe à ce présent. Les occupants de l'immeuble qui veulent le fuir s'empêtrent dans les épines où s'étouffent les appels au secours.

Je monte au grenier, la porte est ouverte.

Bruine de poussière, mers de poussière dans la charpente.

Cordes à linge, lattis de bois, derrière des luges.

Chaussures de ski, nos vieilles chaussures de ski à lacets, Freitag, dans le compartiment réservé à la famille.

Chaises, commodes.

Dedans, ficelés ensemble et comme récemment empaquetés : des cahiers d'écolier.

Nos albums de collections : footballeurs, skieurs.

Je trouvai une vieille chaise pliante, m'installai près de la lucarne.

J'ouvris la tabatière, vis que de nouveau le soleil s'était imposé, lumière, sans merci.

D'en haut.

Là j'étais face à face avec le soleil.

J'avais en vis-à-vis des millions de soleils.

Le ciel de plus en plus haut.

L'arc tendu.

Ubiquitaire et un peu simple, il dévorait les ombres qu'il jetait lui-même.

Le soleil dévore ses propres enfants.

Le soleil : le creuset.

Point focal.

On allait sur midi, le soleil pérorait au zénith, se répétait sans arrêt.

Rien que des confirmations.

Sans ambiguïté.

Le peu de souvenir qui se grava en moi de cette époque où nous vînmes nous établir dans la Suisse américaine, où le temps allait plus vite et l'air devenait de plus en plus lumineux, ce peu s'ouvre à moi qui regarde droit dans le soleil, je m'arroeille au soleil, trouve tant bien que mal le raccord avec tes dernières années, le soleil darde dans mes tréfonds.

Brûlures.

Sécheresse.

Piles de souvenirs carbonisées.

Une overdose de lumière a tout décoloré à mort, une overdose de lumière t'a conduit à la Thur, je fuis toute lumière, ne quitte plus le soleil des yeux, à petite dose il met au jour le passé, me crache date après date:

Eclaircies.

Une fois grand-mère et Eduard morts, notre maison de la rue de l'Ange détruite par les bombes, le bon vieux temps liquéfié, le fond de la vallée réoccupé par une mer de bon vieux temps, une grande partie de la population du village dut être évacuée et relogée, on fut répartis dans les buildings aux deux bouts du village.

Nous emménageâmes dans l'un des trois buildings, celui du milieu, à l'extrémité sud du village, un quatre pièces au dix-huitième étage, le mauvais temps s'était accroché au béton, nuages, mélasse humide, grisâtre, tenace, qui collait aux murs, rien que des vents violents, les vitres trépidantes, sur les balcons, rafales.

Les premières semaines je ne me tins que sur le toit.

Tête dans les nuages.

Rien que de mauvaises pensées.

Je me vis confirmer ce que j'avais toujours subodoré:

les trois buildings étaient bien des gratte-ciel, le ciel égratigné larmoyait sans arrêt. S'en suivaient des ruisseaux de larmes, mousses et lichens occupaient les résidus calcaires, l'eau s'amassait sur les balcons, j'y mis des carpes.

Plus de transports, plus d'école, tout était sinistré.

On organisa tant bien que mal un service de barques, outre la protection civile on fit appel aux pontonniers.

Papa Melchior organisait en première ligne, il semblait beaucoup tenir à restaurer le quotidien. A l'époque il se mordit les doigts de n'avoir pas fait le service militaire. On cherchait des hommes à la voix puissante, le ton de commandement était à l'ordre du jour.

Comme Melchior ne pouvait plus dormir, il était sur pied toutes les nuits, s'employant à rétablir un service scolaire régulier. En dépit des prévisions favorables, la pluie ne voulait pas cesser, mais bientôt elle n'intéressa plus que le Toggenbourg, du dehors on pouvait observer au-dessus de la contrée une cloche de mauvais temps coiffant toute la vallée d'un bout à l'autre, tandis que les régions limitrophes connaissaient une sécheresse exceptionnelle.

Finalement il fallut pomper l'eau et l'évacuer par wagons à travers les deux tunnels. Le Bas-Toggenbourg priait à l'unisson et s'en remettait aux services de sauvetage du canton de Saint-Gall. Pendant un certain temps des villages entiers se seraient réfugiés dans le clocher tandis que le tocsin sonnait, réglementaire et désespéré, l'armée distribua des protège-oreille : cette phase de mauvais temps contribua de façon décisive à la surdité générale et au respect de l'autorité qui en découle chez beaucoup d'habitants du Bas-Toggenbourg. Le cours inférieur de la Thur connut une pléthore de mobilier. Les marchands d'antiquités s'arrachaient les armoires de sapin, les bahuts, les commodes qui, outre les motocyclettes à deux vitesses, restaient accrochés aux buissons des rives.

Le Rhin changea de couleur, le niveau de la mer s'éleva de plusieurs centimètres.

Freitag utilisa le temps qui lui tombait du ciel pour revoir à fond le programme de l'école primaire.

Pendant ces semaines notre table familiale fut désorganisée, depuis il n'y eut plus jamais de table familiale.

Le mobilier de famille fut stocké dans le nouvel appartement, avant même que celui-ci ne fût aménagé : bahuts, armoires, tables, tabourets, vaisselle venant de grand-mère ou d'Eduard.

Mais comment maman Ute aurait-elle pu s'en sortir – vu qu'elle ne voulait rien jeter, qu'en tout elle voulait mettre de l'ordre – elle triait, entassait dans le futur séjour, divisait pour régner, cirait, récurait, rien n'était mis au rancart avant d'avoir été soigneusement examiné, c'était l'époque où nous ne mangions plus que de la mortadelle et des pâtes. Melchior, lors de ses brèves apparitions à la maison, trempé et chaussé des bottes de pêche héritées d'Eduard, voulait tout jeter par la fenêtre. Dans ces occasions on l'entendait dire : « Est-ce qu'on est une vraie famille ? Ca, c'est pas une vraie famille », bien entendu ce fut toi, Freitag, qui sautas dans la brèche, tu te chargeas de la vaisselle tant que la machine ne fut pas en état de marche, tu pris la responsabilité de la salade que tu assaisonnais d'Aromat, parce que papa Melchior le voulait ainsi, pour maman Ute tu faisais, chaque matin, cuire un œuf, trois minutes.

De plus tu aidais à dresser catalogue et tableau des biens de famille.

Peng vint chez nous, après n'avoir fait que hurler pendant des semaines à l'asile, comme il n'y avait pas de place sur le balcon, je le pris dans ma chambre, il se rallia à moi complètement.

Frère Freitag devint le ciment de notre famille, il avait l'art de noyer de paroles le silence que je considérais comme plus conseillé que jamais, d'opposer sa soif d'agir à mon inaction.

Je devins spectateur.

Ce que tu cimentais à cette époque, ce n'était pas seulement notre famille qui menaçait de se décomposer en ses éléments, c'était le monde entier que tu tenais ensemble, c'étaient les deux bouts de la vallée que, sans t'en apercevoir, par des exhortations quotidiennes, tu empêchais de glisser dans le moyen-pays.

Tout resta ainsi plus d'un an.

La Suisse américaine

Puis, quand enfin l'appartement fut installé, j'en eus assez :

J'abjurai l'Etrusque, je voulus devenir Suisse.

Détachai le mauvais temps.

Grattai, balayai.

L'envoyai au diable.

Le même jour commença la phase de beau temps.

Vint le mois d'août, le temps allait plus vite, pour la fête nationale on planta à tous les coins du Toggenbourg des horloges à quartz, montres digitales, chronomètres furent distribués dans tous les foyers.

Le soleil s'installait.

Le béton armé renforçait considérablement l'échafaudage solaire.

Dans les églises de toutes confessions des fenêtres solaires furent pratiquées côté soleil.

Le soleil : innombrable.

Sans transition il renouait avec la haute pression générale qui avait dominé dans les années cinquante, soixante et jusqu'au début des années septante. Du balcon je l'observais qui lampait l'humidité, transformait le bon vieux temps en boue.

Quand les eaux baissèrent, vint au jour tout ce que la rivière avait charrié : des siècles entiers, des décennies entières, peu de mois, quelques heures, recouverts de troncs d'arbre, de chariots à ridelles, de métiers à tisser, de manches de faux, de vieilles coccinelles vw, de chaussures de ski à lacets, de cartes de yass, de tables d'habitués, mais s'y mêlaient aussi des appareils de photo, des cartes pour la journée ou la demi-journée, des centièmes de seconde, des télécommandes, des tracteurs, des abreuvoirs automatiques, des tourne-disques, tout cela, je me le rappelle nettement, fut englaisé en une sorte de nagelfluh, le soleil y travailla deux semaines et fournit un bon terrain solide pour les blocs et pâtés massivement bétonnés qui ne tardèrent pas à s'y édifier.

La chambre où tu t'installas par la suite était orientée vers le bas, c'est-à-dire vers la sortie de la vallée, la mienne vers le haut, vers le Speer, les sept Churfirsten, le Stockberg, la fin de tout monde en somme.

Tu voyais, si tu regardais par la fenêtre – quand tu planchais sur tes leçons – un paysage qui se liquéfiait, descendait, se dissolvait dans le néant :

Moyen-pays.

En aval.

En revanche tu avais devant toi le rouge du couchant, alors que moi, je pouvais me faire éveiller par le soleil.

Derrière le haut horizon tu t'imaginais des espaces de liberté.

A l'ouest.

Ceci mis à part, du dix-huitième étage on voyait tout.

Pas de discussion, la lumière était le plus puissant argument, tout le reste, Freitag, le soleil l'aspirait goulûment, nous dévorait la vie, nous tirait les pensées des cheveux, stockait ce qu'il avait dévoré, le transformait en lumière, n'en devenait que plus vorace, je me soumettais.

Toi, tu étais un morceau de roi, le soleil s'en léchait les babines, manquait fondre de plaisir.

Sur le toit du gratte-ciel je me construisis ma Suisse américaine.

Une station météo, pour beau fixe, forcément.

Tôle ondulée.

Je pose des câbles.

Un Suisse ne parle pas beaucoup.

De bonnes choses s'assemblent.

Me câble et me branche.

Peux tout capter.

Téléviseurs, huit émetteurs, électricité installée, radios de toutes dimensions, réception du monde entier, parce que antenne, bientôt aussi une vidéo, films de guerre.

Je regarde la télévision quand je n'ai rien d'autre à faire.

Je me procure une petite chaîne stéréo.

La musique par exemple : pour cela tu n'as pas le temps.

J'apprends par cœur le hit-parade.

Me cherche n'importe quel disque.

Casque.

En passant tu prends connaissance des planches à roulettes.

Microscopes à peine.

Fusils à flèches.

Quand j'arrivai à l'école spéciale : silence embarrassé.

On demande : « Comment se fait-il qu'il ne parle pas ? », je montre ma langue, on me laisse tranquille.

La culture que le téléviseur ne me donne pas, tu me l'apportes sur le toit :

Le classeur de sciences naturelles.

Ton manuel de langue.

Le système décimal.

Les efforts thérapeutiques ne portaient guère de fruit: férule brandie devant mon visage, regards interrogateurs ou implorants, tendresses même: je fais le muet, parfois le sourd, au besoin l'aveugle.

L'école orthophonique du Moyen-Toggenbourg.

L'école pour muets de Lütisburg.

Comme toutes mes secondes dents, surtout les incisives, poussaient complètement de travers et qu'un Suisse doit exhiber de belles dents blanches et bien soignées, je ne regimbai pas quand il fallut aller chez le dentiste.

Le traitement dura des mois, il visait à faire rentrer dans le rang ce qui poussait de bisingue.

On posa des fils, on installa des armatures de fil de fer.

Mais ma corpulence se changea en longueur.

Je grandissais et grandissais.

Me dégraissais.

Montais en graine.

Au soleil.
M'étirais.

Porno

Lorsque routes communales, routes cantonales furent de nouveau à peu près praticables, Melchior et Freitag se mirent à étudier à longueur de semaine des prospectus d'automobiles, ils prirent mesure de la famille, nouèrent des contacts avec des voisins directs qui tous étudiaient des prospectus d'automobiles.

Finalement les familles Abderhalden, Tanner et Fischbacher optèrent pour une Opel Rekord, respectivement rouge, bleue et gris métallisé. Désormais les sorties du week-end se firent en coordination avec le voisinage : il y eut des sorties à deux voitures ou à trois voitures, moi, on me laissait à la maison parce que, en voiture, je rendais mon royaume.

Tu savais parler en connaissance de cause quand il s'agissait de moteur et d'équipement intérieur, tu te distinguais comme pilote et éclaireur, tu avais le droit de t'asseoir devant et de tenir la carte.

Un soir, pendant les premières vacances d'automne dans la Suisse américaine, Melchior revint du travail et proclama :

« On va à la mer ! »

Ute incrédule : « Arrête tes blagues ! »

Mais Melchior était sérieux : « Tout le monde va à la mer, alors nous aussi. »

On me déposa à Hemberg, au home d'enfants araboréformé, mais deux heures plus tard à peine j'étais de nouveau sur le toit du gratte-ciel d'où l'on pouvait observer le remue-ménage général :

C'était un voyage à trois voitures.

Tu t'étais acheté un équipement de plongée.

Les Tanner scotchèrent sur le museau de la voiture, à gauche et à droite, des fanions suisses qui avaient orné le balcon pour la fête nationale du 1er août et prirent la tête de la procession en Rekord bleue. Je me serais attendu à vous voir descendre la vallée, mais le cortège prit en direction des Churfirsten, par la Scheftenau et le Blomberg, vous empruntiez des voies détournées, les masses d'eau restantes s'étaient réduites à des flaques, le soleil continuait à œuvrer sans compromis.

Tout de suite après Wildhaus tu as dû plonger dans la ouate.

A la frontière, inconfondablement Suisses comme vous l'étiez, même à distance, on vous laissa passer, ce que tu apprécias.

A peine la frontière franchie, tu avais mis tes lunettes de plongée et ton tuba, et tu collais à la vitre. Avant même que les Fischbacher qui avaient des vélléités d'italien se fussent occupés des chambres d'hôtel, tu avais couru à la mer, jamais plus on ne put t'éloigner de l'eau.

Eaux immobiles, dormantes.

Au retour et sur tes instances le passage par le musée suisse des transports.

Ce fut toi et personne d'autre qui importas, par liasses entières, les revues porno au Toggenbourg, qui me les apportas sur le toit:

« Trouvé ça ».

Bien des choses auraient tourné autrement sans le porno, tu aurais trouvé ton amour et donc le raccord avec la vie, mais moi, au bout d'un certain temps, je pris goût aux baisers de langue, liai des langues à ma langue, pour toi et tes gentillesses il ne resta plus rien. Jamais tu n'avais voulu du tripotage, tu étais trop raisonnable pour ça, quand on fait de bonnes dictées, on ne tripote pas.

Ce fut le vent qui répartit bien équitablement dans le paysage les revues porno que nous avions enfouies dans le gravier.

Comme un coup de tabac le porno fondit sur la Suisse américaine, la grande pluie porno dans le beau temps général, le temps s'appela porno, le temps devint accro.

Aux intoxications reconnues par l'Etat, comme l'alcoolisme répandu et cultivé depuis mémoire d'homme, aux intoxications catholique-romaine et arabo-réformée qui sont les piliers de l'Etat, à l'intoxication des garages, des antennes et du polyvalent encouragée par l'Etat, s'ajouta, depuis que le porno commença à pleuvoir en grand style, cette atrophie ou consomption qu'on ne rencontra, généralement répandue, qu'au Toggenbourg. Tout à coup on s'habilla à la mode, on n'acheta plus que de grosses voitures, les anciennes démarches invétérées furent adaptées à une nouvelle démarche plus rapide, des jambes qui couraient encore pieds nus furent équipées sinon de chaussures de gymnastique, du moins de souliers à semelles de caoutchouc, d'où les démarches godiches aujourd'hui habituelles, ce qui fait que l'achoppement général s'imposa comme démarche principale, le perpétuel achoppement des aborigènes qui ne tarda pas à faire achopper même ceux qui venaient d'ailleurs, fractures et foulures se multiplièrent, tandis que fils et filles de paysans, dès qu'ils eurent adopté les démarches de la Suisse américaine, devinrent accros par la voie directe, commencèrent à shooter le pays, tandis que même les paysans commencèrent à se shooter aux subventions, tandis que les gens des vallées de la Suisse américaine, Glaronnais, Suisses des cantons primitifs, Grisons et caetera, dès qu'ils eurent adopté les nouvelles démarches, devinrent par la force des choses accros, le ciel fut accroché dans les vallées de la Suisse américaine, tandis que l'étroitesse s'accrocha au plat pays au sens le plus large, en effet dans le plat pays le ciel est entre dix et cent fois plus grand que dans les vallées, tandis que les gens des vallées sont dix fois plus proches du ciel que ne le sont ceux du pays plat ou moyen, toi, Freitag, tu aurais connu le même sort que beaucoup d'enfants de paysans et de la classe moyenne qui, équipés de porno et de télécommande, sont devenus accros en temps utile, accros au téléphone, accros à l'eau chaude, tandis que moi, dans la grande pluie de porno, je suis demeuré accro au temps, accro à l'eau, je me drogue à la Thur, tandis que papa Melchior est devenu accro à l'information, tandis que toi, Freitag Melchior, tu aurais fait bonne figure dans les nouveaux vêtements, ils te seraient allés comme un gant. Mais tu tenais à marcher raide et devant, te cramponnais à une locomotion telle qu'on la pratiquait au siècle dernier, et que serait-il advenu de toi si tu t'étais joint comme je m'y joignais aux danses des gens de ton âge : tu aurais été de loin le meilleur danseur, tu aurais eu le pied léger, n'ayant pas de sol où le poser, car pour toi qui aurais bien voulu pousser des racines pivotantes, le déjà construit et tout fini n'était pas le fondement approprié, pourtant tu aurais très bien pu pousser sur le béton des racines fasciculées, en largeur et non en profondeur, tout un réseau finement ramifié, largement propagé, s'attachant çà et là, tandis que moi, sur le toit du gratte-ciel, je poussais des racines aériennes.

Tu aurais pu devenir armailli. Tu aurais pu devenir mécanicien de trayeuses si le pays avait pu te garder et que tu aies cherché des moyens de survivre, accro, tu le serais devenu par la force des choses, tu aurais entraîné, tout de suite, comme d'habitude, tu aurais pris la tête de tout ce qui se faisait et disait, et tout n'en serait allé que plus vite. Je me souviens de la grêle de seringues qui, plus tard, tombait d'un ciel serein, quand nos contemporains, soir après soir, quittaient le pays pour la ville dans des voitures de sport genre japonais. Aussitôt passé l'horizon, on reçoit des seringues, une fois passé le Ricken les indigènes se voient injecter du tempo, mais toi, Freitag Melchior, tu te tins à l'écart quand avec d'autres je fondai un jazz-band qui bientôt devint bande pure et simple ; nous commençâmes à fumer, nous buvions de la bière, nous laissions dériver, nous n'étions plus que sur le toit où il y avait de tout, nous faisions passer le hit-parade en jouant de la guitare aérienne, toi, je t'aurais bien vu à la contrebasse aérienne, il te serait revenu la fonction principale, en outre tu aurais approché Mary qui habitait au troisième étage du deuxième building et que tu adorais à distance.

En fait tu aurais pu être Hendrix, mais personne n'avait la voix plus aérienne que moi, le soleil ne voulait plus se coucher, tandis que toi, quand nous étions sur le toit, tu te tenais à proximité, secouant la tête avec hauteur. Mieux aurait valu, de ton sexe bien développé et tôt empoilé, mettre le holà à des arguments toujours mûrement pesés.

Baisers de langue

Après la partie de foot avec les autres sous le pont de la Thur, dans l'ombre où même le soleil ne pouvait pas nous voir. Nous étions six.

Comme Mary en était aussi, je te supposais sur le pont.

Ce que tu as vu alors ne t'a rendu que plus raisonnable.

L'un prit une grosse branche blanche, sans écorce.

Bois flotté.

« On fait tourner la branche en l'air, on la lâche, et là où elle pointe, on embrasse. »

Mauro embrassa Romana, Romana embrassa Moser, Moser embrassa Rosa, Rosa embrassa Dario, Dario embrassa Mary qui avait déjà quelque chose, Freitag regardait et sans doute se faisait toutes sortes d'idées.

Puis la branche pointa dans ma direction, j'avais des fils aux dents, la Thur était derrière moi :

Le murmure païen.

« Lui », entendis-je dire.

« Oui, toi », murmura l'eau dans mon dos.

Mary, rouge de confusion, transfère son regard sous sa frange.

C'est de moi qu'on parle.

La Thur qui couvre mes arrières, frisson dans le dos, de bas en haut.

Je dois me baisser, le vent chasse la frange du visage rouge.

Joues brûlantes, excitation.

Vibrations, fines.

C'est elle qui me décolle les lèvres.

Ce fut elle qui attira mon attention sur elle.

Ce fut elle qui, sans tergiverser, commença.

Et tout de suite je fis comprendre :

Moi aussi j'ai quelque chose.

La blessure.

Prudence, fais-je comprendre, la blessure est tout de suite derrière ma lèvre, parle-lui doucement, elle te parlera tendrement.

Incendiaire, la pointe de sa langue quand elle arrive chez moi.

Je suis à l'aise.

Naturel.

La Thur coule complaisamment par nos bouches.

Et nous nous faisons comprendre :

Tous deux nous avons quelque chose.

Mais de ce point commun on ne parle pas.

L'inexprimable continue à se dire tout seul.

Maintenant la parole est aux langues.

Je l'entendis qui disait : je saigne, fais quelque chose, je t'en prie, je suis blessée, je perds mon sang, mais tes baisers sont familiers, tu m'embrasses comme je m'embrasserais, ta douceur est si évasive, presque liquide.

Oui, fais-je savoir, je saigne de la même façon, je suis doublement blessé, grièvement blessé, ma langue n'est qu'une seule blessure, mais entre les jambes j'ai une autre blessure, une blessure étrange dont personne ne sait rien sauf toi, je saigne et tout tourne, je pense comme les moineaux, j'entends comme les pigeons, j'écris comme un cochon, la Thur me fait froid et chaud dans le dos, je sens ton cœur et comme tu trembles et me chauffes, et quelle soif tu peux m'apprendre, pur liquide que tu es, ton cœur, je le sens comme si c'était le mien, ton cœur est double et, sur le devant, petit et dur comme une airelle, ton cœur n'a pas une livraison de bois devant la porte, ton cœur est un fruit sauvage qui ne pousse que devant des châteaux, ton cœur est large et à deux airelles de moi à peine, la plante de ton cœur prolifère, s'envrille au mien et veut me le voler, ton cœur triple mon cœur, tu veux me croquer, je me laisse volontiers croquer, moi aussi j'aime croquer.

Je deviens professionnel du baiser, Freitag Melchior, je sais bientôt lire sur la langue les choses les plus diverses: par exemple la confession catholique-romaine ou arabo-réformée.

Les baisers de langue catholiques-romains me parlent ou me droguent, Italiennes, Espagnoles, Autrichiennes catholiques-romaines, filles d'immigrés catholiques-romains, mais aussi vraies Toggenbourgeoises catholiques-romaines, embrassaient bouche ouverte et d'une langue éloquente.

On se le dit.

Personne n'est invité, sauf moi, quand Mary, dans le premier building au onzième étage, organise avec ses amies une petite fête, tu te serais fait prier si tu avais été invité, peut-être aurais-tu trouvé des prétextes.

Danses gauche-droite, puis extinction des feux, musique lente, slows catholiques-romains, pénombre catholique-romaine, traversée de parfums catholiques-romains.

On est décidé à me donner la parole.

On veut m'écouter.

On s'approche de moi.

On fait queue devant moi.

Je raconte.

Tout chaud.

Qui voulait s'inscrire dans les annales, devait grimper sur la chaise pour m'approcher, car j'étais devenu grand, grand à faire peur, j'étais déjà aussi grand qu'une femme plus une chaise, j'avais plusieurs langues dans une seule bouche, j'avais de grandes oreilles, entendais pousser les bourgeons, la tension montait.

Je varie, parce qu'il le faut, raconte par petits paquets, suis littéralement assailli par les idées, fais partager les sentiments, parle de toi, Freitag, qui, à l'époque, je crois, te préparais à l'examen de l'école secondaire que de toute façon tu aurais passé sans problèmes. En racontant je dois faire des crochets, zigzaguer, raconter ici et là, raconter à rebours, ce qui me valait mon quota de caresses, devais raconter par bribes, dois me tailler mon espace, faire éclater le béton, je raconte comme tu étais pressé, ce qui me vaut des tripotages côté hanches auxquels du reste j'étais allergique. En embrassant, en reliant les langues, je faisais, à la base, œuvre œcuménique, transmettais du paganisme, ce qu'on tolérait sans le dire, les beaux doubles fonds, la croyance ingénue défiant toute raison, la pulsation sauvage, c'était cela qui toujours m'avait intéressé dans la foi catholique-romaine.

On arrêta le chronomètre :

« Onze minutes.

Record. »

A la piscine je fus confronté à des problèmes.

Lequel est mon vestiaire ?

Ces digue-dondaines entre les jambes des garçons.

Donc j'élus domicile chez les filles.

Où je ramassais de petites culottes.

Girouettes. Fanions.

J'étais toléré.
Bien vu pour ainsi dire.
D'une exceptionnelle tendresse.
Et je me taisais.
Bientôt je passai pour un goûteur de femmes.

Sentiments mêlés

Avec Karina derrière l'église catholique-romaine, avec Laura à l'Yburg, elle, dos à la vallée, pour moi donc la vue était dégagée, et elle s'intéressait réellement à ma vue des choses :

En dessous de nous, amour, l'ancien village.

Parti à vau l'eau.

Sentiments mêlés, amour.

Sentiments mêlés, longs d'une aune.

Sentiments mêlés, tournant en rond, revenant périodiquement.

Sentiments mêlés, plein le ventre.

Sentiments mêlés, à l'époque, le temps n'avait plus lieu que dans mon ventre, changeait sans arrêt.

Sentiments mêlés, Freitag, pendant que toi, tu gardais la tête claire, n'allais pas à l'Yburg, parce qu'à l'école secondaire.

Qu'était-ce donc qui en moi mêlait sentiment et sentiment ?

Vu en rétrospective et avec des yeux neufs :

La vallée.

Pays de soleil.

Egratigné de buildings, fermé de gratte-ciel.

Champignonville.

Cratères de bombes aujourd'hui encore autour de l'église blanche, où il y avait eu village.

Croisements, quadrillage : USA.
Resté aux années cinquante.
Blocs, îlotage sur ancienne terre alluviale.
Classe moyenne, moyen-pays.
La Thur corrigée, donc battante et sans réplique.
Industrie.
En expansion.
Pâturages, en régression.
La gare, dominante.
Près de la gare, le nouveau centre : Wetzikon.
Industrielles bâtissades suisses-orientales, genre siècle-dernier, aussi début-du-siècle : Flawil, Uzwil.
Cafouillades pavillonnaires, côté soleil :
Paradisiaque.
Figures libres
Chacun cimente son bonheur comme il l'entend.
Zones agricoles, zones artisanales, zones industrielles, zones à aménager, zones à forte concentration, zones érogènes, moins de zones érogènes.
Antennes, garages.
Sentiments mêlés.

Le soleil approchait, grossissait, passait au rouge, devenait pêche et menaçait de fondre, s'accroupissait aux deux bouts du monde :

La vallée de la Thur, couveuse.

Ce qui arriva alors ne peut presque plus se dire, les courts-circuits de langue à langue me mirent hors de moi.

Ivre de lumière, je raconte à toutes celles qui veulent l'entendre : je suis devenu aveugle, j'ai perdu de vue ma famille, on diffuse ce qui n'est vraiment pas à dire, je ne te vole pas seulement le cœur, je ne te vole pas seulement le langage, mais je m'attaque à des choses indicibles, le soleil m'a à l'œil, je suis engeance solaire, suis serviteur du beau temps, esclave de la lumière.

Je ne vivais plus que sur le toit, m'exposais au soleil nu, il me vida de fond en comble.

Il m'arracha le fil de la vie, laissa en moi un inextricable fouillis. Les lèvres se fendillèrent.

Les coins de la bouche s'ensablèrent.

Par ouï-dire je sais que le lycée devint ta dernière patrie.

Tu auras fait du sport, tous les sports en chaussures de gymnastique.

Impossible de t'arrêter.

Je te laissai aller, c'est moi que j'aurais toujours voulu laisser aller.

Comment dois-je m'imaginer tes derniers jours?

Le lever, la douche, le café que tu buvais noir et sans sucre, le chemin de l'école, tu le faisais par principe à pied, correctement, pas à pas, le long de la Thur, à travers les saisons, pas besoin de digressions, même les traînées de brouillard automnal sur la Thur et le murmure furtif qui t'accompagnait ne pouvaient te détourner du bon chemin.

Tu as sans doute commencé à t'intéresser à la politique; pour ton quinzième anniversaire tu demandas un abonnement à un grand quotidien, tu découpais des articles et, bonne âme, les mettais de côté pour tes parents qui ni ne les lisaient, ni ne les auraient compris.

En tout cas, à cette époque, Ute et Melchior Abderhalden auraient été depuis longtemps séparés et dispersés dans le vaste monde, si, chaque jour, tu n'avais pas réinventé leurs rapports.

Après l'école tu te rendais tout droit aux archives locales logées dans l'ancien chœur de l'église arabo-réformée, tu aidais l'archiviste local, vieil ami d'Eduard, commençais à t'intéresser au dernier, au plus infime détail, tes questions:

Où était-ce, qui était-ce, quand était-ce, comment était-ce ?

Et toujours pressé.

Des voisins qui me trouvèrent sur le toit m'aidèrent à me relever, j'essayai de courir, de sauter dans le blanc par-dessus le bord du toit, trébuchai, chus dans l'escalier.

A plat menton.

Me cassai la mâchoire.

Me laissai capturer.

Reçus à l'hôpital lotions et coton sur des globes oculaires aux dernières extrémités.

En même temps on me ferma la bouche dans les règles :

Fils spéciaux autour de chaque dent, colliers spéciaux, continus à la denture supérieure, colliers spéciaux, continus à la denture inférieure.

Mes secondes dents tenaient bon.

Fils bien tendus reliant denture supérieure et denture inférieure.

Clos, le bec.

Je maigris jusqu'à n'avoir plus que la peau sur les os, on me fourgua au Bas-Toggenbourg dans un établissement pour enfants difficiles. Tu réussis à force d'éloquence à m'éviter la clinique psychiatrique de Wil.

Paroles bien choisies.

Ma collection de tout et plus est évacuée par des fonctionnaires.

Questions à nos parents qui n'osaient plus se montrer dans l'immeuble, et du coup allèrent habiter une maison au Steintal, une ancienne maison de vacances, provisoirement.

Côté ombre.

Une fois forcée la grille de ma bouche, enlevé le collier :

Grise, la langue.
Mousse.
Moisi.
Des filaments d'un centimètre sur la langue.
Cheveux sur la langue.
Fumet de fumiste.
Les dents, jaunes.
Dépots de tartre.
Cosses.
Sédiments.
Crustacés.
Larves.
Larves de libellules.
Larves de mouches voraces.
Le biotope.

Tu serais devenu conseillé fédéral, Freitag Melchior, premier orateur de la Suisse américaine, si tu n'avais pas commencé à faire ce qu'Eduard t'avait strictement défendu :

A grande échelle et de fond en comble, tu as dû commencer à penser par-derrière.

Avec ton exactitude habituelle, tu arpentais le chemin de ta nouvelle école à travers les forêts pubiennes du côté ombre et c'est là que la chose dut arriver, que tu passas derrière toutes choses.

Tu te trouvas devant de l'indicible.

Jamais plus tu n'es revenu de derrière les choses.

Derrière les Churfirsten ton regard se perdit, et dans l'infini.

Parce que tu voulais contenter tout le monde ou devais être meilleur que tous les autres, parce que ton père venait d'Unterwasser, ta mère de Berlin, mais que toi, tu étais venu d'on ne sait où, parce que tu ne voulais être ni Toggenbourgeois ni Etrusque, ni Américain ni Africain, mais bon Suisse, parce que le soleil était sans cesse sur ton dos, te poussait derrière toutes choses où tu n'avais plus que de mauvaises pensées, tu dus, une nuit, en août mil neuf cent quatre-vingt-cinq, décider de perdre la tête avec profit et d'abandonner tout le reste à la Thur.

Par basses eaux.

Sans ménagements.

Tu t'immisças.

Glissas.

Le murmure.

Tu entendis parler.

On entrait dans tes vues.

Tu pus t'esquiver.

Midi

Maintenant tout aurait dû apparaître sous un autre jour.

Au soleil, tandis qu'il fait mine de s'approcher de plus en plus, je donne en pâture les cahiers d'écolier de Freitag.

Je le nourris de dictées, de sans faute.

Il accepte les présents, recule de quelques mètres.

Je monte sur le toit par la lucarne.

Au bon moment, au bon endroit, j'érafle l'air.

Le vent est le premier à réagir.

Le soleil est tendu d'un voile de soie.

Habillé de vapeur légère, légèrement mis en question.

Mais plein d'esprit.

Le voile devint rideau.

De la toile arrivait à pleines voiles.

Draps de toile.

La lumière, blanchie.

Pommelles au ciel.

Destin.

Coton.

L'étoffe s'amasse, les suggestions arrivent de tous les côtés.

Couvertures laineuses.

L'air mobile et rapide, habile le vent.

Il efface les frontières entre avant et après, change de front.

Au travers, le soleil qui tout au plus zézaye.

Amas.

Les choses dégringolent:

Carambolages en masse.

Qui carambolait quoi?

Le Grand-Toggenbourg de Zwingli carambolait la Suisse de Melchior, la Suisse de Melchior carambolait l'Amérique intérieure de Freitag, l'Amérique de Freitag carambolait l'action arabo-réformée, l'action arabo-réformée carambolait mon Afrique, l'Afrique carambolait la ville, la ville carambolait le chapeau, le chapeau carambolait l'armée des pères, l'armée des pères carambolait Ute, Ute carambolait le Toggenbourg, le Toggenbourg carambolait le moyen-pays suisse et donc t'atteignait par ricochet, Freitag.

J'étais debout dans le vent; un vent déchaîné, possédé, incante et me déchire, l'air à cent à l'heure.

Les cloches maintenant.

Paniques.

Alerte.

Les sirènes.

La masse fait bloc, devient inabordable, poustoufle, mistoufle, masses soumises à une pression énorme;

maintenant banques de tonnerre, le soleil fait banqueroute, se retire complètement de l'affaire, sombres manigances, marché noir.

Chou, petits légumes.

Rogne.

Du mal digéré.

De l'incroyable prend forme.

Ça sentait le roussi.

Eclairs.

Pas d'erreur, ils me font souvenir de toi, Freitag.

Purs souvenirs.

L'air en loques.

Je me jette dans la mêlée.

Noirceur, fouaillée, du papier flotte dans les airs, les choses en marge.

Résultats.

Suralimentation générale.

La lumière défunte, je me fiche de la suite, disparais par-dessus les toits.

Où suis-je emporté ?

A la gare.

Te rencontrai en chemin, amour, tu te tenais caché derrière vents et marées.

Sentis nettement ta présence.

Des portails de nuages s'ouvraient tout grand.

Accueil tumultueux.

Si j'avais une langue, amour, s'il n'y avait pas du vilain dans l'air :

Je t'aurais décroché le bleu du ciel.

Averse, par conséquent.

Eclairs, amenuisés, tonnerre sur chenilles.

Il pleuvait des chapeaux.

Il pleuvait des horloges.

Il pleuvait des chaussures de gymnastique.

Il pleuvait des seringues.

Il grêlait la misère, toute la misère tombait en grêle.

Il grêlait des cloches, il grêlait des antennes, il grêlait souvent à travers des toits ouvrants ouverts, des vitres furent cassées, une vraie mitraille.

Il grêlait des faits.

Croissance rapide : bing.

Jeune pousse : bing.

Rythme infernal : bing.

Le temps changeait de langage, changeait de couleur, changeait de sujet sans crier gare.

Soleil.

Pluie froide.

Chaleur.

Conjoncture.

Pluie de lait.

La douche écossaise.

L'après-midi, quand Ute et Melchior Abderhalden s'en revinrent à la Quartierstrasse comme ils en étaient partis, à l'emplacement de la maison béait un vide indicible.

Envolée la maison.

Pulvérisée.

Soufflée.

Du vent, mais peu.

Puis le brouillard se leva.

Par tonnes.

La bruine à petit bruit.

Chuineuse, quineuse, multiple.

Geignements.

Notes isolées d'un long accord en mineur qui va se perdant.

Je repris le travail de Freitag, je n'allai pas au cimetière, quand le soleil bien gavé se retira, que les cloches interloquées sonnèrent le glas, je restai aux archives, assis entre les livres, essayai de tenir ensemble ce qui menaçait de se défaire.

Le tout.

Melchior ne voulait plus être chauffeur de bus, partir, voilà ce qu'il voulait, il se chercha un autre travail, Ute ne sortait plus de la maison, à Peng je lâchai la laisse.

Trois jours de pluie, trois jours de neige.

Découper, collationner, classer, coller.

« Si tu parlais, tu pourrais me succéder. Sinon qui s'intéressera encore à ces choses ?

Qui mettra maintenant de l'ordre dans tout ça ? » me disait l'archiviste local quand il me rendait visite.

Mais quel païen, peu de temps après, bouta le feu tant à l'église arabo-réformée qu'à l'église catholique-romaine ?

Les archives détruites, l'archiviste meurt d'une crise cardiaque.

Trois jours de pluie sont impuissants à éteindre l'incendie.

Trois jours de neige.

Le ciel, comme une noire pelote au-dessus du paysage, nouait un bout à l'autre, se fermait irrévocablement.

Des mètres de neige.

La vallée, quand mes parents s'en allèrent pour toujours dans le camion du transporteur :

Rien qu'une blessure.

Partagée.

Coupée en deux.

En travers de tout.

La rivière : les larmes.

Plus que rigole.

Clapotis sans conviction.

Blessures.

Touffes de ouate par la suite, le brouillard s'éleva, passa en douce le Ricken, le Moyen-Toggenbourg capitula et fut occupé sans merci. Les langues du brouillard effaçaient tout ce qui était monde. Le silence ne connaît pas de frontières, on se tait dans tous les coins du monde.

Des deux côtés s'avançaient des masses de brouillard, en silence, donc dans un tintamarre indicible, montaient d'en bas, le brouillard venait du dedans, on avait affaire à un véritable changement de climat.

La frontière du brouillard se déplaça vers le haut, depuis il n'y eut plus jamais de véritable hiver, et dans le Haut-Toggenbourg des palmiers poussèrent, l'Afrique, Freitag, il se mit à faire chaud, de plus en plus chaud au-dessus du plafond de brouillard, mais en dessous le froid persista, il n'y avait plus rien à dire contre ce brouillard, on s'habitua au rien-disant, ouate à chaque arbre, aux branches, aux buissons, les gratte-ciel devinrent colonnes de brouillard, la Thur vapeur, on posa des câbles supplémentaires, qui se risquait au-dehors s'égarait ou se noyait dans le lac de froid.

Je restai seul dans la vallée, m'enfonçai dans les forêts.

Je succombai à l'indicible empire des Churfirsten, bientôt je ne pus rester cinq minutes sans avoir les Churfirsten devant les yeux.

Le point de vue amont, mes chéris, est le seul point de vue possible au pays du Toggenbourg.

J'adorais les Churfirsten, je m'élevais au ciel, bâtissais des temples de calcaire, des autels de calcaire, je m'établis au pied du Frümsel et du Brisis, ne foulai plus que de maigres prairies, logeai dans des cavernes, me nourrissant de dattes, de noix de coco, d'oseille et de baies qui poussaient en abondance sur les prairies primitives des Alpes, dormis entre vaches et chameaux, j'étais le lien entre le monde au-dessous de la limite du brouillard ou de la forêt pubienne où tu avais tracé ton sillage, et l'indicible monde au-dessus où je pouvais marcher pieds nus.

Mon père vient d'Unterwasser, mon frère a fait le plongeon, ma mère vient de Berlin.

Finalement je pris le dernier train qui quitta le Moyen-Toggenbourg avant que le chemin de fer Lac-de-Constance-Toggenbourg ne fît faillite ou ne fût absorbé par les Chemins de fer fédéraux, je me collais à la vitre quand le train se mit en marche, que le bâtiment de la gare glissa doucement en arrière et s'enfonça dans le grand oubli, mais au dernier moment, quand les nappes de brouillard s'éclaircirent un instant, dégageant une échappée vers le haut, je pus voir que les trois gratte-ciel soutenaient les sept Churfirsten comme autant de socles puissants, qu'en vérité les Churfirsten s'élevaient sur les gratte-ciel, mais derrière moi les collines basculèrent, impossible de tenir plus longtemps les deux bouts de la vallée, le train disparut dans le tunnel.

Ce fut ici, dans cette ville, que pour la première fois je pus passer la tête sous l'ourlet du temps et regarder au loin dans l'ouvert.

Achevé d'imprimer
en mars mil neuf cent quatre-vingt-dix-neuf
sur les presses de l'Imprimerie Slatkine
pour le compte des Editions Zoé
Composition pressEXpress